Nuova Narrativa Newton
1395

Dello stesso autore:

I Medici. Una dinastia al potere
I Medici. Un uomo al potere
I Medici. Una regina al potere
I Medici. Decadenza di una famiglia
Inquisizione Michelangelo
Le sette dinastie
La corona del potere
Dante Enigma
Il cimitero di Venezia
Tre insoliti delitti
Il ponte dei delitti di Venezia

Prima edizione: aprile 2024

Pubblicato in accordo con MalaTesta Lit. Ag. Milano

Copertina © Sebastiano Barcaroli

ISBN 978-88-227-6834-6

www.newtoncompton.com

Realizzazione a cura di Pàgina
Stampato nell'aprile 2024 da Puntoweb s.r.l., Ariccia (Roma)

Matteo Strukul

La cripta di Venezia

Newton Compton editori

A Silvia
A Lele Vianello

Si mormorava, tra coloro che la videro andare, che la lettera scarlatta emanasse un bagliore spettrale lungo lo scuro corridoio interno.

Nathaniel Hawthorne, *La lettera scarlatta*

Vide, in particolare, una cometa; buttava veleno a zampilli scintillanti, come una girandola di fuochi d'artificio.

Jean Giono, *L'ussaro sul tetto*

In questa terribile situazione rimanemmo fino allo spuntare dell'alba, quando la luce ci rivelò più chiaramente gli orrori che ci circondavano.

Edgar Allan Poe, *Le avventure di Gordon Pym*

Era un gran vecchio dai baffi argentei, il viso pallido e severo, che si trascinava penosamente appoggiandosi a un bastone.

Aleksej Konstantinovic Tolstoj, *La famiglia del Vurdalak*

1
San Zaccaria

Marietta avvertiva uno strano odore nell'aria. Non era in grado di definirlo ma di certo le metteva i brividi. Malgrado il freddo, quell'afrore insinuante pareva aprirsi una via fra le mura del convento di San Zaccaria e suggeriva che fosse avvenuto qualcosa di tremendo. Marietta ne era certa. Provò a ignorarlo, a far finta che non esistesse. Aveva parecchi compiti da svolgere prima del ritorno di suor Veronica Foscari, la superiora, e non intendeva certo rimanere in arretrato con le proprie mansioni. Altrimenti l'avrebbe sentita. E poi non avrebbe saputo giustificare la propria inattività a causa di una sensazione la quale, pur fastidiosa, non le impediva certo di lavorare. Sarebbe stata giudicata pigra. E non poteva permetterselo. Era una fanciulla semplice ma abbastanza di buona famiglia da sapere che l'ubbidienza e la dedizione erano due delle migliori qualità che un'educanda potesse avere.

E lei, da quando era nata, era ben provvista di entrambe.

Così, facendosi coraggio, si diresse nella cappella di San Tarasio. Sorgeva in corrispondenza dell'abside della vecchia chiesa, preesistente a quella attuale e confinante con il convento. Magniloquente per forme e dimensioni, la nuova basilica era stata eretta nella seconda metà del Quattrocento.

Marietta zoppicava leggermente a causa di una punizione subita da ragazzina. Tanto tempo prima, quando era poco più di una bimba, suo padre l'aveva punita, bastonandola fino a storpiarle la gamba destra.

Non appena entrò nella cappella, vide *L'Eterno tra San Zaccaria, Giovanni Battista e gli Evangelisti.* Si fece il segno della croce e, dopo aver ammirato la grande opera di Andrea del Castagno, raggiunse l'altare, in corrispondenza del *Polittico della Vergine.* Da sotto la tonaca cavò due grosse candele di sego e le accese. Vide le lingue di fuoco irradiare una guizzante luce color del sangue e le parve di provare un senso di calore e sollievo.

Sorrise compiaciuta. Amava il fuoco.

Ma l'odore rivoltante non parve venir meno. Anzi, all'ingresso nella cappella, si rivelò più intenso. Marietta si fece il segno della croce, raccomandandosi a Dio perché la sensazione di orrore, che un po' alla volta si faceva largo nella sua anima, sembrava non conoscere requie.

Le parve che un grande animale nero fosse sul punto di dilaniarle il cuore. Rimase a guardare le candele ancora per un po'. L'odore di cera era buono, quasi dolce. Eppure, era sovrastato dal fetore che saliva dal basso.

Ecco il verbo che andava cercando: "salire". Aveva la netta sensazione che l'afrore che la tormentava arrivasse dalle viscere stesse della chiesa, quasi fosse un organismo vivente, consumato da un'orrenda agonia.

Qualcuno aveva lasciato ai piedi dell'altare un turibolo. Sapeva per certo che il sagrestano della chiesa aveva provvisto le sorelle del convento di alcuni incensieri, al fine di garantire profumi e aromi santi nella cappella a loro destinata per la preghiera e il raccoglimento. Attratta dall'idea di godere di una fragranza in grado di cancellare il tanfo del sottosuolo, inclinò la candela incendiando l'incenso e, ben presto, un aroma pungente prese a diffondersi nella cappella. Con un calibrato movimento del braccio, Marietta fece oscillare il recipiente d'argento, così da riversare la fragranza tutto intorno, mentre un fumo azzurrino riempiva l'aria di dondolanti volute.

Le sembrò di aver risolto il problema, ma fu l'illusione di un istante e l'odore mefitico tornò a pizzicarle le narici. Rimaneva sul fondo del profumo d'incenso, come acquattato, in attesa di poter balzare fuori non appena l'intensità degli effluvi andava indebolendosi. Scosse la testa.

Guardò la porta che conduceva alla cripta.

Sapeva che il lezzo veniva da lì. Ma aveva un sacro terrore di quel luogo. C'era qualcosa lì sotto che le metteva i brividi da sempre. Si diceva che fosse l'unica parte dell'intero complesso religioso a essere antecedente all'anno mille. Non avrebbe saputo dire perché, ma quel dettaglio la terrorizzava. E poi la cripta era quasi sempre allagata e maleodorante per via della marea che recava con sé le zaffate della laguna e dell'acqua stagnante. Ma il tanfo che la tormentava era qualcosa di completamente diverso.

E se davvero la fonte guasta di quel fetore si fosse trovata lì? Che figura avrebbe fatto con suor Veronica, se non avesse controllato? Era suo preciso dovere farlo. Perciò, in un modo o nell'altro, si fece coraggio. Appoggiò il turibolo per terra. Tornò all'altare. Prese una delle due grosse candele e si risolse a raggiungere l'ingresso della cripta.

Mosse alcuni passi incerti. Era davvero sicura di voler procedere in quel modo?

Infine, prese la sua decisione.

Giunta alla porta, tirò il catenaccio e l'aprì.

Il puzzo mefitico la investì in un modo che non avrebbe creduto possibile. Si voltò di lato. Ebbe un conato, ma con uno sforzo supremo riuscì a dominarsi. Portò il braccio al volto nel disperato tentativo di proteggersi. Quindi varcò la soglia e cominciò a scendere la viscida scala di marmo.

I gradini erano ricoperti da un sottile strato di melma per via dell'acqua della laguna che da sempre penetrava nella cripta. In quel momento, però, la marea doveva essere abbastanza bassa da non sommergere completamente la scala.

Scendeva lentamente, stando ben attenta a non mettere un

piede in fallo. Alle pareti erano infisse alcune torce che illuminavano il cammino. Posò la candela su uno dei gradini e con la mano sinistra sfilò una fiaccola dall'anello di ferro nel muro. Con il braccio destro tentò di schermarsi in qualche modo dall'odore rivoltante che risaliva la scala. Si stava avvicinando.

A un tratto udì qualcosa urtarle il piede. Guardò con orrore verso il basso e nel chiaroscuro vide una pantegana, un topo di fogna, peloso e grosso quanto un coniglio. Senza nemmeno concedersi il tempo di pensarci, lo calciò via. Fu la sua fortuna perché, così facendo, riuscì a sbarazzarsene. L'animale scomparve dalla sua vista con uno squittio. Marietta trattenne a stento un grido. Chiuse gli occhi e li riaprì. Quando vide che i gradini erano di nuovo liberi, ricominciò a scendere.

La scala terminava, curvando verso sinistra.

Non appena giunse nella camera sotterranea, i miasmi la aggredirono. Erano talmente devastanti da farle lacrimare gli occhi. Premette il braccio contro naso e bocca, nella disperata speranza di non vomitare. Si piegò in avanti, quasi quell'odore immondo l'avesse colpita con la forza di un maglio. La luce della torcia sfarfallò.

Marietta si drizzò nuovamente e rimase per un attimo di stucco nel vedere le volte a crociera e le tre navate delimitate da un doppio ordine di colonne. Poi, si accorse che, come sempre, la cripta era allagata dall'acqua della laguna. Il livello però non era troppo alto. Le sarebbe arrivato all'altezza delle ginocchia. La torcia proiettava davanti a lei una pozza di luce che andava a stendersi come una macchia gialla sullo specchio liquido e nero ai piedi della scala.

Altri punti color ocra tremolavano sulla superficie. Erano i lumi che la superiora aveva fatto sistemare a suo tempo tutt'attorno per non lasciare quel luogo nell'oscurità più completa.

In quel chiarore cangiante e mutevole, simile a quello di mille schegge di crepuscolo che screziavano di purpureo il nero, Marietta distinse qualcosa.

Volgendo lo sguardo sulla destra, esattamente ai piedi dell'altare, sormontato dalla statua della Madonna, giaceva una figura che ella non avrebbe mai immaginato di poter vedere. Nemmeno nel corso di tutta la propria vita.

Ma il diavolo, evidentemente, aveva altri progetti per lei.

Inginocchiato sulla grande lastra dell'altare, v'era un corpo. Uomo o donna che fosse, aveva i corti capelli bagnati e stillanti d'acqua. Gocce cadevano dalle ciocche sulla pietra. Lo intuiva dal rumore sottile e intermittente che ora sentiva in modo netto e inequivocabile. Una veste nera avviluppava quelle membra che parevano raccolte in un fagotto. Poi, indovinò i profili delle braccia portate dietro la schiena. Sembravano legate. Ma se all'inizio aveva creduto si trattasse di un uomo, i lineamenti fini e sottili di quel che restava di un volto pallido come la morte le suggerirono il contrario: erano quelli di una donna.

Aguzzando la vista si rese conto che l'abito nero, che aderiva al corpo, era una tonaca.

Una delle sorelle, pensò Marietta, mentre il terrore le inzuppava la schiena. Tremò in modo incontrollabile quasi una febbre l'avesse colta all'improvviso in una notte d'inverno. Sentì le prime lacrime scendere sulle sue gote. Un singhiozzo le spezzò la voce in gola.

Perché quella donna era morta. Non v'era dubbio.

Ma non fu quel fatto a sconvolgerla. A lasciarla davvero sgomenta era la parte inferiore del volto. All'inizio non capì appieno quel che stava vedendo, perché era qualcosa di talmente agghiacciante da non poter essere compreso o descritto da un normale essere umano.

Qualcosa fuoriusciva dalla bocca, se davvero poteva ancora definirsi tale. Le labbra, spalancate in modo innaturale, formavano piuttosto i lembi una ferita rossa e sanguinolenta, un'apertura mostruosa all'interno della quale era stato ficcato a forza qualcosa che non avrebbe dovuto trovarsi lì. Ancor prima di capire di cosa si trattasse, Marietta scoppiò in un pianto dirotto. Perché ciò che aveva davanti agli occhi era oltre ogni possibile concetto di terrore. Il braccio destro le era ricaduto lungo il fianco mentre con la mano sinistra teneva ancora stretta la torcia. Ora del tanfo immondo non le importava più nulla.

L'angolo d'inclinazione della mandibola era completamente sbagliato, come se qualcuno l'avesse staccata dalla sua sede originaria. Eppure quel che rimaneva della mascella sosteneva un corpo estraneo.

Un mattone. Qualcuno aveva infilato nella bocca della povera sorella un mattone e lo aveva spinto talmente in fondo da soffocare la fanciulla, spaccandole la mandibola.

Fu allora che Marietta gridò. E, nel farlo, cadde. Per colpa della sua gamba malandata che non l'aveva retta.

Ebbe la prontezza di spirito di tenere la fiaccola fuori dall'acqua, mentre il gelo la avvolse, serrandole la gola. Non si perse d'animo. Il livello non era troppo alto ma le arrivava comunque alla vita. Così, con fatica e in modo goffo, riuscì a portarsi fino all'altare. Qui, spingendo con il braccio libero sulla lastra di pietra e ritrovando con la gamba sinistra il pavimento della cripta, riuscì a rimettersi in piedi.

«Signore, abbi pietà di lei», disse singhiozzando.

La monaca uccisa era il ritratto stesso dell'orrore.

2
Malinconia

Le fiamme del focolare proiettavano una tremula luce nella stanza.

Al tavolo da lavoro, Antonio riguardava alcuni scaraboti che aveva tracciato durante la giornata. Schizzi preparatori, sommariamente tracciati in inchiostro sanguigno, si succedevano sotto i suoi occhi. Vide in un turbinio di figure Palazzo Donà, Palazzo Vitturi, una serie di botteghe al pianterreno e poi campo San Marcuola con un manovale nei pressi del cantiere per la realizzazione della chiesa omonima, il fianco destro della basilica dei Santi Giovanni e Paolo, il monumento equestre a Bartolomeo Colleoni, delle casupole sulla sinistra e l'inizio di Barbaria de le Tole.

Nel fissare linee e proporzioni, sperava infine di stordirsi. Una girandola d'immagini, come quella, un tale florilegio di segni e schizzi, avrebbe dovuto consumargli gli occhi. Quelli che il suo sguardo passava in rassegna non erano altro che abbozzi di veduta, scarabocchi tracciati alla bell'e meglio, giusto per farsi un'idea. Al passare delle ore, però, Antonio aveva capito che a nulla sarebbe servita quella teoria d'immagini se lo scopo era sfinirsi e dimenticare Charlotte, la figlia del feldmaresciallo Johann Matthias von der Schulenburg.

La donna che amava.

Poco discosta da quella caterva di fogli colmi di tetti, facciate e colonne, v'era una lettera, scritta in una grafia elegante. Antonio era stato sul punto di gettarla nel fuoco qualche tempo prima ma poi, sconfitto da quel che aveva letto, impotente oltre ogni dire, si era abbandonato all'aggiustamento di quella congerie infinita di disegni. Ma in verità non aveva fatto altro che trascinarsi da una veduta all'altra, passando distrattamente la matita. Così facendo, non aveva raggiunto nemmeno quella dimensione di dormiveglia dalla quale veniva colto in quegli ultimi mesi, quando era davvero molto stanco.

La sua era ormai la vita di un insonne.

Schiantata da un senso di colpa che non accennava a sopirsi, Charlotte gli comunicava di voler pervicacemente rimanere nel castello avito, in Polonia. In quel modo sperava di espiare una pena che si era autoinflitta alla morte della piccola Colombina, l'orfanella che aveva preso a lavorare presso la propria fornace. E che era stata stroncata dal morbo inoculato dal famigerato assassino Olaf Teufel, quasi tre anni prima.

Antonio inspirò a lungo. Aveva tentato qualsiasi cosa pur di convincere Charlotte a tornare. Era perfino andato a trovarla. Lei lo aveva accolto con affetto ma la passione sembrava sbiadita, cancellata dal dolore che provava e che non pareva concederle tregua. Di fronte alla morte di Colombina, ogni cosa, anche la più importante, le pareva superflua, o comunque non abbastanza notevole da sopravanzare il dolore. La distanza, fra l'altro, pareva aver inaridito il suo amore o almeno così lei aveva voluto fargli credere. Riuscendoci benissimo, peraltro.

Era dunque tornato indietro e, dal suo arrivo a Venezia, si era rinchiuso in una muta malinconia. Non era mai stato un parolaio e un entusiasta, ma ora il suo ermetismo risultava insostenibile. Non tanto per lui quanto per i suoi amici che stentavano a riconoscerlo. Anche il suo lavoro ne aveva risentito: era neghittoso, perennemente stanco, distratto. E quel suo nuovo, fastidioso modo di comportarsi, fra indolenza e pigrizia, lo aveva reso inaffidabile. Consegnava i quadri quasi sempre in ritardo, con gran disdoro dell'amico e agente Owen McSwiney che gli procurava sempre più committenze. Tante al punto che avrebbe faticato a rispettare i tempi anche se fosse stato al colmo delle proprie energie, figuriamoci svogliato com'era.

Non aveva più stimoli. Si sentiva svuotato, come se quanto accaduto negli ultimi anni l'avesse reso l'ombra dell'uomo che era stato.

Si tormentava nell'attesa e nell'assenza di Charlotte. Temeva di impazzire.

Avrebbe voluto andare a trovare Rosalba Carriera, la sua cara amica pittrice. Ma non poteva certo farlo a quell'ora. Probabilmente ci sarebbe riuscito il mattino successivo. Andando da lei, magari la vita gli sarebbe sembrata un po' più sopportabile.

Lasciò i disegni sul tavolo e si alzò. Afferrò un candelabro e si sedette con una coperta di fronte al camino, godendo del bel tepore che diffondeva. Vicino alla poltrona v'era un tavolino ingombro di bottiglie. Ne prese una e si versò una dose generosa di liquore.

Forse in quel modo sarebbe riuscito a riposare.

Fu in quel momento che qualcosa lo disturbò.

«Antonio?», domandò qualcuno.

Riconobbe immediatamente la voce. «Joseph?», chiese a sua volta, girandosi. «Quando siete arrivato?». Capì di essere stato scortese, ma ormai aveva già parlato e non poteva farci niente. «Siete il benvenuto, naturalmente, come sempre», aggiunse, nella speranza di recuperare.

Era proprio l'inglese, compagno d'avventure e anch'egli suo mediatore d'affari. «Scusate se sono piombato qui in questo modo, ma dobbiamo fare presto. Sua Serenità non ne avrà ancora per molto. Venite con me?». Il tono usato da Joseph Smith – era come spesso accadeva – talmente assertivo da risultare perentorio. E tuttavia i suoi modi erano squisiti al punto da bilanciare quella sua maniera di parlare.

«Venire?», ripeté Antonio, senza capire il senso di quell'invito.

Joseph Smith si concesse una smorfia. «Perdonate la fretta. Sono arrivato qui senza nemmeno annunciarmi e vi travolgo con i miei stupidi ordini. E tuttavia, sarò ancora più chiaro: Alvise Sebastiano Mocenigo sta morendo».

Antonio si alzò in piedi. «Il doge?», domandò. E mentre lo faceva si rese conto di essersi comportato da perfetto idiota. C'era forse qualcun altro che portava quel nome? Non lo vedeva da un pezzo ormai. Dopo i fatti che avevano condotto alla morte di Colombina e alla partenza di Charlotte aveva tentato in ogni modo di tenersi lontano da quell'uomo. Era latore di malaugurio, non nutriva più alcun dubbio, ormai. E, volente o nolente, in passato aveva fatto a pezzi il suo mondo. Ma sapeva anche che non poteva ignorare un invito come quello.

Joseph Smith si limitò ad annuire.

Sospirò. «Arrivo», disse infine arrendendosi e, mentre parlava, recuperò una marsina in velluto color marrone bruciato, gallonata d'oro. La indossò. Prese il tricorno. «Da qualche parte c'era un mantello!», disse esasperato.

«Questo?», domandò l'amico, porgendoglielo. La cappa era comparsa nelle sue mani, quasi per l'effetto d'un gioco di prestigio, un incantesimo.

Antonio rimase senza parole. Con Joseph Smith, quella era la norma. Aveva il segreto potere di rendere possibile l'impossibile. O almeno così credeva Canaletto. Riusciva quasi sempre a sorprenderlo. «Dove lo avete trovato? Oh, non importa», concluse, mettendoselo sulle spalle. «Andiamo!».

E un istante dopo stavano entrambi scendendo le scale.

3
Ricordi

Orsolya Esterházy ascoltava il temporale. V'era qualcosa di crudele e primitivo nei tuoni e nei fulmini ed ella ritrovava in quei lampi e rombi la forza primigenia della sua terra.

La grande sala era illuminata dalle luci di poche candele, simili a tremule stelle nel buio. Si accostò allo specchio e vide il proprio volto riflesso. Chiuse gli occhi e la memoria le riportò alla mente i ricordi di molto tempo prima.

Vide sé stessa ragazza. Saliva i gradini della torre. Voleva fare in fretta perché qualcosa le diceva che avrebbe rischiato di arrivare tardi. Giunta al pianerottolo scorse la porta davanti a sé. Qualcuno l'aveva lasciata aperta. Così la oltrepassò e si ritrovò sugli spalti. Un istante più tardi, sentì la pioggia sul viso. Una carezza liquida. Appena percettibile ma abbastanza forte da bagnarla. Alzò gli occhi al cielo. Una grande luna d'argento illuminava la volta.

Da qualche parte udì provenire l'ululato dei lupi. Le parve che il popolo della notte volesse parlarle. Avvertì qualcosa afferrarle le viscere e provò, irresistibile, il desiderio di avvicinarsi alle mura. Tenendosi stretta ai merli di pietra, scorse sotto di sé lo strapiombo. Il castello era costruito su uno sprone di roccia e i suoi occhi indagarono le pareti scoscese di una gola nera e profonda come la bocca dell'inferno.

Tornò a fissare i Carpazi di fronte a sé, quindi voltò lo sguardo.

E vide sua madre.

Provò un brivido.

Camminava lungo la linea merlata degli spalti. Il vento le sollevava i capelli: erano serpenti scuri nella notte. Orsolya percepì il proprio cuore battere come un tamburo, quasi fosse sul punto di schizzarle fuori dal petto.

La visione di sua madre era di una tale, selvaggia energia da lasciarla senza fiato. Voleva essere come lei: forte, spietata e bellissima. Erszebeth era la regina dei Morlacchi, i Valacchi Neri. E lei era sua figlia. Un giorno sarebbe divenuta a sua volta monarca. Ma in quel momento aveva paura. Per sua madre. Perché un demone abitava dentro di lei e le stava divorando la mente.

Non era lei a dirlo. Ma suo padre.

«Mamma!», gridò con tutto il fiato che aveva in corpo.

Ma lei non si voltò. Camminava lenta e solenne, quasi dovesse raggiungere un trono invisibile. Era spaventosamente vicina alla linea dei merli di pietra nera.

«Mamma!», ripeté la ragazzina e le lacrime presero a caderle lungo le gote.

A quel punto Erszebeth si fermò. Girò su sé stessa. Rimase a guardarla. «Orsolya», disse infine, «potrai mai perdonarmi?».

Lei non capì. Vide nuvole scure togliere luce alla luna. La pioggia prese a cadere più fitta e violenta. Le gocce, ora, erano aghi ghiacciati sul suo volto. I lunghi capelli color fiamma le s'incollarono alle tempie e l'abito verde scuro, del quale era tanto fiera, si tramutò ben presto in un'umida prigione che le toglieva il fiato.

«Perché?», domandò lei, scuotendo il capo. E si avvicinò.

Ma Erszebeth alzò il braccio, tenendola lontana. «Non avvicinarti», disse. E mentre parlava in quel modo, indietreggiò.

«Mamma, no!», gridò Orsolya che ormai aveva compreso cosa volesse fare sua madre.

«Un giorno capirai», replicò lei. «Una regina non può vivere nel disonore. E se non sono stata abbastanza forte da esigere vendetta, lo sarò almeno da non tollerare un istante di più la mia debolezza».

«No, mamma, no!», gridò ancora Orsolya e corse verso di lei.

La regina dei Valacchi Neri guardò sua figlia con tutta l'amara tristezza che albergava nel suo cuore. Salì sul muro di cinta.

Orsolya era quasi arrivata, ma fu a quel punto che lei si lasciò cadere. Sua figlia non riuscì nemmeno a toccarle la mano. La vide precipitare nella forra scura fino a scomparire. E mentre Erszebeth cadeva in un ultimo volo di sangue e tormento, la ragazzina si sentì afferrare alla vita. «No!», gridò ancora, «lasciatemi!». Lottò con tutte le sue forze, tentando di liberarsi, scalciando e graffiando.

Ma l'uomo che la teneva a sé era troppo forte.

La pioggia continuava a cadere.

Orsolya colpì lo specchio con un pugno. La superficie trasparente si riempì di crepe e la sua immagine finì in frantumi, alterata nelle forme, scomposta, spezzata, resa mostruosa dalle schegge.

«Venezia», disse infine. «Io ti odio».

Poi guardò le dita bianche della bella mano coperte di sangue. Le portò alle labbra. E ne bevve.

Il temporale non accennava a placarsi. Venezia pareva presa dagli elementi. Il vento fischiava fra i tetti dei palazzi. La pioggia batteva contro il vetro dei finestroni. Orsolya ebbe la sensazione che la furia degli elementi andasse scatenandosi quasi avesse udito la sua rabbia. Rimase in ascolto e mentre la tempesta proseguiva si augurò che il doge ne avesse ancora per poco. Lui che la conosceva ma non aveva ancora capito chi lei fosse davvero. E che si apprestava a morire. Perché ormai era giunta la sua ora. Alvise Sebastiano Mocenigo ben presto non sarebbe stato più. Ed ella lavorava da anni ormai per fare in modo che un altro uomo gli succedesse. Un uomo soggiogato dalla sua bellezza, un povero vecchio che lei avrebbe manipolato a proprio piacimento. Aveva corrotto, minacciato, sedotto, ricattato, e ora il destino si sarebbe finalmente compiuto.

La vendetta si sarebbe consumata, finalmente.

Quella rivincita che aspettava da tanto tempo, ormai, e che Olaf Teufel non era stato in grado di portare a compimento.

Il suo nero disegno era stato progettato per lungo tempo, con la calma dettata dalla pazienza. Una pazienza coltivata, cresciuta, nutrita, al solo scopo di sostenere il rancore che la possedeva come il più depravato degli amanti.

Conseguire quel risultato era diventata la sua missione.

Perché la sua gente aveva sofferto, penato, sopportato il dolore più estremo, ed era rimasta invendicata per secoli. E ora lei era lì, a Venezia, per restituire l'offesa e rendere il male subìto per dieci volte.

Pregustava il dolore che avrebbe inflitto.

Aveva già cominciato.

E il suo riscatto sarebbe stato dolce.

Dolce come il sangue sulle sue labbra.

4
Di nuovo insieme

Erano tutti di nuovo insieme. Gli parve di essere tornato a tre anni prima. E quel fatto non gli diede alcuna gioia. Ai suoi occhi quella riunione somigliava al più turpe degli inganni. Ma poi capì. E la rabbia che provava s'acquietò. Vedere lo stato in cui versava il doge gli suggerì l'umana pietà che per un istante aveva smarrito.

Canaletto si avvicinò al letto. Fissò negli occhi l'uomo che aveva conquistato Chio, catturando il bey, che aveva comandato la retroguardia a Tino, governato Dalmazia e Albania, sconfitto il pascià di Bosnia e fatto tremare la terra a Imoschi. Era ormai nulla più che uno spettro e a niente servivano le coperte sotto le quali giaceva tremante, divorato dalla febbre e con gli occhi di fuori.

Sua Serenità farfugliò qualcosa, ma quello che uscì dalle sue labbra era a dir poco incomprensibile.

«Abbiamo accettato di ammettervi al cospetto del doge, malgrado le sue gravi condizioni, perché ci ha fatto capire che voleva vedervi», disse il Capitan Grando. «In un modo o nell'altro, per ragioni che non conosciamo», osservò ancora Francesco Longo rivolto ad Antonio e ai suoi amici, «egli ritiene che quanto appena accaduto sia legato a fatti che vi hanno visto coinvolti».

L'uomo che stava parlando a Canaletto, a Owen McSwiney, Joseph Smith e al dottor Liebermann era tornato a vestire i neri panni del capo dei Signori di Notte al Criminal.

«Perché, che cos'è accaduto?», domandò Antonio.

In risposta ottenne una sorta di gemito. Gli astanti guardarono verso il letto. Sua Serenità tentava di esprimersi ma, invece di parole, la sua bocca pronunciava soltanto suoni inarticolati. Erano versi talmente mostruosi da mettere i brividi.

«È terribile», mormorò Joseph Smith.

«Lo è», convenne il Capitan Grando.

«Vi avevo detto che sarebbe stata un'inutile umiliazione. E per cosa? Per togliere a quest'uomo quel poco di dignità che gli è rimasto?». Fu il medico personale del doge a tuonare in quel modo. Era furente. I suoi occhi dalla forma allungata, che ne denunciavano la nazionalità ungherese, ebbero un lampo.

«Venite», disse il Capitan Grando a Canaletto e ai suoi amici, «seguitemi. Sarà meglio che vi spieghi». Guardò disperato Sua Serenità che si lasciava andare a una smorfia demente. «Chiedo perdono, mio signore», disse con amarezza, scuotendo il capo.

«Andate via! Siete fortunato che in questo momento siamo soli. Se la famiglia Mocenigo dovesse scoprire cos'avete fatto...», disse il medico.

«Non una parola!», tagliò corto Francesco Longo, «o quant'è vero Iddio vi taglierò la gola personalmente», osservò gelido, facendo scivolare la spada fuori dal fodero per un buon tratto. La lama mandò un bagliore alla luce delle candele. «Sono stato chiaro?».

Il medico annuì, trattenendo un'imprecazione.

«Signori, seguitemi!», ribadì il Capitan Grando. «Andiamo nella Sala del tormento, ufficio dei Signori di Notte al Criminal».

Un attimo più tardi, i cinque uomini stavano attraversando i foschi corridoi di Palazzo Ducale.

Doveva essere un chierico o un sagrestano, a giudicare da com'era vestito. Indossava una tunica marrone e aveva sandali ai piedi, malgrado il gelo di quei giorni. Stava seduto su una gran seggiola in legno e pareva desiderare ardentemente di trovarsi da un'altra parte. Di certo non in quella stanza lugubre, mal illuminata, con un cappio che pendeva dal soffitto a imperituro monito di quanti vi entravano. A Canaletto tornò alla mente una notte di sette anni prima. Quando tutta quella storia era cominciata. Perché ormai gli era perfettamente chiaro che Olaf Teufel doveva essere tornato. Tuttavia, a giudicare da come gli parlò il Capitan Grando, quell'uomo si trovava lì non già per essere accusato quanto per riferire ciò che aveva visto.

«Signori», esordì Francesco Longo, rivolto ad Antonio e ai suoi amici, «vi presento Mercurio, sagrestano di San Zaccaria». Poi, volgendo lo sguardo verso quest'ultimo disse: «Vi va di raccontare ai miei amici quello che avete detto a me in precedenza?».

Venne obbedito. L'uomo aveva una voce fioca, pareva sempre sul punto di spezzarsi, sembrava aver provato una grande paura, di più, un autentico terrore.

«Ieri sera attendevo ai miei compiti presso la chiesa di San Zaccaria. Mi stavo dedicando a un giro di controllo quando udii una voce pronunciare il mio nome e quello del parroco. Era rotta dall'emozione. Qualcuno singhiozzava. Capii che si trattava di una delle monache del convento confinante. Mi chiamava dal parlatorio che si trova nella cappella di Sant'Anastasio. Non appena la raggiunsi, vidi dietro la grata il volto piangente di un'educanda. Mi disse di essere entrata nella cappella di San Tarasio…».

«Quella sopra la cripta?», domandò Antonio.

Il sagrestano annuì. «Sì. Aveva sentito un tanfo terribile provenire da lì per poi scoprire che l'origine di quell'afrore si trovava di sotto».

«Che cosa avete fatto a quel punto?», domandò Owen McSwiney. Da sempre, il buon irlandese non sapeva attendere, specie con quel genere di racconti. Ma la sua impazienza si era rivelata più di una volta una benedizione, pensò Antonio.

«Era scesa», rispose Mercurio. «E l'aveva trovata».

«Chi?», chiese ancora McSwiney.

«La donna».

«La donna?»

«La monaca. Era una monaca di certo», disse il sagrestano.

«Del convento di San Zaccaria», completò per lui il dottor Liebermann come se conoscesse già i fatti. Da sempre, il medico ebreo che tante volte aveva aiutato Antonio Canal nelle fosche vicissitudini che l'avevano visto protagonista suo malgrado stava un passo avanti a tutti. Mentre parlava, piegando leggermente il capo in avanti, i cernecchi umidi di pioggia dondolarono.

«Già», convenne Canaletto.

Ma il sagrestano pareva non averli nemmeno sentiti. «Qualcuno l'aveva fatta mettere in ginocchio, legandole le mani dietro la schiena. Ma quello che mi sconvolse fu ciò che la giovane educanda mi disse dopo».

«Perché che cosa le era accaduto?», domandò Joseph Smith.

«Qualcuno aveva sfondato la bocca alla vittima, infilandole un mattone in gola, fino a soffocarla».

Su quelle parole, tutti tacquero. Solo Owen McSwiney parlò. «Mio Dio», disse visibilmente sconvolto.

Poi il povero sagrestano scoppiò in pianto. «E l'educanda mi disse che non sapeva cosa fare, avrebbe voluto aiutarla ma non poteva», ricordò con la voce rotta dall'emozione.

«Come avrebbe potuto?», domandò Antonio. «Non c'era niente da fare. Anzi», esclamò, «ha saputo mantenere il sangue freddo, rivelandovi quanto ora sapete. Non ha nulla da rimproverarsi».

«Non appena terminò il racconto pensai di venire qui. Il mio parroco non era ancora rientrato, ma capii subito che non c'era tempo da perdere».

«E avete fatto bene».

Mercurio si riebbe. Parve sollevato. Malgrado dovesse avere almeno cinquant'anni, il suo volto tradiva le espressioni di un bambino. Forse, era per via delle guance paffute, o magari a causa di quegli occhi chiari che parevano incapaci di mentire. «Voi dite?», chiese con un filo di voce, come se da quella risposta dipendesse la sua vita.

«Certo!», lo rassicurò Antonio, che iniziava a capire il perché di quella convocazione e anche come mai il doge avesse tentato di dirgli qualcosa che non gli era riuscito. Avevano ragione, naturalmente, sembrava proprio che quel fatto portasse il marchio di Olaf Teufel.

Sospirò. Perché non aveva nessuna voglia di tornare a immergersi nel lutto e nell'angoscia, giacché di questo alla fine si trattava. E ogni volta, dopo quel genere di avventure, risalire alla vita era sempre più difficile. Aveva maturato la convinzione che qualcosa in lui si fosse guastato per sempre.

Aveva perduto Charlotte e non riusciva a darsi pace.

«Credo che la cosa migliore da fare sia parlare con la badessa del convento», disse Isaac Liebermann con la consueta lucidità. «Inoltre», aggiunse, «vorrei poter esaminare il cadavere della povera donna uccisa. Il corpo è ancora lì dov'è stato trovato?»

«Sì», confermò il sagrestano. «Non lo ha toccato nessuno, che io sappia».

«Un momento, signori», disse il Capitan Grando, «prima che vi muoviate, mi corre l'obbligo di dirvi una cosa molto importante».

«Vi ascoltiamo», disse Antonio, il quale non aveva alcuna voglia di accettare l'indagine ma, come di consueto, si trovava cacciato a viva forza in quell'affare senza che nessuno gli avesse chiesto se fosse disponibile a farlo. E lui, un po' per senso del dovere, un po' per quella sua ridicola idea dell'onore, si metteva al servizio della Repubblica senza nemmeno concedersi davvero la possibilità di dire di no. Guardando il Capitan Grando, ebbe la sensazione che il peggio dovesse ancora arrivare.

«Ebbene, malgrado l'orribile ferita, la vittima è stata identificata».

Per un attimo il tempo parve fermarsi.

«È la nipote del doge: Polissena Mocenigo», disse il Capitan Grando.

5
Un tenebroso affare

Carlo Ruzzini guardò incredulo la baronessa. «Voi credete di poter controllare l'elezione?»

Orsolya Esterházy si concesse una risata. Quell'uomo, pensò, non aveva capito con chi aveva a che fare. Buon per lei. Sarebbe stato creta nelle sue mani. Quel giorno aveva scelto di vestirsi completamente di nero. Amava quel colore. Esaltava il rosso fiammeggiante dei suoi capelli e le si addiceva. La pelle diafana era ancora più chiara, gli occhi verdi rilucevano come smeraldi e Orsolya avvertiva la concupiscenza nello sguardo di Carlo Ruzzini, con buona pace di quella sua parrucca monumentale dietro la quale provava a mascherare la sua persona. Ma malgrado i gingilli di vanità e i goffi tentativi di simulare le sue intenzioni, il vecchio amico era appunto avanti negli anni e, pur gentile e non privo di una certa qual piacevolezza, era diventato zoppo per via della gotta e mezzo sordo. Per ora, dunque, egli avrebbe solo guardato e desiderato. Ogni cosa a suo tempo. «Naturalmente il metodo d'elezione del doge è assai complesso», disse infine, concedendo al suo interlocutore di rimanere incredulo, «ma conoscerne i passaggi e i dettagli aiuta a condizionarne i risultati».

«Non ne dubito, ma lasciate che vi rinfreschi la memoria, ammesso che una baronessa ungherese come voi possa sapere…».

«Sono una Valacca Nera!», lo interruppe Orsolya. «E la complicata procedura d'elezione dogale non ha segreti per me».

«Davvero?», chiese ancora Carlo Ruzzini, che non riusciva a farsi una ragione di quelle affermazioni. Non aveva dubbi riguardo le molte qualità della sua interlocutrice, ma che fra di esse vi fosse anche la capacità di dominare le elezioni del doge lo lasciava sconcertato.

«Alla morte del Serenissimo principe, si riunisce il Maggior Consiglio, e il membro più giovane è designato a recarsi fuori dal palazzo per scegliere un fanciullo del popolo», replicò lei senza battere ciglio.

«Fin qui è facile», disse con una certa allegria Carlo Ruzzini.

Orsolya non lo ascoltò nemmeno. «A lui spetta il compito di estrarre da un'urna i nomi di trenta consiglieri: essi devono appartenere ad altrettante famiglie e non possono avere alcun legame di sangue fra loro. Costoro diverranno nove, attraverso un'estrazione a sorte, ed eleggeranno i quaranta che tramite ballottaggio diverranno dodici i quali, a loro volta, nomineranno venticinque membri fra cui nove prescelti individueranno quarantacinque consiglieri di nuovo ridotti a undici. Saranno questi ultimi a nominare i quarantuno consiglieri che eleggeranno il nuovo doge. Apparentemente il sistema è inattaccabile», convenne Orsolya.

«Lo è», osservò Carlo Ruzzini, senza nascondere la propria ammirazione per la lucida essenzialità con cui la baronessa Esterházy aveva illustrato in pochi passaggi il complesso procedimento di nomina dogale, «anche se in questi mesi non siamo certo rimasti con le mani in mano. Voi in particolare, amica mia, vi siete data da fare».

«Potete ben dirlo! E aggiungo che, se è vero che la procedura è al di sopra di ogni sospetto, ben sappiamo che in realtà la compravendita dei voti è fin troppo collaudata e offre ottimi risultati. Non solo: la vostra persona è al di sopra di ogni sospetto».

«E questo è vero», ammise il vecchio patrizio veneziano, «ma è altrettanto innegabile che questa mia equidistanza non bastò a garantirmi l'elezione dieci anni fa».

«Dieci anni fa la stella di Mocenigo era in ascesa. Ora, dopo i fatti terrificanti di questi anni, è caduto in disgrazia».

«Alludete agli efferati omicidi avvenuti?»

«A quelli, al vaiolo, all'epidemia di idrofobia, alla corruzione delle cariche. Tragedie che si sono succedute in questo ultimo decennio. Alvise Pisani conta su simili fatti per vincere».

«Già».

«Ma ha un problema».

«È ricchissimo ma atavicamente avaro, come tutti quelli della sua famiglia. Ce l'hanno nel sangue», convenne Carlo Ruzzini. Quasi a voler rafforzare le sue parole, annuì.

«Per l'appunto. E ama talmente tanto il potere da risultare odioso: scandali ed efferatezze sono il suo pane», chiosò Orsolya. «Ma ampliando la riflessione, ora vi dirò quel che penso, e non parlo di fantasie ma degli umori che ho raccolto in questi ultimi due anni. I veneziani sono stanchi di avere al potere le solite famiglie: Mocenigo, Corner, Giustinian, Valier, Contarini, giusto per citare le più potenti. Desiderano un uomo lontano dalle consuete dinastie. Un uomo che esprima una propria indipendenza, che sia stato artefice della sua fortuna e che garantisca un periodo di pace e quiete. Venezia è stanca, stremata. Ha bisogno di una tregua. È stata violentata dalle solite famiglie che ora sono odiate da tutte le altre. Alludo in particolare alle case fatte per soldo che non appartengono alle dodici apostoliche».

«Ma senza quelle dodici non si vince», osservò Carlo Ruzzini.

«E avete ragione, naturalmente», confermò la baronessa sorridendo. «Ma ci troviamo in una fase per certi versi irripetibile perché perfino Contarini, Foscari e Corner sono disposti a eleggere un uomo di pace che non appartenga alle solite consorterie. Qualsiasi cosa pur di non vedere indossare il corno d'oro a un Mocenigo o un Valier. Una tregua, vi dicevo. E poi gli elettori sono quarantuno. Crediamo forse che famiglie come Angaran, Dondi dell'Orologio, Farsetti, Labia, Valmarana, Zacco, giusto per citarne alcune, resteranno a guardare? E ce ne sono molte altre!».

Carlo Ruzzini la guardò sorpreso. Non si aspettava una simile conoscenza o meglio, pur essendo perfettamente consapevole di quanto ella fosse addentro ai gangli del potere, ne restava ogni volta stupefatto. Era più forte di lui. Orsolya ne godeva in segreto. Un tempo se ne sarebbe avuta a male, ma ora invece riteneva che quell'essere sottovalutata in quanto donna fosse la sua fortuna più grande. «Ma ora vi prego, concediamoci un po' di carezze», disse lui.

«Con moderazione», fu la sua replica. «Prima dovete essere eletto doge. Altrimenti non vi resterà più niente per dopo, non vi pare?», disse lei ammiccante, portando un dito alle labbra, suggerendo per un istante l'indicibile.

«Ma quanto volete farmi aspettare?», replicò lui, stizzito.

Ma lei continuò come se Carlo non avesse nemmeno parlato. «Sapete meglio di me che sono la vedova di un patrizio veneziano e che la nostra relazione deve rimanere segreta, se venisse risaputa sarebbe la vostra rovina».

«E anche la vostra, non siate ipocrita».

«Certamente, non dico di no».

«Ma qui, nel segreto del vostro palazzo...».

«Siete stato seguìto?»

«Io? Figuriamoci!», negò recisamente Ruzzini.

«Ne avete la certezza?»

«Ma per chi mi avete preso?»

«Questa è Venezia. Anche i muri hanno gli occhi».

Ruzzini sospirò. «Se credete che intenda pregarvi, vi sbagliate di grosso».

«Io non credo nulla», disse la baronessa, avvicinandosi a lui. Sapeva che doveva pur dargli qualcosa. Così, piegandosi leggermente in avanti, gli offrì una visione celestiale della sua scollatura.

Il vecchio amico si godette quella dolce attenzione.

Ma proprio quando le cose si facevano più interessanti, qualcuno bussò alla porta.

«Ma chi diavolo...», imprecò Carlo Ruzzini.

«Qualcuno che vuole rovinarci la festa», disse Orsolya, fingendo una falsa tristezza. «Chi è là?», domandò.

«Mia signora, la barca aspetta».

«Che cosa?»

«La barca...».

La baronessa spalancò la porta e fulminò con uno sguardo il suo servitore. Era uno dei suoi Valacchi Neri. Era alto e ben piantato. Portava capelli lunghi e baffi a manubrio. Teneva un cappellaccio a tesa larga fra le mani. Al fianco aveva una spada, in vita un pugnale. «Ricordate», continuò. «Siete attesa. La barca è già ormeggiata al molo».

«Malgrado la vostra insolenza, avete ragione, Morovlah! E ora sparite!», esclamò lei, esagerando la sua irritazione.

L'uomo si eclissò. La baronessa si voltò verso il suo ospite, tradendo un ghigno crudele. «Sono desolata», disse all'indirizzo di Carlo Ruzzini.

Quest'ultimo scosse la testa. «Comincio a credere che queste vostre incombenze improvvise siano artatamente concepite per darmi il benservito».

Orsolya si mostrò ferita. «Il solo pensare una cosa del genere è puro oltraggio nei miei confronti. Non sognatevi nemmeno di crederlo. È colpa mia che dimentico i miei impegni, questo è certo. Ma sappiate che la ragione per la quale devo partire è legata al successo della vostra elezione».

Carlo Ruzzini spalancò ancora una volta gli occhi. «Davvero?»

«Precisamente. Quanto all'interruzione subita, ebbene vi dico che sarà mia cura farmi perdonare nel migliore dei modi al nostro prossimo incontro».

«D'accordo, allora. Se la mettete in questo modo, non posso che desiderare di rivedervi al più presto».

«Vorrei ben vedere», replicò lei, porgendogli la mano.

Lui la baciò con il lubrico trasporto di un vecchio impenitente. Orsolya lo lasciò fare.

Infine, Carlo Ruzzini prese congedo.

E mentre lo vedeva allontanarsi claudicante, la baronessa pensò una volta di più che era proprio il fantoccio di cui aveva bisogno.

6
La badessa

Antonio aveva infine accettato di indagare. Di malavoglia, beninteso. Ma ormai lo avevano coinvolto e forse, finalmente, sarebbe riuscito ad arrivare a chiudere la sua partita con Teufel, l'uomo che aveva terrorizzato Venezia con i suoi sanguinosi omicidi. Era davvero lui l'assassino, autore dell'efferata uccisione descritta dal sagrestano di San Zaccaria? La crudeltà e la spietatezza dei modi potevano anche farlo credere, ma non aveva alcuna intenzione di lasciarsi influenzare dai fatti del passato. A ogni modo, in seguito all'interrogatorio, lui e i suoi amici avevano deciso di andare a far visita alla badessa di San Zaccaria, per esaminare il cadavere.

Dopo essere stati introdotti dal Capitan Grando e aver adempiuto alle presentazioni di rito, si trovarono tutti e quattro, con Francesco Longo, di fronte alla superiora, suor Veronica Foscari. Era visibilmente provata.

«L'abbiamo lasciata dov'era», stava dicendo, riferendosi alla povera monaca uccisa. «Non per mancanza di pietà, ma perché attendevamo voi», concluse con un filo di voce, rivolta a Francesco Longo.

«Avete fatto bene», confermò quest'ultimo, «ce ne occuperemo noi, infatti».

«Ve ne sono grata. Capite bene che tutta la nostra comunità è sconvolta. Polissena era molto amata: sempre generosa, attenta agli altri, colta, irreprensibile nella condotta, lascia un vuoto fra noi. Quello che mi ha agghiacciato è il fatto che l'assassino debba per forza essere passato di qui. Era fra noi. Dev'essersi introdotto in qualche modo nel convento».

«Ne siete certa?», domandò Antonio.

«Eccome, signor Canal», disse lei. «Vedete, c'è un solo accesso possibile alla cripta ed è dalla cappella di San Tarasio».

«Che si trova...», suggerì Joseph Smith.

«...All'interno del convento», concluse suor Veronica. Era una donna dalla bellezza austera. I tratti marcati del volto esprimevano una notevole fermezza di carattere, ma non per questo la rendevano meno attraente. Anzi.

«Ma», insistette Joseph Smith, «correggetemi se sbaglio, in teoria sarebbe possibile entrare dal parlatorio, non è vero? Esiste, cioè, una porta che mette in contatto il monastero con il mondo esterno, diciamo così».

La superiora guardò l'inglese con malcelata irritazione. «Sì, in linea del tutto teorica questo sarebbe possibile, ma presupporrebbe che una delle mie sorelle fosse d'accordo con l'assassino, aprendogli la porta».

«O ancora», continuò Joseph Smith, «quest'ultimo avrebbe potuto realizzare una copia della chiave o magari forzare la serratura, penetrare nel parlatorio, da lì raggiungere la cappella di San Tarasio e quindi scendere nella cripta».

«Be'», tentennò la superiora, «sì, avrebbe potuto, anche se la serratura non è stata forzata».

«Capisco», disse l'inglese, ma non parve del tutto convinto.

«Quello che intendiamo dire, mia signora», intervenne il Capitan Grando, «è che esiste una via d'accesso, seppur improbabile, alla cripta».

«Naturalmente sì», confermò infine la badessa.

«Chi ha trovato la povera Polissena Mocenigo?»

«Marietta!». La badessa chiamò qualcuno che rispondeva a quel nome. Subito dopo, fece il suo ingresso una giovane educanda. Zoppicava. Era assai graziosa ma teneva lo sguardo basso, e non per pudicizia. Qualcosa albergava nei suoi occhi, Antonio lo percepì chiaramente. Sembrava quasi che, alzando lo sguardo, temesse di rivedere un'immagine che l'aveva agghiacciata. E doveva essere andata proprio così.

«È stata lei a trovare la nostra sorella sventurata», disse suor Veronica.

A conferma di quelle parole, la bella educanda annuì.

«Vedi, Marietta», disse la superiora, «questi signori sono venuti da noi per capire cosa possa essere accaduto a suor Polissena. Potrebbero farti delle domande».

«Capisco, suor Veronica».

Il Capitan Grando sospirò. «Non credo che tempestarla di domande ci aiuterà in alcun modo. Temo invece che serva solo a farle rivivere quegli istanti di terrore. Non abbiamo intenzione di chiederle nulla. Piuttosto, se poteste guidarci all'ingresso della cripta…».

«Lo farò, naturalmente», disse Veronica Foscari. «Ma prima, prendete questi», e mentre parlava allungò ai suoi cinque ospiti altrettanti stracci.

«Che cosa sono?», chiese Antonio.

«Qualcosa per coprirvi naso e bocca. L'odore che vi accoglierà è pestilenziale». Mentre diceva così, la superiora rivolse a Canaletto uno sguardo particolare, come a suggerire che non avesse detto ancora tutto quello che sapeva. Antonio non volle indagare in quel momento perché, se la badessa si era affidata agli occhi, allora, con ogni evidenza, era a lui e a lui solo che intendeva confidare le ulteriori sue preoccupazioni. Così, senza proferire verbo, si limitò a proteggere naso e bocca con lo straccio, legandolo attorno al collo. Quindi si accodò agli altri suoi compagni e, tutti insieme, seguirono suor Veronica Foscari.

«Quale mostro può aver concepito un orrore simile?», domandò Owen McSwiney. I suoi occhi scintillarono sopra il fazzoletto nero che aveva stretto attorno al collo. Gli copriva bocca e naso e lo faceva somigliare a un masnadiere. «Vorrei solo poter averlo davanti per ammazzarlo con le mie mani!».

Una volta entrati nella cripta, erano rimasti in silenzio tutti e cinque, perché qualsiasi parola sembrava offensiva. La sola vista di quella povera donna era peggio di una coltellata in pieno petto. Suor Veronica Foscari aveva ragione, l'aria era irrespirabile, per via del marcio dell'acqua che allagava il luogo e del cadavere che aveva cominciato a puzzare.

«Teufel», mormorò Antonio mentre riempiva il proprio quaderno di scaraboti. Vedute complessive della cripta si alternavano a dettagli e ritratti. Camminava incurante dell'acqua che gli arrivava alle ginocchia per catturare la scena da differenti prospettive.

«Voi dite?», domandò il Capitan Grando, che non si era lasciato sfuggire quella parola, per quanto sussurrata sottovoce e camuffata dalla stoffa del bavaglio.

«Certe cose le ho viste solo da quando quell'uomo si trova a Venezia. Anche tre anni fa era stato assente a lungo, ma poi era ricomparso. Il modo terrificante di uccidere le vittime mi ricorda lui. Tenete presente che è fuggito poco prima di finire sulla forca. Il suo odio verso di noi e Venezia dev'essere ancora più grande, ammesso che sia possibile».

«Mi domando cosa abbia spinto l'assassino a commettere qualcosa di tanto immondo», disse McSwiney, colpendo l'acqua con i pugni chiusi.

«L'ha uccisa con il mattone. È stata soffocata a morte», disse Isaac Liebermann.

«Quello che mi chiedo è se un metodo così atroce sia frutto di una pura violenza o se nasconda un significato», ribatté Joseph Smith.

«Quale perverso significato potrebbe mai avere un simile scempio?», domandò McSwiney, dardeggiando uno sguardo colmo d'ira all'amico. Come sempre, il suo temperamento focoso gli faceva perdere rapidamente la pazienza.

«Capisco quello che intendete», disse Liebermann. «Anche i fori sanguinanti di tre anni fa nascondevano la più inquietante delle verità». Il medico ebreo si muoveva con circospezione, nel tentativo di comprendere se il cadavere rivelasse, attraverso il proprio stato, qualche dettaglio che fosse loro sfuggito, prezioso ai fini dell'indagine. Ma per quanto osservasse con attenzione non pareva trovare null'altro.

«Non appena avrete finito, dottor Liebermann», disse il Capitan Grando, «ci aiuterete a spostare quel povero corpo. Dovremo portarlo da qui sotto fino alla cappella e lì ne organizzerò il trasporto, affinché venga reso ai suoi cari».

«Allora, procederei come suggerite. Io qui ho finito», concluse il medico ebreo.

«Fatevi da parte, allora».

Il medico obbedì.

Il Capitan Grando si avvicinò all'altare. A quel punto, prese nella mano il mattone infilato nella bocca e lo estrasse. Qualcosa tintinnò sulla pietra dell'altare. Guardò di cosa si trattasse. Erano denti spezzati. Sospirò.

Quindi, fece scivolare un braccio dietro la schiena della povera monaca uccisa e la trasse a sé. Un istante dopo la teneva come una bimba, con il capo reclinato sul petto, avanzando nell'acqua della cripta.

7
La lettera

Antonio era ancora incredulo. Quanto visto lo aveva lasciato prostrato. Gli parve di aver perduto un altro pezzo di sé. I delitti di quegli ultimi anni gli strappavano il cuore a brani, e quando accadeva gli sembrava di diventare meno disposto a commuoversi, meno pronto a provare pietà e compassione, come se la visione del sangue, del dolore e dell'orrore lo rendessero un po' più indifferente ogni volta. In un certo qual modo gli pareva che quei delitti lo rendessero sempre più avvezzo a frequentare il male e ad accettarne l'esistenza e, in tal modo, a smarrire sempre più la sua persona.

In quei tempi, gli riusciva più difficile ritrovarsi nella pittura. La amava sempre ed era la sua ragione di vita, ma si riscopriva meno pronto del solito, più incerto, meno disposto a lasciarsi travolgere dalla luce e dal colore. Sentiva che per tornare con tutto sé stesso a quel suo primo amore, con l'intensità che l'arte meritava da parte sua, doveva risolvere quel rompicapo rappresentato da Olaf Teufel. E anche se non vi erano evidenze che quest'ultimo fosse coinvolto nell'assassinio di suor Polissena Mocenigo, egli nutriva la certezza che, invece, era a lui che si sarebbe dovuto guardare. Non solo. Avvertiva un'ulteriore, intima sensazione: e cioè che non fosse lui, infine, la mente che aveva concepito l'intero sanguinoso disegno cominciato sette anni prima. E che quell'incubo avesse radici profonde, talmente profonde da rimandare a un passato lontano. Non riusciva a spiegarselo meglio di così, perciò doveva accontentarsi di un'intuizione, anzi nemmeno, di un semplice stato d'animo, alimentato da un'inquietudine, una convinzione del tutto irrazionale, a ben vedere.

E però non aveva dubbi che fosse così. Dopotutto, chi aveva liberato Teufel? Chi era l'uomo, o gli uomini, che in tutti quegli anni lo avevano pedinato, seguito, e infine avevano anticipato le sue mosse? Non erano mancate le occasioni in cui Antonio si era reso conto che i sicari o le spie che sorvegliavano i suoi passi avrebbero ben potuto non essere emissari di Teufel. Certo, non aveva elementi per escludere che quest'ultimo avesse a propria disposizione una rete di uomini addestrati. Era quasi certamente così. Ma l'idea che oltre a lui vi fosse qualcun altro era ben più di un semplice sospetto.

Tutti quei pensieri lo avevano portato a prendere carta e penna e, a quel punto, si era messo a scrivere. Era in momenti come quelli che Charlotte gli mancava di più, gli mancava talmente tanto che sarebbe stato pronto anche a partire immediatamente e raggiungerla. Ma poi ripensava al fatto che lei lo avrebbe tenuto distante, vicino a sé ma lontano dal suo cuore, e allora la mancanza sarebbe stata ancora più insopportabile. Era già accaduto una volta.

La lettera, perlomeno, gli permetteva di raccontarsi la bugia che fosse la separazione a tenerli divisi, quando invece era il loro amore spezzato a farlo.

A ogni modo, quel che aveva visto in quei giorni lo aiutò ancora di più a lasciarsi andare, proprio come un naufrago alla deriva, senza imbrigliare le emozioni.

Mia cara Charlotte,

Venezia senza di te è ancora più livida e fredda. A volte, guardando l'acqua verde, mi sembra di rivedere quei tuoi occhi così belli. Ma è solo la sensazione di un istante, poi il gelo torna a visitare il mio cuore inaridito che è tale per via della tua assenza, tanto più insopportabile al pensiero di quanto eravamo felici, un tempo. Gli ultimi giorni trascorsi insieme nei campi polacchi, nell'erba alta d'estate, mi rendono ancora più malinconico, perché non ho dimenticato i tuoi propositi di solitudine e i rimproveri che ti muovevi per quanto accaduto a Colombina.

So bene che non potrò farti cambiare idea, così come indovino l'espressione che farai quando leggerai questa lettera nella quale baratto ogni briciolo di dignità rimasta per un solo tuo sorriso, una parola d'amicizia se non d'amore. Vedi com'è ridotto questo mio animo spezzato?

Se tu sapessi, amore mio, quali orrori sto vedendo in questi giorni. Ma ti risparmierò ogni dettaglio, dato che è proprio per non pensare a fatti del genere che te ne sei andata. E facendolo mi hai lasciato solo. Non te ne faccio una colpa, lo sai. Non sono un uomo tanto meschino. Se è questo a renderti sopportabile la vita, allora terrò per me questa solitudine, e mi sarà cara perché sarai stata tu a deciderla. Eppure mi piace pensare che prima o poi questo esilio che hai voluto per te e questa assenza con la quale hai riempito di vuoto i miei mesi un giorno finirà. Me lo ripeto di continuo al solo scopo di non impazzire.

Qui le giornate si susseguono, una più gelida dell'altra. Tento di aggrapparmi alla pittura, ma nemmeno quella riesce più a darmi la gioia che provavo. Affido i miei baci a queste poche righe d'inchiostro e spero che questa mia ti trovi bene, o magari anche solo in via di guarigione dalle ferite che porti.

Per sempre tuo,

Antonio

Rilesse ciò che aveva scritto. Soffiò sul nerofumo perché si asciugasse. Sorrise d'un sorriso amaro, perché gli era del tutto evidente che aveva rinunciato definitivamente a darsi un contegno o a mantenere anche solo un briciolo di orgoglio. Era più forte di lui. Non era solo l'amore di Charlotte a mancare, era anche la possibilità di condividere con lei i pensieri, le aspirazioni, i sogni.

Quando l'inchiostro fu asciutto piegò i fogli di carta, li inserì nella busta, apponendo il proprio sigillo. La appoggiò sul tavolo da lavoro. Era stanco e sfiduciato.

Decise che fare una visita al suo amico Joseph Smith poteva essere una buona idea. Così si preparò e uscì.

Non s'avvide, mentre camminava fra le calli, nel crepuscolo della sera, di essere seguito.

8
Il pozzo

Orsolya Esterházy entrò.

La stanza si trovava al medesimo livello della laguna. Proprio come le cripte medievali delle chiese, che a Venezia non mancavano. Lo spazio era stato ricavato secondo le medesime modalità delle prigioni dei pozzi di Palazzo Ducale. Entrando, sembrava di penetrare nell'antro di Nettuno. Un odore d'acqua stagnante ammorbava l'aria, il soffitto basso rendeva l'ambiente a dir poco claustrofobico, le pareti a secco intrise d'acqua erano marce e al centro di quel luogo così inospitale e tetro stava una gabbia in sbarre di ferro.

Nel mezzo, vestito di stracci, con i lunghi capelli incollati alle tempie e ricaduti sul volto smunto, Olaf Teufel guardava con gli occhi ridotti a fessure l'arrivo di quella donna che tanta parte aveva avuto nella sua sfortuna e che lui peraltro conosceva bene. Un'ira silenziosa covava in lui ma, per quanto evidente fosse il rancore che si leggeva nelle sue iridi, esso pareva mitigato da un'impotenza evidente. Quasi a voler sottolineare la tangibilità fisica di quell'incapacità, i ceppi ai suoi piedi risuonarono di uno stridore sinistro, non appena egli si mosse. Lo fece lentamente, quasi scivolando, come se la lunga detenzione in quel luogo dimenticato da Dio lo avesse trasformato in un rettile d'acqua. «Ah», disse infine, con una voce che pareva scavata nella ruggine, «la mia amata sorellina che mi vuole tanto bene!».

«Vedi, che non manco di farti visita?», replicò la baronessa, con una punta di scherno. «Devi avere più fiducia in me», aggiunse. Era vestita come un uomo. Aveva raccolto i lunghi capelli color fiamma in un fiocco di velluto nero. Portava una camicia di pizzo e una marsina color blu scuro, calzoni e stivali al ginocchio. Se avesse tenuto una spada alla cintura avrebbe potuto essere scambiata per un dragone della Serenissima Repubblica di Venezia. Di certo, da qualche parte, celava la lama d'un pugnale. «Olaf Teufel», disse poi, «che nome ti sei scelto! Ma anche così, ti ho infine trovato. Al momento giusto, direi».

«E che cosa intendi fare, ora? Mi terrai recluso qui per sempre?».

Orsolya si fermò di fronte a lui, conservando però una certa distanza dalle sbarre della gabbia. «Ciò che intendo fare di te è affar mio».

Teufel inclinò il capo. «Sei ancora arrabbiata con me, sorellina?»

«E perché dovrei», fu la risposta, «dal momento che risolverai tutti i miei problemi? Non sei riuscito a farlo per la nostra famiglia ma, se non altro, sarai d'aiuto a me, seppur contro la tua volontà».

«Ancora con questa storia?», domandò lui.

«Perché, ve n'è forse un'altra che ci riguarda? E per quale ragione altrimenti avresti compiuto tutti i delitti di questi ultimi anni?»

«Per vanità?», domandò Teufel, sollevando il sopracciglio.

Gli occhi di Orsolya ebbero un lampo. Suo fratello era ancora pericoloso. Lo sapeva bene. Si era illusa che il tempo in quel tugurio lo avesse fiaccato, ma c'era qualcosa in lui che lo nutriva: era il male a tenerlo in forze, come se il rancore e il desiderio di vendetta che albergavano nelle sue vene alimentassero quel maledetto sangue guasto. Eppure doveva ben conoscere quel suo animo indomito, capace di fargli compiere innominabili viltà e crudeli efferatezze. Le aveva ben viste fin da ragazzina, quando suo padre, il barone Esterházy, tradendo la memoria di sua madre, aveva sposato una nobile molle e lubrica, concependo quello scarto umano. Oh quale disgusto e ira insieme sapeva provocare in lei quella voce insinuante e beffarda. Anche in un momento come quello, dietro le sbarre della gabbia, con le catene ai piedi, in quel luogo dimenticato da Dio, ella sapeva quanto poco doveva fidarsi di lui.

Eppure non lo temeva, non più. C'era stato un tempo in cui lui la odiava di un sentimento talmente profondo da farle temere d'essere uccisa. «Ricordi», disse, riportando alla mente anni lontani, «quando mi legasti all'albero?»

«Come potrei dimenticarlo?», disse lui. «Era estate. Ti legai al tronco di quel pino, strappandoti le vesti. Ti cosparsi di miele. E poi...».

«Gli insetti», gridò lei, «quasi mi uccisero! Vespe, tafani, calabroni. Mio padre mi trovò in fin di vita. Il volto, le braccia, le gambe divorate dalle punture».

«Nessuno seppe chi fosse stato».

«Maledetto!».

«Ma sei rimasta bellissima. E di questo non riesco a darmi spiegazione».

«Fu il veleno. Ne sono imbevuta ancora. E invece di morirne ne uscii più forte. Notte e giorno sognai un modo per fartela pagare».

«Hai saputo aspettare», disse Teufel.

«Già. È la mia forza».

Lui tacque. Parve studiarla.

Ed ella glielo lasciò fare. Che vedesse pure quanto era ancora bella. Quanto il suo progetto di ucciderla fosse fallito. Pregustava la vendetta da così tanto tempo. Aveva scommesso che pur nella sua codardia egli avrebbe raggiunto Venezia per tentare di trovare il riscatto che la sua famiglia bramava da secoli. Ma era stato cieco e si era smarrito nella violenza fine a sé stessa. «Hai saputo solo sterminare vite», disse, «ma senza un vero obiettivo, senza un fine ultimo».

«Ho fatto quello che ho potuto», replicò lui.

«Ti sei dato un nome da gazzetta».

«Dovevo fare impressione. Specie sulle donne. Alla gente di qui suona esotico».

«Te lo concedo, ma non esagerare. Giusto su quelle povere cortigiane che abitano le membra di questa stanca meretrice dei mari».

«Eppure anche tu sei qui».

«Per il tuo stesso motivo. Ma ho un piano in mente, non il solo bieco desiderio di strage e morte».

«Ah! E questo ti renderebbe migliore di me?»

«Sono sempre stata migliore di te. Chi dei due è in gabbia, rinchiuso in un pozzo malsano?».

Teufel annuì, concedendosi un ghigno. «Io, non v'è dubbio. Quanto all'essere pura...».

«Non l'ho mai detto! Ma sono migliore di te».

Teufel sospirò, come se quella conversazione gli fosse venuta a noia. Fece un paio di passi e, con gran stridore di catene, si sedette sul paglericcio che gli faceva da giaciglio. Chinò il capo. «E dunque?», disse infine. «Cosa mi devo attendere?»

«Aspetta e vedrai», fu la risposta. «Sono la regina dei Valacchi Neri e avrò la mia vendetta, puoi starne certo!».

Teufel sollevò le spalle, quasi quell'ultima affermazione non lo riguardasse. O, forse, data la situazione nella quale si trovava, non aveva modo di smentirla. Senza attendere oltre, la baronessa gli voltò le spalle e risalì la scala.

Quando infine fu di nuovo fuori e vide il cielo freddo di Venezia, udendo il dolce sciabordio dell'acqua verde della laguna, fece un profondo respiro.

«Marcirai lì dentro», disse fra sé e sé, «fino a quando questa città non avrà la tua carne, te lo giuro».

9
A casa di Joseph Smith

Malgrado fosse stato più volte a casa dell'amico, Antonio non riusciva a capacitarsi delle sue collezioni che andavano sempre più arricchendosi d'opere. Vero era che, oltre alle sue tele, Joseph Smith trattava quelle di tutti gli altri maggiori pittori di Venezia. Non era insolito incontrare nei salotti del suo palazzo sul Canal Grande Pietro Longhi, Rosalba Carriera, Michele Marieschi e tanti altri magnifici artisti.

Quel giorno, in particolare, Joseph Smith stava osservando con attenzione una tela di notevoli dimensioni. Quando Antonio fece il suo ingresso nello studio, l'inglese se ne rallegrò oltremodo poiché avrebbe avuto un parere autorevole sulla bontà di quell'artista.

«Vedete?», disse Joseph Smith senza perdere tempo, «ditemi se avete mai apprezzato qualcosa del genere».

Canaletto non si aspettava certo un benvenuto come quello. Ma ciò che gli si parò dinnanzi agli occhi gli levò qualsiasi dubbio o sorpresa tanto lo stregò, quasi non avesse mai visto niente del genere fino a quel momento. Eppure lo stile pittorico gli ricordava qualcuno. Avvertì una tale ferocia nelle pennellate, una forza primigenia, quasi tinte e materia fossero state cavate direttamente da fango e radici, la luce strappata via a un cielo d'inverno. Le ombre erano vive, vibranti d'inquietudine, e il corpo rozzo una promessa di carne e corruzione, pur appartenendo a tutta evidenza a san Sebastiano, trafitto dai dardi. Se non fosse stato per il soggetto chiaramente sacro, Antonio avrebbe pensato immediatamente a una profanazione, per via della sensualità che grondava da quelle membra deformate, esasperate nelle proporzioni, con il volto del santo quasi cancellato. Rimase sinceramente turbato.

Infine si ricordò: «Giulia Lama».

Joseph Smith annuì. «Questa pittrice ha deciso di far corsa a sé, rifiutata dalla fraglia. Ho saputo di certe sue intemperanze e perfino degli scandali che sarebbero collegati al suo nome. Pure, ho la fortuna di poter tenere presso la mia casa questa sua tela, da lei dipinta come se fosse sul punto di morire perché, ne converrete, v'è in questo quadro un tale senso di maledizione, una perversione così evidente, ancor più esasperata dal fatto che inchiodato all'albero v'è san Sebastiano. Non mi capacito della potenza espressiva. E non lo dico con leggerezza, badate bene, nessun pittore aveva mai osato tanto, a mio giudizio».

«Giulia», ripeté Antonio, quasi riparandosi il volto da quella visione troppo potente per lui, «è stata allontanata per l'invidia che gli altri pittori nutrivano nei suoi confronti. Alcuni fra loro ebbero buon gioco nel dire che fosse scandaloso quel suo desiderio di ritrarre il nudo maschile».

«Ipocriti! Mediocri!», tuonò Joseph Smith. «Sono stati spaventati dal suo senso di ribellione, da quell'energia eversiva che Giulia ancora incarna, malgrado abbia superato i cinquant'anni d'età. E ora vive come una donna di strada. Ma non è pentita di una tale scelta. La rivendica, invece. E la trasferisce con tutta la propria cruda urgenza sulla tela del quadro».

Era vero. C'era qualcosa in quella tela che piegava le membra. Come se anche solo contemplarla richiedesse una tale forza da ridurre in ginocchio se non si fosse stati pronti. «Ha un talento accecante», confermò Antonio. «Ricordo di essere rimasto attonito nel vedere una sua decollazione».

«La decollazione di sant'Eurasia, naturalmente».

«V'è qualcosa nella sua pittura di profondamente…».

«...Disturbante?», domandò Joseph Smith.

«Non avrei saputo dirlo meglio».

L'inglese annuì. «Lo penso anch'io, Antonio. E ora vi spiego perché ho voluto mostrarvi questo quadro di rara potenza».

«Vi ascolto», disse l'amico.

«Ma prima, andiamo a sederci davanti al camino», disse Joseph Smith, indicando ad Antonio lo splendido salone contiguo.

A differenza della stanza nella quale si trovavano, quello nel quale giunsero era uno spazio sovraccarico di chincaglierie, ninnoli e *chinoiserie*. Era come se l'animo del collezionista di Joseph Smith avesse dato fondo a qualsivoglia desiderio, riempiendo la grande sala di vetri di murano, specchiere, porcellane cinesi, secrétaire in ebano, scatole in legno laccato, dipinto in toni del verde menta, rosso fuoco e oro, tavoli ottagonali ricchi di decori, poltroncine dalle geometrie asimmetriche sulle quali, infine, Antonio e il suo amico inglese si accomodarono.

«Vi ho mostrato quel quadro», disse quest'ultimo, «perché mi ha ricordato qualcosa, anche se non so spiegarvelo con precisione. Diciamo che è una sensazione».

«Il cadavere della povera Polissena Mocenigo?».

Joseph Smith lo guardò meravigliato. «Dunque lo credete anche voi?»

«Come avete ben detto, non trovo una spiegazione razionale e tuttavia...».

«E tuttavia?»

«E tuttavia v'è una tale crudele violenza in quella scena. Non che in passato le vittime non fossero state orribilmente colpite, ma qui v'è qualcosa di antico, un male che pare essere stato covato a lungo e ora si è risvegliato d'improvviso. Non comprendo il senso di ciò che abbiamo trovato, ma sembra qualcosa di barbaro, una punizione biblica, una tortura. Vorrei essere più preciso, ma tutto quello che posso dire è che mi fa venire i brividi, proprio come il quadro che mi avete mostrato.

E in questo sta forse l'analogia, fondata su basi completamente irrazionali».

«Penso esattamente la stessa cosa. Naturalmente Giulia Lama non c'entra nulla, ma quella violenza barbara, insostenibile al punto da far abbassare lo sguardo, ebbene, è la medesima. Certo, potrebbe essere Teufel ancora una volta, anzi, sarebbe la conclusione più ovvia. Ho anche riflettuto sul fatto che abbia scelto una cripta per farci trovare il corpo della povera fanciulla».

«In che senso?»

«Be', l'ultima volta in cui si è manifestato, Olaf Teufel si è premurato di abbandonare i cadaveri sui ponti, in una posizione per così dire sopraelevata».

«Avete ragione», disse Antonio, allungando le mani e lasciando che i palmi ricevessero grati il tepore del focolare.

«Ora, invece, intende portarci sotto la città».

«Così sembra».

«Il problema è che questa volta sta colpendo la famiglia del doge».

«Voi credete?»

«Temo che se non riusciremo a risolvere alla svelta la questione, altri esponenti della dinastia Mocenigo verranno uccisi».

«Ora che me lo dite, mi rendo conto che avete ragione».

«In che senso?»

«Lasciate che vi spieghi. Sette anni fa, quando scoprimmo chi fosse l'esecutore della sequenza di omicidi, emerse con chiarezza l'odio nei confronti dei Mocenigo. Si rimproverò loro un'avidità e una brama di potere talmente profonde da giustificare una terrificante sollevazione. L'assassino, insomma, era riuscito a tessere una tela di alleanze che aveva come scopo quella di rovesciare la famiglia del doge. Successivamente, egli cercò di colpire gli uomini delle istituzioni attraverso le orribili morti perpetrate attraverso i fori sanguinolenti alla gola. Uomini, si badi bene, sempre al servizio del doge, e dunque di Mocenigo».

«Credete dunque che egli reputi di avere una questione aperta con la famiglia dell'attuale doge?»

«La mia non è che una supposizione».

«Be', Joseph, le supposizioni sono la nostra unica possibilità di fare progressi in questa storia».

E mentre le udiva, Antonio capì che le parole dell'amico risuonavano come il riflesso più autentico della verità.

10
Monacazione forzata

Dopo aver salutato l'amico, Antonio aveva scelto di tornare al monastero. Voleva capire meglio che persona fosse Polissena Mocenigo. E la superiora avrebbe soddisfatto la sua curiosità. Ne era certo. Non aveva dimenticato il suo sguardo.

Camminò nella notte. Sapeva che l'ora non era delle migliori. Ma le sue ricerche non potevano aspettare. Una pioggia sottile cadeva incessante e gli penetrava nelle ossa, facendolo rabbrividire. Ben presto si ritrovò inzuppato d'acqua. Si strinse nel tabarro, calcandosi il tricorno sul capo, ma servì a poco. Arrivò nei pressi del monastero ben dopo compieta e sperò di poter essere ricevuto.

La suora portinaia, riconoscendolo, lo fece entrare, dicendogli di attendere. Mentre rimaneva fra le pietre fredde dell'ingresso, Antonio decise di sedersi su una vecchia panca in legno e si abbandonò ai pensieri. La mente tornò ai fatti di tre anni prima, alla baronessa Orsolya Esterházy e alle sue strane origini ungheresi, alle lotte di potere della Serenissima che vedevano i Mocenigo mal sopportati da intere frange del patriziato, al senso d'ineffabile che pareva caratterizzare quella città. Tirò su con il naso. Non si sentiva troppo bene, come se una febbre stesse divorandogli la mente. Il gelo non gli dava tregua. Era bagnato fradicio.

Infine, fu ammesso nella stanza della badessa, la quale non parve troppo sorpresa di rivederlo dopo così poco tempo. Lo invitò a togliersi il tabarro e il tricorno e a scaldarsi alla fiamma del camino.

Antonio non se lo fece ripetere due volte, avvicinandosi alle lingue di fuoco che guizzavano gagliarde.

Suor Veronica attese che il suo visitatore si mettesse a suo agio. Poi, guardandolo, disse qualcosa che Canaletto si aspettava. «Ero certa che sareste tornato», osservò.

«E avevate ragione».

«Ho avuto l'impressione che non foste soddisfatto del nostro colloquio».

«Ancora una volta devo convenire con voi, mia signora», replicò Antonio, ed era vero. «D'altra parte, ricordo il vostro sguardo».

«Temevo non lo aveste colto».

«Invece sì».

«Sta bene. Quanto al colloquio e alle parole taciute, vi domando scusa», s'affrettò a dire lei, «ma confesso che la presenza dei signori che vi accompagnavano in qualche modo mi inibiva. Così, mi sono posta sulla difensiva. Invece, riconosco in voi un uomo semplice e sincero. Meglio ancora, qualcuno al quale sarei contenta di confessare le mie preoccupazioni».

Antonio non si attendeva una tale ammissione. Ma pensò che per una volta aveva avuto fortuna e non intendeva certo opporsi a un'opportunità come quella che gli si proponeva. Si limitò a incoraggiare suor Veronica Foscari con un semplice cenno del capo.

«Vi dirò quello che penso. Al di là di quanto avete potuto constatare di persona».

«Vi ascolto».

«Ebbene, credo che anzitutto Polissena Mocenigo fosse profondamente infelice».

Antonio sollevò un sopracciglio. Non capiva.

«Lo dico perché non credo che la sua fosse una monacazione cercata, in quanto generata da una sincera vocazione».

«State suggerendo che qualcuno l'abbia obbligata a prendere i voti?»

«Precisamente. Sia ben chiaro: non ritengo che questo fatto sia prerogativa della sola famiglia dogale, penso anzi che sia una pratica già utilizzata in passato».

«Vi rendete conto di quanto dirompenti siano le vostre parole?», disse Antonio.

«Lo sono al punto che sono io a chiedere a voi di fingere di non essere mai stato nella mia stanza».

«D'accordo».

«E tuttavia, lo ripeto: non è pratica inusuale obbligare le donne della propria famiglia a prendere i voti. Ma nei Mocenigo, ho avvertito una determinazione sconcertante. Credo che Polissena sia stata minacciata. Vedete, in dinastie come quella della povera sventurata, la monacazione è il modo migliore per non dover conferire una dote. Così facendo, i Mocenigo si sono garantiti di non disperdere il patrimonio».

«Che immagino cospicuo. Al punto che, mi permetto di aggiungere, ben avrebbero potuto assicurare un appannaggio matrimoniale».

«Per l'appunto. Ma vedete, signor Canal, l'avidità è una prerogativa dei Mocenigo. Perciò, se è vero che la pratica di monacare forzatamente le fanciulle è non troppo insolita, è tuttavia altrettanto innegabile che la famiglia del doge persegue con particolare determinazione un simile obiettivo».

«Perché mi dite questo?»

«Perché la contropartita di un simile scempio era la manifesta infelicità di Polissena».

«Che cosa state cercando di suggerirmi? Che avrebbe potuto desiderare di uccidersi?»

«No. Quello mai. Il suicidio è peccato. È un atto contro Dio, e Polissena, pur priva di vocazione, non avrebbe mai accettato di togliersi la vita».

«E allora non sono certo di capire».

«Qualcosa di più semplice, a dire il vero. Ho riflettuto su quanto mi avete detto la scorsa volta. O meglio, su quanto i vostri amici hanno ipotizzato: ritenevano possibile che l'eventuale assassino fosse entrato dal parlatorio. Ebbene, ora mi domando: Polissena non si sarebbe mai uccisa, ma sarebbe stata disposta a fuggire...».

«...state dicendo», domandò Antonio, che temeva di dover pronunciare quanto pensava.

«...sto dicendo che ben avrebbe potuto affidarsi a qualcuno che la liberasse», completò suor Veronica Foscari.

«Qualcuno che, prima di farlo, avesse carpito la sua fiducia».

«Già».

«Ma certo!», esclamò Antonio, colpendosi il palmo della mano con il pugno. «Come ho fatto a non pensarci prima? Ricordate forse chi sia venuto a trovarla in tempi recenti?»

«Su questo, purtroppo, non sono in grado di aiutarvi».

«E perché mai?»

«È proprio questo il punto. Per la semplice ragione che, quando riceveva visite, Polissena pretendeva di essere lasciata sola».

«E poteva ottenerlo?», domandò Antonio.

«Naturalmente. Era pur sempre la nipote del doge».

«Giusto», convenne Canaletto. «E questo fatto mi suggerisce un'idea. Se davvero Polissena poteva pretendere e ottenere quanto avete detto, allora forse avrebbe anche potuto avere qualcuno, magari un giovane spasimante, che fosse riuscito a conquistarsi la sua fiducia».

«Niente di più probabile, malgrado il solo pensiero mi faccia rabbrividire, giacché una tale ipotesi rappresenterebbe di per sé un sacrilegio. Tuttavia, a malincuore, devo confessare anche questo: non sarebbe stata la prima volta».

«Quindi era ben possibile che la monaca avesse uno spasimante».

Suor Veronica Foscari sospirò, confermando implicitamente l'illazione di Antonio.

«Solo che l'uomo che diceva di amarla al punto di volerla liberare, portandola con sé, l'avrebbe invece uccisa nel modo più orribile. Favorito dal fatto che era sola».

«Precisamente. Capite ora perché ho taciuto simili sospetti, durante il nostro precedente incontro?»

«Eccome», concluse Antonio.

11
Transilvania

La terra pareva ammantata da una nuvola d'aria e sangue. Orsolya vide le guglie pietrose dei Carpazi stagliarsi come torri di guardia contro il cielo rosso del tramonto mentre alle pendici si apriva un fondovalle di rara bellezza. I suoi occhi indulgevano sui picchi innevati, si riempivano delle tinte sgargianti dei frutteti, naufragavano nell'immenso oceano verde di prati incontaminati, punteggiati dalle fattorie scure di legno con i tetti spioventi per far scivolar via la neve invernale.

Respirò l'aria pura e dolce e, guardando verso l'alto, vide infine il castello di sua madre, arroccato come un nido d'aquila a strapiombo sull'orrido.

V'era qualcosa di arcano e selvaggio in quella visione della sua terra natia ed era come se dalle forre e dai burroni risalisse in un sussurro la voce calda e ipnotica di Erszebeth, che di quei paesaggi era regina. Orsolya avvertì la sua anima perduta, tradita per sempre, eppure fedele al cuore della figlia che tanto l'aveva amata in vita.

La baronessa percepì il rimescolarsi del sangue nelle vene poiché, in quello spettacolo della natura, lei ritrovava sé stessa, la fanciulla che cavalcava spensierata lungo la linea dei campi e poi fra le chiome scure delle foreste.

Transilvania!

Quanto amava quel nome. Quanto voleva tornarvi al più presto.

Ma mai avrebbe potuto farlo. Non fino a quando la vendetta non si fosse compiuta. Perché il sangue chiamava sangue. Se suo padre e il padre di lui ancor prima non avevano ritenuto di vederlo grondare dalle carni di quanti avevano perpetrato il più crudele e abietto dei delitti nei confronti della sua famiglia, ebbene, lei mai avrebbe potuto tollerare un tale fatto, poiché era figlia della regina dei Valacchi Neri: una piccola tribù di guerrieri che dalle Alpi Dinariche si erano trasferiti in quel luogo molti anni prima. Era stata sua madre a trasmetterle quell'orgoglio incrollabile. Suo padre era un boiardo, un nobile barone ungherese. Malgrado il titolo, poco avvezzo a questioni di onore, infallibile però nel garantirsi i vantaggi della politica a corte. A causa di quel suo modo di essere, era divenuto corrotto e vizioso, traditore della propria sposa e prima ancora del suo nome. Erano, quelle, colpe intollerabili per Erszebeth, che gli rinfacciava la debolezza sua e dei suoi avi, rei di aver accettato di buon grado la strage compiuta da Venezia nei confronti dei capi del casato.

Quell'indolenza l'aveva disgustata, al punto da ritenere che il disonore si estendesse a lei. Il marito ne aveva riso, acuendo il senso d'impotenza di Erszebeth. Solo più tardi, Orsolya aveva scoperto che per settimane suo padre aveva somministrato alla propria sposa una dose di veleno giornaliera, non letale ma in grado di indebolirla fino a piegarne grandemente la volontà.

Era stata quella vile manovra a ridurre Erszebeth in fin di vita, al punto che ella aveva preferito uccidersi piuttosto che lasciarsi vivere in quel modo, sposa a un vigliacco che, proprio come i suoi antenati, aveva perdonato un nemico colpevole di aver sterminato la sua famiglia.

Erano trascorsi anni prima che Orsolya scoprisse la verità e, nel frattempo, suo padre aveva sposato un'altra donna: la madre di Olaf Teufel.

Così, un giorno, lei aveva dovuto imparare a convivere con l'idea di essere la figlia di una stirpe gloriosa, tradita dalla codardia di alcuni, e di una regina assassinata. Ma la schiatta paterna, un tempo illustre, era stata umiliata in principio da Venezia, e la rovina morale della sua gente si era propagata come un morbo, di generazione in generazione, quasi l'ambiguità di quella città d'acque avesse diluito il sangue ribollente degli Esterházy. Almeno per un secolo.

Quando aveva appurato i fatti, Orsolya si era ripromessa di pianificare la propria rivincita. Lo aveva fatto con pazienza, dedicandosi ogni giorno a quel proprio disegno delittuoso, imparando a eccellere negli studi ma senza trascurare l'equitazione e l'arte militare. Così, crescendo, s'era fatta bella e ambiziosa, eppure l'avvenenza e le altre sue qualità erano unicamente volte a soddisfare la sua sete di sangue, sostenuta da una volontà implacabile.

Infine, aveva fatto di sé un'arma.

E ora dall'alto di quel picco, aprendo le braccia, sognava di gettarsi nel vuoto, librandosi nell'aria tersa, sfruttando le correnti del vento, come l'aquila che gridava in cielo. Mentre fissava il vuoto, udì l'ululato dei lupi, percepì il respiro della notte, forte e vibrante di energie primordiali.

Si lasciò andare.

Precipitò nel vuoto.

Avvertì lo schiaffo dell'aria sul viso, la velocità della propria caduta senza fine. Le pietre grigie che le venivano incontro.

E allora, e solo allora, si svegliò.

12
Il Teatro dell'Ammiraglio

Antonio si trovava a casa del suo buon amico Owen McSwiney. L'irlandese abitava in un vecchio palazzo malandato nel sestiere di Castello, il più malfamato della città. L'edificio doveva essere stato un vecchio teatro in passato, o qualcosa del genere, perché aveva una sala con tre ordini di palchetti, seggiole e un piccolo proscenio. Era davvero male in arnese e avrebbe avuto bisogno di una sistemata, ma Owen, che in una vita precedente era stato impresario teatrale – seppur espulso da corte e poi bandito dal regno di Gran Bretagna – si trovava a proprio agio in quella struttura scalcinata ma dall'indubbio fascino. Senza contare che le ampie dimensioni del luogo erano perfette per riunioni come quella, dove ciascuno dei quattro amici aveva la possibilità di trovare un proprio angolo ideale e da lì dialogare con gli altri. Ne nascevano conversazioni bizzarre, ma particolarmente fruttuose. In particolare, se si doveva discutere a livello meramente speculativo, come spesso accadeva all'inizio delle indagini, quando gli indizi materiali scarseggiavano, il dottor Liebermann amava parlare da uno dei palchi del pepiano. Antonio sceglieva una fra le seggiole al centro della platea, Owen faceva altrettanto, mentre Joseph Smith optava immancabilmente per il palcoscenico.

Per acquistare lo stabile, l'irlandese aveva dato fondo a tutti i propri risparmi, e l'aveva financo fornito d'un proprio nome: il

Teatro dell'Ammiraglio. Gli piaceva come suonava, e cullava la speranza di farne un giorno uno dei teatri di prosa di Venezia. Ma per il momento, era soltanto casa sua. Quell'appellativo prendeva spunto, a dire la verità, dal favoloso fondale scenografico che Antonio aveva dipinto per il palcoscenico, in omaggio all'amicizia che lo legava all'irlandese. Insieme ne avevano viste di tutti i colori, e se Canaletto era diventato il pittore che era, lo doveva anche a Owen, e al suo infallibile fiuto per gli affari e alle tante conoscenze che aveva nell'ambito della nobiltà britannica. Era da lì, infatti, che arrivavano le committenze più remunerative.

A ogni modo, mentre il dottor Liebermann si accomodava nel suo palchetto, Antonio e Owen stavano discorrendo proprio del meraviglioso fondale. V'erano alcune imbarcazioni a solcare l'acqua chiara. I colori erano puri: il bianco delle vele, l'azzurro del cielo, il bruno degli scafi e delle alberature. Il dipinto era una sorta di trasfigurazione di quanto egli aveva rappresentato in una delle sue tele più recenti che aveva dedicato all'isola di San Giorgio Maggiore vista dal Bacino di San Marco. Ma rifacendosi al suo amore per il capriccio, si era lasciato andare a una fantasia. E le prue allungate, i casseri rialzati, le forme slanciate di golette, sciabecchi e brigantini si susseguivano in una teoria di meraviglie per gli occhi, quasi componessero una stravaganza di pirateria.

«È magnifico», disse Owen, ammirando il fondale. «Viene voglia di mettere in scena una tragedia di corsari».

«Magari lo farete presto», disse una voce che proveniva dalla quinta. Joseph Smith comparve come il protagonista tanto atteso di un dramma.

«Ci siamo tutti, dunque», gli fece eco Isaac Liebermann dal suo palchetto.

«E allora cominciamo», esortò l'irlandese. «Che cosa sappiamo? Volete che ve lo riassuma?»

«Prego», lo incoraggiò Joseph Smith.

«Ebbene», replicò Owen McSwiney senza farsi troppo attendere, «ecco qui. Una monaca di clausura è stata trovata morta, uccisa in un modo sconvolgente: con un mattone ficcato a forza nella gola, al punto che la mandibola è stata disarticolata. Isaac», proseguì McSwiney indicando il dottor Liebermann, «ci ha confermato che è stata questa la causa del decesso. La vittima era la nipote del doge e giaceva priva di vita ai piedi dell'altare, dedicato alla Vergine Maria, nella cripta presso il monastero di San Zaccaria. Il luogo si raggiunge per mezzo di una scala che scende dalla cappella di San Tarasio, alla quale si accede solo dal convento. D'altra parte, qualora una delle sorelle apra la porta del parlatorio, ecco che chiunque può entrare. Il che amplia notevolmente il novero potenziale dei colpevoli. Del resto, mi riesce difficile credere che una monaca abbia potuto commettere un atto tanto turpe nei confronti di una consorella. E credo di parlare a nome di tutti. Aggiungo, e poi vi lascio la parola, che il modo di uccidere dell'assassino rimanda per crudeltà e macabra fantasia a sette e tre anni orsono, e dunque a Olaf Teufel».

Il dottor Liebermann annuì e così Antonio. Il quale, però, a quel punto aveva qualcosa da aggiungere. «Quanto detto da Owen ci trova tutti d'accordo. Personalmente però, ho acquisito la notte scorsa qualche elemento in più che potrebbe condurre le indagini in una direzione più precisa. Ebbene, quello che ho appurato da suor Veronica Foscari, la superiora, è non solo che secondo le sue convinzioni Polissena Mocenigo è stata obbligata a monacarsi, ma anche che quella costrizione l'abbia prostrata al punto da farle desiderare la propria liberazione in ogni modo. Non solo. Proprio perché appartenente alla famiglia più potente di tutta Venezia, almeno fino a quando rimarrà in vita l'attuale doge, le veniva consentito di poter ricevere visite presso il parlatorio in privato».

«In privato?», domandò sbigottito dal palco Joseph Smith.

«Precisamente. Intendo dire che Polissena aveva il potere di escludere chicchessia dai propri incontri. Financo la sorella portinaia».

«Ma se è così, avrebbe potuto incontrare chiunque senza che

nessuna delle sorelle ne venisse a conoscenza», riprese Joseph Smith.

«Infatti», replicò Antonio.

«E come mai la badessa ci ha taciuto un simile fatto?», domandò McSwiney, a dir poco allibito. «Sarebbe stato di una qualche rilevanza, non vi pare?»

«Perché voleva evitare di suscitare un doppio ordine di problemi», osservò Isaac Liebermann. «Provate a pensare: da una parte avrebbe dovuto ammettere che le regole dell'ordine benedettino non valevano per la giovane Mocenigo, dall'altra che quella circostanza avrebbe anche potuto essere riferita alla famiglia del doge dal Capitan Grando con quello che ne sarebbe conseguito. In questo modo, invece, grazie alla discrezione di Antonio, della quale evidentemente si fida, la superiora ha potuto fornirci l'informazione necessaria».

«Non avrei potuto dirlo meglio», convenne Canaletto. «E dunque aggiungo: ma se Polissena avesse conosciuto qualcuno che prometteva di liberarla, allora forse avrebbe dovuto nutrire una qualche fiducia nel proprio interlocutore. E vi pare possibile che Teufel, ammettendo per un istante che l'assassino sia di nuovo lui, possa essere stato quella persona?»

«In passato ha dimostrato di saperci fare con le donne. È un abile manipolatore», osservò McSwiney.

«Questo è vero», concesse Antonio.

«Ma è lo stesso uomo di sette anni fa? L'apparente cicisbeo elegante e raffinato?», li incalzò Smith.

«Be', questo non lo possiamo sapere. Però lo ha fatto almeno una volta. Chi ci dice che non possa essere tornato agli antichi splendori? Senza contare che potrebbe avere ai propri ordini una rete di sinistri collaboratori come già accadde in passato», replicò McSwiney.

«A prescindere dal fatto che sia stato lui o qualcun altro», osservò Isaac Liebermann, «che cosa ci fa essere così sicuri che si tratti ancora una volta di lui?»

«L'efferatezza del delitto, tanto per cominciare. Oltre al fatto che, ancora una volta, la vittima è legata al doge», disse Antonio.

«L'ultima volta vi coinvolse apertamente. Piantò con uno stiletto un foglio di carta sul petto della vittima e ci scrisse sopra il vostro nome. Come mai questa volta non lo avrebbe fatto?», domandò Joseph Smith.

«Mi piacerebbe saper rispondere a questa domanda, ma la verità è che non ne sono in grado. Forse ci teme più che in passato. Se non altro perché eravamo riusciti a consegnarlo alla giustizia, anche se poi sappiamo come andò a finire...».

«E sia!», constatò McSwiney. «Senza contare che quanto avete appena detto dimostra una volta di più che non agisce da solo, altrimenti come avrebbe fatto a salvarsi?»

«Già!».

«Quello che non capisco», disse Isaac Liebermann «è il perché di una morte tanto atroce e spaventosa. Ricordate cosa accadde tre anni fa?»

«Credete che ci siano delle analogie?», chiese Antonio.

«Mi domando semplicemente se adottare un metodo tanto macabro non rimandi a qualcos'altro», osservò il medico. «Converrete con me: oltre che terrificante è davvero molto particolare, come se rivestisse un significato ulteriore. Mi domando se il fatto di uccidere in quel modo riconduca a un rito pagano o a un codice di guerra».

«Anche tre anni orsono le leggende popolari si erano rivelate importanti».

«Avete ragione, naturalmente», ammise Liebermann. «D'altra parte, come forse già vi ho detto, quest'agghiacciante modo di uccidere non può essere semplice frutto della fantasia di un individuo».

«Quali convinzioni vi portano a una simile conclusione?», domandò McSwiney.

«Chiamatela intuizione, o magari anche solo tentativo», rispose il dottore.

«Che cosa suggerite?»

«Ebbene, per quanto possa sembrare bizzarro, vorrei provare a contattare un medico dell'Università di Padova».

«E ritenete che quanto avvenuto abbia a che fare con la scienza medica?», domandò confuso McSwiney.

«I rimedi alle più diverse malattie sono spesso frutto di ipotesi, e non sono mancate metodologie fantasiose. L'uomo che conosco è un grande storico della scienza medica. Eccezionalmente, si trova presso l'Università di Padova per un certo periodo. E se c'è qualcuno che può aiutarci, ebbene quello è lui».

«E noi?», chiese Joseph Smith al centro del palcoscenico.

«Voi, amico mio, verrete con me. Lo storico al quale mi riferisco è tedesco, e la vostra presenza potrebbe di gran lunga facilitarmi il lavoro, date le vostre molte relazioni diplomatiche. Quanto ad Antonio e Owen, forse per loro potrebbe aver senso tornare a far visita a Sua Serenità. Ho avuto la sensazione che Alvise Sebastiano Mocenigo volesse dirvi qualcosa», concluse Isaac, rivolgendosi ad Antonio.

«Voi credete?»

«Meglio non lasciare nulla d'intentato», disse il medico. E mentre pronunciava quelle parole, si alzò.

«E va bene», concordò Canaletto. «Faremo così. Amici miei, buon lavoro a tutti voi».

Imitò Isaac, levandosi in piedi, e, dopo aver abbracciato Owen, si diresse con gli altri verso l'uscita.

13
Campane doppie

Alvise Sebastiano Mocenigo respirava a fatica. Aveva la gola ormai occlusa e un raschio di catarro ribollente quasi gli soffocava il respiro. Il petto si alzava in maniera appena percettibile sotto le gran coltri che lo coprivano fino al mento. Sembrava già pronto per l'imbalsamazione.

Francesco Longo sapeva che era solo questione di tempo. Ancora qualche ora al massimo e il doge sarebbe morto. Il medico personale di Sua Serenità scosse la testa. Teneva fra le sue la mano del principe di Venezia: il dorso era scuro e ricoperto di grosse vene bluastre. Alvise Sebastiano Mocenigo aveva gli occhi chiusi. Era una sorta di spettro. L'odore di morte aleggiava nella stanza. I famigliari lo avevano già lasciato. Non c'era voluto molto, giacché era celibe e senza figli.

Infine, accadde.

La bocca rimase aperta. Immobile.

Alvise III Sebastiano Mocenigo era morto.

Non appena il medico lo annunciò, Francesco Longo lo confermò con un cenno del capo al capitano della guardia e quest'ultimo diede ordine che due plotoni di arsenalotti, già precedentemente allertati, andassero a presidiare le due porte d'ingresso di Palazzo Ducale.

Comparve il cavalier del doge, il quale prese fra le mani il sigillo e lo spezzò, e si fece consegnare altresì le chiavi dell'Erario.

A quel punto, uscì per informare con la formula di rito il Pien Collegio della morte del Serenissimo principe.

Senza indugiare oltre, Francesco Longo abbandonò gli appartamenti del doge e si diresse verso la Sala del tormento, ufficio dei Sei Signori di Notte al Criminal. Ora, al letto di morte di Alvise III Sebastiano Mocenigo, sarebbero giunti i medici per asportare visceri, occhi, cervello, fegato, stomaco e tutti gli altri organi interni, così da evitare la putrefazione del corpo e procedere il più rapidamente possibile con l'imbalsamazione. La salma sarebbe stata poi vestita con abiti dorati, corno dogale del medesimo colore e calzari purpurei. La spada sguainata andava posta da un lato, a fianco al corpo, adagiato su un telo anch'esso d'oro.

Gli appartamenti, ben presto, sarebbero stati vuoti. Li avrebbero abitati per qualche tempo i membri della Signoria, occupandoli fino all'elezione del nuovo Serenissimo principe, affinché non vi fosse alcun vuoto di governo nei giorni che avrebbero separato la morte dalla nomina.

A quel punto tanto valeva aspettare, si disse il Capitan Grando. Lo avrebbe fatto anche la Serenissima, rimanendo con il fiato sospeso fino a quando non fosse stato individuato il nuovo doge.

Le campane suonavano doppie. Quando ne udirono il rintocco, Canaletto e Owen McSwiney si stavano dirigendo a Palazzo Ducale, ma capirono immediatamente che ormai era tutto inutile: Alvise Sebastiano Mocenigo era morto e Venezia, ora, era senza il suo principe.

La notte apparve loro più cupa e il suono delle campane sembrò annunciare un triste presagio. V'era in quel lugubre rintocco un avviso di morte, non solo perché si ricordava la dipartita del doge ma perché, insieme alla sua, quel suono sembrava preconizzare la caduta di altri Mocenigo.

Antonio e Owen erano quasi certi che l'assassino di Polissena non avrebbe mancato di colpire ancora, tanto più ora che la città era priva della propria guida. V'era insomma in quelle campane qualcosa di fatale e terrificante a un tempo.

Giunti che furono alla Porta della Carta, venne loro impedito di entrare. Un manipolo di Arsenalotti non volle sentire ragioni, malgrado le loro ribadite richieste, e il capitano della guardia disse loro che avrebbero dovuto attendere. Tanto valeva che andassero a svernare in qualche bacaro.

Antonio se ne convinse e invitò il suo buon amico irlandese a seguirlo. Cominciò a piovere, come se anche il cielo partecipasse al dolore d'un'intera città, e i due compagni percorsero rapidamente un paio di strette calli fino a cacciarsi dentro a un'osteria piena di fumo e bestemmie. Si accomodarono alla bell'e meglio in un tavolo posto nell'angolo dello stanzone, non troppo discosto da un bel camino in cui, se non altro, ardeva un fuoco gagliardo. Si tolsero i tricorni zuppi d'acqua. Fecero altrettanto con i tabarri umidi. Guardando verso il bancone, intercettarono lo sguardo rapace dell'oste e ordinarono un fiasco di vino bianco e un piatto di sarde in saor. A quel punto, si misero a parlare e a fare congetture su chi sarebbe stato il nuovo doge, oltre a domandarsi quali nuove avrebbero recato loro Isaac Liebermann e Joseph Smith a seguito del loro colloquio con il medico dell'Università di Padova.

Le campane suonarono doppio. Per nove volte. Era tempo. Alvise Sebastiano Mocenigo era morto. Carlo Ruzzini sarebbe stato il nuovo Serenissimo principe. Orsolya Esterházy non aveva alcun dubbio in merito. Tutto era stato opportunamente preparato. E mentre Venezia si riuniva per nominare la sua nuova guida, lei non avrebbe perso tempo. Questa volta non se ne sarebbe occupata personalmente. Avrebbe affidato il compito al suo fedele Morovlah. Lui avrebbe ben saputo colpire, seminando altro terrore.

Si avvicinò ai finestroni del salone. La pioggia cadeva su Venezia e, pensò Orsolya, si sarebbe ben presto tramutata in sangue.

14
Johann Maximilian von Kuffner

«Mio caro dottor Liebermann, benvenuto a voi e naturalmente al vostro amico, inutile dire che è un piacere ricevervi nel mio piccolo studio. Il dottor Johann Maximilian von Kuffner ci raggiungerà a breve».

Il volto incorniciato da una magnifica parrucca – completamente ricoperta di cipria bianca – era quello di un uomo dallo sguardo vivo e pronto, le labbra sottili ma ferme, i tratti affilati e il mento pronunciato: tutto indicava in Giambattista Morgagni l'inclinazione naturale all'osservazione e alla volontà di osare. E mai affermazione avrebbe potuto essere più vera, stanti i suoi successi scientifici. Era il titolare della cattedra di medicina teorica, vestiva elegantemente e il suo studio era un'autentica torre di babele se, per accomodarsi, Isaac Liebermann e Joseph Smith dovettero girare attorno a vere e proprie colonne di libri e a volumi impilati l'uno sull'altro, prendendo posto di fronte a una gigantesca scrivania ingombra, meglio ancora, sommersa di carte e mappe anatomiche.

«Ma dicevamo, non credo di conoscere il nome di chi vi accompagna».

«Joseph Smith», fu la risposta di quest'ultimo, «sono mercante e collezionista d'arte».

«Niente meno», disse Morgagni, «e siete anche inglese, a giudicare dal vostro accento».

«Per l'appunto».

«Ebbene, dottor Liebermann», proseguì il luminare, «potete anticiparmi la ragione della vostra graziosa visita?».

Isaac non se lo fece ripetere. «Eccellenza, la ragione è presto detta: mi piacerebbe conoscere l'opinione del dottor von Kuffner in merito a certi episodi di malattie che hanno recentemente scosso le regioni più lontane e abbandonate dell'Impero, dal momento che egli esercita l'arte medica presso l'Università di Vienna ed è fra i massimi esperti in questo campo».

«A cosa vi riferite precisamente? Confesso di provare un certo fascino per le patologie esotiche, per così dire, ma mi piacerebbe avere più chiara l'esatta questione».

Isaac Liebermann annuì. Se l'aspettava. Del resto, non aveva potuto dire in prima battuta a cosa alludesse, riteneva fosse importante procedere per gradi. «Il tema riguarda in particolare un certo fenomeno, cosiddetto della rinascenza. In quelle regioni lontane, in particolare, si sostiene dalle popolazioni locali che alcune creature rinascerebbero a nuova vita. A volte prendono il nome di *vukodlak*, penso alla Serbia, o magari *varkolak*, se si guarda alla Bulgaria, giusto per citarvi un paio di esempi».

«Sì», disse Giambattista Morgagni, «in effetti, ho sentito parlare di qualcosa del genere» e parve rimanere a ragionare su quanto aveva appena udito.

«Detto altrimenti: mi riferisco alla malattia che sta recentemente proliferando nei borghi sperduti dell'Impero e di cui il dottor von Kuffner è uno dei massimi esperti, e che prende il nome ormai di vampirismo».

Nell'udire quelle parole Joseph Smith sollevò il sopracciglio. Isaac non aveva voluto svelargli il motivo di quel loro viaggio all'Università di Padova se non facendo menzione in modo generico di un non meglio identificato medico dell'ateneo. Ora tutto cominciava a prendere una luce diversa, senza contare che la richiesta appena formulata si ricollegava in modo inquietante a quanto lui e i suoi amici avevano scoperto tre anni prima.

Il dottor Giambattista Morgagni sembrò meno sorpreso e, tuttavia, non esitò a lasciarsi sfuggire un moto divertito: «Capisco. Confesso che non ho particolari competenze in materia, anche se è vero che in numerose riviste scientifiche di matrice tedesca il tema sta furoreggiando. Sembra più una patologia che interessa i medici militari, a dire il vero, anche se non è priva d'un certo lugubre fascino, ve lo concedo».

Mentre Morgagni formulava le sue osservazioni si sentì bussare alla porta dello studio. Il titolare della cattedra di medicina teorica si schiarì la gola e autorizzò l'ingresso. Un istante più tardi, un uomo vestito in maniera elegante ma più sobria e misurata di Morgagni si presentò. «Ah, Johann Maximilian, che piacere vedervi. Vi ho mandato a chiamare perché questi signori», disse Morgagni indicando Isaac e Joseph, «avrebbero bisogno di parlarvi per ricevere da voi un parere. Ho inteso che il tema del colloquio sarà il vampirismo, ma non ne ho ancora conosciuto la ragione. Lasciate allora che vi presenti il dottor Isaac Liebermann, medico di Venezia, e Joseph Smith, inglese, mercante e collezionista d'arte».

Von Kuffner salutò. «Molto piacere», disse laconicamente.

«Vi prego, sedete», lo invitò Morgagni.

Il medico tedesco obbedì. Era magro, ma d'una magrezza nervosa e guizzante. I suoi movimenti esprimevano un'energia non comune, quasi facessero fatica a contenerla. Qualcosa in lui suggeriva un'educazione marziale. Quando rivolse il suo sguardo verso Isaac Liebermann, quest'ultimo ebbe la sensazione d'essere messo a nudo, tanto penetranti e freddi erano quegli occhi di ghiaccio, ed egli fu certo che, in un giorno non troppo lontano, quell'uomo doveva aver contemplato l'inferno.

«Dunque», disse von Kuffner, «siete giunti fino a qui da Venezia per conoscere le mie opinioni in tema di vampirismo, e ne sono lusingato, naturalmente, perciò ora permettetemi di chiedervi: come mai? E a cosa vi riferite in particolare?»

«Il motivo è il seguente: per ragioni che non posso rivelare, ci troviamo a indagare su un delitto piuttosto inquietante.

Dunque, e in via del tutto preventiva, raccomando il segreto assoluto su quanto vi diremo. In primo luogo, vorrei far presente che io e il signor Smith non siamo digiuni di nozioni in materia di rinascenza o vampirismo che dir si voglia, dato che in passato il mio amico ha avuto occasione di visionare alcuni rapporti dei medici militari che si sono imbattuti in casi del genere in Serbia e Ungheria. Autorizzato dal colonnello del reggimento Schiavoni Goran Petrović, in persona, ben inteso. Per parte mia, ho approfondito il tema grazie al recente, ampio contributo di Klaus Frombald sul *Wienerisches Diarium* a proposito del caso di Peter Plogojowitz».

«Capisco», disse Johann Maximilian von Kuffner, annuendo con gravità. Poi intrecciò le dita delle mani e rimase per un istante in silenzio, quasi stesse cercando il modo migliore per esprimere quanto aveva in animo di dire. «Anzitutto, vorrei che comprendeste questo: quanto vi dirò rappresenta una fonte di grave preoccupazione per l'Impero, e l'argomento del vampirismo va trattato con estrema delicatezza. Malgrado si possa pensare che usanze e tradizioni dei popoli slavi siano a dir poco barbare, esse risultano tuttavia fondamentali per le genti di quelle regioni, e considerarle con leggerezza sarebbe un grave errore. Aggiungo che si differenziano notevolmente da popolo a popolo, pur mantenendo una matrice culturale cómune, e non si deve credere che ciò che vale per una tradizione possa applicarsi a rime obbligate a un'altra. Non è così, ve lo posso garantire. Però avete fatto bene a venire qui a incontrarmi presso lo studio del grande Gian Battista Morgagni, medico emerito e di chiara fama che avrà la bontà di non giudicare come le fantasie di un pazzo quel che sto per dirvi».

«Mio caro von Kuffner, sapete bene quale stima io nutra per voi. E poi, se mi meravigliassi di ciò che state per dire verrei meno alla mia stessa professione. Non è liquidando le questioni con un'alzata di spalle che la scienza medica potrà progredire. Perciò non fatevi problemi e procedete a esporre quanto sapete. Prometto che nessuno riderà delle vostre argomentazioni».

«Credetemi, Eccellenza», disse Isaac, rivolto a Morgagni, «nessuno di noi ha nemmeno lontanamente l'intenzione di abbandonarsi all'ilarità».

«Personalmente, ho letto gli originali di alcuni rapporti, ed erano terrificanti. Perciò ora quello che vorremmo capire è cosa potete dirci in merito al vampirismo e, più nello specifico, alla pratica di inserire un sasso nella bocca di un uomo morto», concluse in modo cupo Joseph Smith.

Von Kuffner annuì, mostrando di aver ben compreso la domanda. Fu chiaro che sapeva esattamente di cosa stesse parlando l'inglese, e quel fatto non tranquillizzò nessuno. La notizia che una simile terrificante pratica fosse nota a qualcuno significava che in alcuni luoghi veniva utilizzata, e quella nuova consapevolezza raggelò i presenti.

15
Dalla Serbia alla Polonia

«Dunque, avete ragione», disse von Kuffner, rivolto a Isaac Liebermann, «Frombald è stato molto chiaro nel suo rapporto. Ma, come già sapete, quello di Plogojowitz non è stato l'unico, né il più recente dei casi. Devo infatti citare, almeno, quello di Jure Grando nella città di Kringa, in Istria, così come ci viene raccontato da Johann Weichard von Valvasor, medico e storico sloveno».

«Un momento», lo interruppe Giambattista Morgagni, che non credeva alle proprie orecchie, «avete detto Istria?»

«Sì. Come suggerivano le parole stesse del dottor Liebermann, i casi non riguardano unicamente regioni dell'Impero, anche se, a voler essere sinceri, Kringa si trova ancora in territorio austriaco. Tuttavia, pochi anni dopo, avvenne qualcosa di assolutamente identico a Lindar, in quella parte dell'Istria che appartiene alla Serenissima Repubblica di Venezia».

«Quanto dite è talmente vero», disse Joseph Smith, inserendosi nella conversazione, «che nel caso di Peter Plogojowitz un ristretto contingente di soldati imperiali e un analogo manipolo di Schiavoni operarono insieme di comune accordo in quella che, a tutti gli effetti, doveva considerarsi una missione segreta».

«Per Bacco, ma è terribile!», esclamò Morgagni.

«Lo è. Ma vi prego, lasciatemi continuare e arriveremo presto a sciogliere il nodo problematico posto in principio dal signor

Smith», osservò von Kuffner. «Torniamo ai rapporti. In termini cronologici, altri casi piuttosto noti si sono verificati in altre regioni a partire dalla Polonia nel 1693. Mi riferisco a quello riportato dal *Mercure Galant*, la rivista settimanale francese fondata da Jean Donneau de Visé vent'anni prima. In quell'articolo, la creatura che risorge dalla tomba per succhiare il sangue ai vivi viene chiamata dalla popolazione locale *Upir*. E ancora, è del 1701 il Brucolaco o *Vrykolakas* di Mykonos, altro redivivo di cui ci informa Joseph Pitton de Tournefort, botanico francese, nella sua *Relation d'un voyage du Levant*. Poi c'è il caso di Peter Plogojowitz che ben conoscete. Ed ecco poi il caso di Medwegya, fra i più recenti».

«Quello di Arnold Paole!», esclamò improvvisamente Joseph Smith.

Per la prima volta Johann Maximilian von Kuffner sollevò il sopracciglio, manifestando una certa sorpresa. «Ne siete informato?»

«Ancor meglio», disse l'inglese, «ho letto il rapporto del medico militare».

«Vorrei sapere di cosa state parlando», li incalzò Giambattista Morgagni.

«Riassumerò per voi i fatti», convenne von Kuffner, «perché è un caso emblematico. Il villaggio di Medwegya si trova in territorio serbo, ma in quella sottile striscia di terra che è stata di recente strappata agli ottomani, tanto che essa è sorvegliata per conto dell'Impero dalla milizia degli Hayduk. Furono costoro a segnalare al colonnello Schnezzer gli strani fatti che lì stavano accadendo».

«Ossia?», domandò incuriosito Morgagni.

«Morti che uscivano dalle tombe, redivivi, per succhiare sangue agli abitanti del posto, uccidendoli e trasmettendo loro il morbo».

«Gesù!», si lasciò sfuggire il luminare della scuola medica patavina.

Ma von Kuffner non accennò a fermarsi. «Schnezzer inviò dunque un *Contagionis Medicus*».

«Che sarebbe?», domandò Joseph Smith.

«Un medico della peste», disse Isaac.

Morgagni annuì.

«Glaser, così si chiamava l'incaricato, giunse a Medwegya, ma non rilevò alcun sintomo di epidemia, anche se gli abitanti sostenevano che i morti per colpa del redivivo o vampiro fossero ormai nel numero di tredici. Egli usciva dalla tomba e li dissanguava. Aggiunsero che avrebbero abbandonato il Paese se l'Impero non avesse concesso loro di esumare i cadaveri per decapitarli. Glaser, in modo molto pragmatico, permise agli abitanti di dissotterrare dieci salme, inviando a Belgrado un rapporto con il quale informava di aver concesso l'autorizzazione a che la gente del villaggio potesse procedere a un'esecuzione capitale secondo tradizione. L'Impero, tuttavia, ritenne opportuno indagare e inviò una commissione, capitanata dall'ufficiale medico Johann Flückinger. Giunto a Medwegya, quest'ultimo appurò che, secondo la popolazione, le morti avevano cominciato a susseguirsi dopo gli attacchi di un vukodlak che veniva individuato in Arnold Paole, Hayduk deceduto un paio di anni prima. Per liberarsi di lui era necessario decapitare e bruciare i cadaveri di quanti erano stati da lui morsi a sangue e trasformati in creature demoniache, per impedire che il morbo si diffondesse. Si procedette in tal modo e, una volta che i cadaveri senza testa furono arsi, Johann Flückinger inviò il proprio rapporto completo a Vienna».

«Buon Dio, è terribile!», esclamò Morgagni. «Ma tutto questo cosa c'entra con i sassi nelle bocche?», domandò poi.

«Ci arriverò a breve», lo informò von Kuffner. «Johann Friedrich Glaser ha pubblicato le proprie riflessioni sui fatti che vi ho sommariamente riassunto un paio di mesi fa sul *Commercii Litterarii ad rei medicae et scientiae naturalis incrementum instituti*».

«Per Giove! Ce l'ho qui da qualche parte!», si lasciò andare per la seconda volta in pochi istanti il luminare di medicina teorica, ma poi s'avvide che von Kuffner era ben lungi dall'aver terminato e perciò tacque, non prima di aggiungere all'indirizzo del medico tedesco: «Prego, amico mio, continuate».

Johann Maximilian annuì e riprese: «Il dibattito si è allargato fino a Berlino, alla corte di Federico Guglielmo I di Prussia. Proprio su sua richiesta, a marzo, la Reale Società prussiana delle scienze ha tenuto un convegno in merito al tema della rinascenza o vampirismo che si è concluso con una dichiarazione – che mi sono permesso di portare con me – per mezzo della quale si statuisce che fenomeni come quelli riportati – del tutto simili a quelli del cosiddetto *Nachzehrer* – vanno risolti e spiegati con i processi naturali. Ebbene, il Nachzehrer, figura tipica del folklore germanico e polacco, per molti aspetti simile al vukodlak serbo, è il cosiddetto masticatore di morte, è colui il quale viene ucciso, soffocato con una pietra in gola».

Nell'udire quelle parole, Isaac Liebermann e Joseph Smith rabbrividirono.

Dunque Polissena Mocenigo era una masticatrice di morte? Un Nachzehrer?

16
La Via Crucis

«Il parroco è stato ben pagato», disse una voce. «Non ci sentirà nessuno, potete credermi».

Simone Mocenigo, Savio sopra l'Eresia della Serenissima Repubblica di Venezia, non credeva a quello che stava accadendo. Aperti gli occhi, si ritrovò in ginocchio, con gli abiti strappati. Aveva freddo perché era zuppo d'acqua marcia. Non solo, l'acqua lo ricopriva almeno fin quasi alla vita. La luce era data soltanto dalle fiamme guizzanti di alcuni ceri che riverberavano chiarori sanguigni in un vuoto nero e terrificante.

Si trovava in un ambiente che non pensava d'aver mai visto. V'era però qualcosa di profondamente inquietante: gli parve d'essere al cospetto della morte stessa, e se in quell'istante gli fosse comparsa una figura incappucciata con una falce scintillante sulla spalla non ne sarebbe rimasto sorpreso.

Provò a muovere le mani, ma le scoprì legate dietro la schiena. Non aveva idea del perché si fosse risvegliato lì in quel momento. Ricordava a malapena quanto era successo. Rivedeva sé stesso camminare verso casa. Era buio. Qualcuno lo urtava e poi più nulla. Nemmeno l'eventuale caduta. Non aveva ferite. Provava però un dolore lancinante al costato e quel fatto lo preoccupava. Respirava male. Ma non era stato pugnalato o trafitto. Più probabilmente qualcuno gli aveva spaccato le ossa, colpendolo violentemente. Peggio ancora, l'aria era corrotta da afrori di carne guasta, marciume, corpi decomposti.

Si guardò attorno, disperato.

Di fronte a sé, in ogni direzione vedeva pareti umide, gocciolanti eppure coperte d'affreschi. Ma i temi di quei dipinti erano inquietanti, o meglio, lo era il modo in cui l'artista li aveva realizzati.

Provò a pensare, malgrado l'odore immondo gli cancellasse l'olfatto. Con ogni probabilità, doveva trovarsi esattamente sotto una qualche chiesa. Non era solo l'architettura del luogo a suggerirlo, ma la voce stessa che aveva menzionato un parroco corrotto. Non aveva idea di quale basilica fosse. Di certo, non ricordava di essere mai entrato in un ambiente come quello.

Sembrava una catacomba.

Mentre volgeva lo sguardo come un animale in gabbia, udì ancora una volta la voce. Era maschile, cupa e profonda, e aveva uno strano accento, quasi che a parlare fosse uno straniero. Già! Ma chi poteva mai essere?

«Non agitatevi! Le vostre pene stanno per finire», ripeté l'uomo, chiunque egli fosse.

Simone si rese conto di avere un altare alle proprie spalle. Tentando di orientarsi, scoprì di non essere troppo discosto dal centro di un cerchio nel quale era iscritto un ottagono. Quattro bracci si dipartivano dal mezzo in corrispondenza dei punti cardinali. Intuiva la presenza di alcune cappelle mortuarie lungo i corridoi. Ma anche in quella specie di camera rotonda dove si trovava erano disposte alcune bare. L'odore era terrificante. E di fronte agli occhi aveva alcune scene dipinte di quella che doveva essere una Via Crucis. Distingueva con chiarezza Gesù inchiodato sulla croce e poi la sua deposizione.

Erano immagini di una violenza inaudita, rese tali, molto probabilmente, dall'azione erosiva dell'acqua e dall'atmosfera gelida che pareva avvilupparlo come un sudario stregato.

Nell'affresco, un uomo stava vibrando un colpo bestiale con

il martello che stringeva nella mano. L'espressione del suo volto era appena accennata, quasi cancellata, come se il pittore avesse voluto annullare l'identità di chi era nell'atto di inchiodare Cristo alla croce.

Guardando quell'uomo, Simone ebbe la sensazione di immedesimarsi in lui, poiché era esattamente quello il modo in cui si sentiva, come se un pittore pazzo lo avesse dipinto in una scena che non gli apparteneva, privandolo del viso, scaraventandolo su una tela rispetto alla quale egli era del tutto fuori posto.

«Posso immaginare che proviate paura. E ne avete tutte le ragioni».

La voce rimbombava fra le pareti della catacomba. A un tratto un refolo ghiacciato spense uno dei ceri che ardeva vicino a lui. La vista fu ancor più compromessa e il chiaroscuro nel quale egli giaceva si fece ancor più prossimo al buio.

«Vi prego», disse Simone, senza sapere a chi si rivolgevano le sue preci. «Abbiate pietà di me». Lacrime gli solcarono il viso.

Infine, generato dall'oscurità, comparve davanti a lui un uomo. Simone non avrebbe mai immaginato di trovarsi davanti una figura come quella.

L'individuo lo guardò come se dovesse valutare il peso di un quarto di bue. Era completamente vestito di nero e neri erano anche i lunghi capelli che gli scendevano fino alla vita. Il volto, però, a dispetto di due folti baffi a manubrio, era di un esacerbato pallore, come se quell'uomo fosse appena uscito da una delle bare che popolavano l'ambiente circostante. La cosa che non capiva Simone era perché tenesse fra le mani un mattone. Sembrava anzi giocarvi, passandoselo da una mano all'altra. Intendeva usarlo per spaccargli la testa? Perché gli era del tutto chiaro, ormai, che quell'uomo intendeva ucciderlo.

«Pietà? E la vostra famiglia ne ebbe mai?», domandò l'individuo. E improvvisa, nella sua voce, parve insinuarsi una nota di divertita curiosità.

Simone non si capacitava di quella domanda. Cos'avrebbe dovuto rispondere? Non capiva a cosa si riferisse il sicario. «La mia famiglia?», fu tutto quello che gli riuscì di dire.

«Molto tempo fa la vostra famiglia si macchiò d'un terribile delitto, dovreste saperlo bene», continuò quello, concedendosi un sorriso e mettendo in mostra denti talmente lunghi e gialli da somigliare a zanne.

«Un delitto?». Simone Mocenigo, Savio sopra l'Eresia, continuava a non capire.

«Volete farmi credere che non ne sapete nulla?»

«Come potrei?»

«Dunque la vostra famiglia che ha versato fiumi di sangue si sente innocente? Peggio ancora!».

«Non comprendo», disse Simone, «a cosa vi riferiate. Ma se posso porre rimedio in qualche modo...».

«Temo sia troppo tardi», disse la strana figura in nero, continuando a giocare con il mattone fra le mani.

«Vi supplico...».

«È inutile. Siete condannato. Il vostro destino è deciso».

E prima che Simone Mocenigo potesse replicare, l'uomo in nero gli si avventò contro, stringendogli il naso fra le dita. Il Savio sopra l'Eresia schiuse le labbra per respirare. Con la mano libera, l'assassino gli ficcò il mattone in bocca, spaccando in due la mandibola, fino a soffocarlo.

17
Da Floriano

Antonio aveva chiesto a Floriano Francesconi un piacere: riservare per lui e i suoi amici la sala cinese della sua bottega del caffè. Lì sarebbero stati tranquilli. Avevano ordinato quattro cioccolatiere e un infinito vassoio di dolciumi. V'era di tutto: veneziane con e senza crema, budino, frittelle, baicoli, capezzoli di venere, lingue di gatto, in un assortimento talmente fantasmagorico di delizie che Owen McSwiney non riusciva a capacitarsene. Fra i tanti suoi vizi c'era sicuramente quello della gola e Canaletto lo sapeva bene. Non che lui fosse esente da simili peccati.

A ogni modo, seduti attorno a un tavolo dal ripiano in marmo e con le gambe a sciabola, accerchiati dai dolci, intenti a sorbire la deliziosa cioccolata in tazza, morbida e avvolgente, i due amici rimasero ad ascoltare quanto avevano da dire loro Isaac e Joseph, non prima di averli informati della morte del doge.

Il dottor Liebermann e l'inglese erano tornati di gran carriera dalla loro visita all'Università di Padova con novità importanti da condividere.

Isaac riferì dell'incontro con Giambattista Morgagni e Johann Maximilian von Kuffner, di come quest'ultimo avesse enumerato i diversi casi che avevano alimentato in quegli ultimi anni il dibattito sul fenomeno della risorgenza e di quanto, al termine di un congresso, la Reale Società prussiana delle scienze avesse reso un'articolata dichiarazione che formulava un ragionato compendio in tema di vampiri, con ciò intendendo i redivivi, altrimenti detti succhiatori di sangue o vukodlak, per usare la dicitura serba. Fra le varie enunciazioni emerse nel corso del convegno, alcuni avevano ricordato anche le credenze germano-polacche relative al Nachzehrer.

Era stato proprio su questa figura che si era infine concentrata l'attenzione del dottor Johann Maximilian von Kuffner.

«Il medico tedesco», osservò quindi il dottor Liebermann, «ha anzitutto voluto sottolineare come proprio una delle prime opere dedicate ai risorgenti s'intitolasse *Dissertatio Historica-Philosophica de Masticatione Mortuorum*. L'autore, Philipp Rohr, un medico militare tedesco, si trovava a Vienna nel 1680, mentre la pestilenza colpiva la capitale dell'Impero, e sosteneva che da alcune tombe dei morti appestati si udissero provenire grugniti in tutto e per tutto simili a quelli dei porci. Quando la tomba veniva scoperchiata, a suo dire, si scopriva immancabilmente che il cadavere pareva aver masticato il sudario di tela del quale era ricoperto. Confortato dalle precedenti opere di altri due medici – il *De Miraculis Mortuorum* di Heinrich Kornmann e il trattato di Christian Friedrich Garmann intitolato nello stesso modo – Rohr imputava quell'insolito comportamento, unito alla freschezza delle carni del cadavere, alle macchie di sangue sulle labbra, ai capelli e alle unghie lunghe, al demone Azazel».

«Masticatori... avete detto?», domandò Antonio, addentando una lingua di gatto.

«Masticatori di morte, sì», confermò Joseph Smith.

«Ma vi è di più», insistette Isaac, «ascoltate. Secondo von Kuffner, le posizioni di Rohr vennero riprese e sviluppate da Michael Ranft che, combinando le proprie convinzioni mediche con le tradizioni e gli usi germano-polacchi, sviluppò nel proprio trattato su risorgenti o vampiri una parte interamente dedicata ai Nachzehrer o masticatori di morte».

«Che cosa sosteneva Ranft?», chiese McSwiney con quell'impazienza che lo rendeva un interlocutore particolarmente esigente.

«In buona sostanza affinava e sviluppava quanto osservato da Rohr, aggiungendo però che i Nachzehrer non solo masticavano il sudario, ma prendevano a morsi sé stessi, divorando intere porzioni delle proprie braccia, e che dalle loro tombe diffondevano la peste, attraverso la masticazione. Per questa ragione, nei territori dell'Impero ma anche in Prussia e Polonia, i contadini erano soliti scoperchiare le bare e spaccare le bocche dei morti con un mattone infilato nelle mandibole fino a spezzarle. Il medesimo trattamento veniva riservato ai vivi che avessero contratto la peste e che venivano considerati veicolo di diffusione del morbo».

«Santi numi», disse Canaletto. «Ma allora... è di certo ancora Teufel. Ha deciso di chiamarsi diavolo, usa la lingua tedesca, compie rituali terrificanti, si rifà a quelle maledette tradizioni intrise di sangue. Non v'è alcun dubbio».

«Non saltiamo a conclusioni affrettate», disse Isaac. «Anche l'altra volta...».

«Ma qui la questione è diversa. Non si tratta di credere che esistano i masticatori di morte», replicò Antonio, «quanto che l'assassino ritenga tale Polissena Mocenigo, dal momento che ha infilato nella sua bocca un mattone fino a soffocarla».

«Ho perso l'appetito», disse Joseph Smith. «Domando perdono ma è più forte di me», si scusò, lasciando da parte la tazza colma dello squisito nettare marrone e allontanando anche i dolcetti che aveva nel piattino. «Detto questo, capisco quello che intendete, Antonio, e confesso che ho pensato la stessa cosa. Come mai qualcuno ha considerato quella povera fanciulla un Nachzehrer?»

«Tanto più tenendo presente che, per una volta, nessuna epidemia sembra affliggere Venezia, e dunque non è nemmeno possibile sostenere che la ragazza abbia diffuso il morbo», aggiunse McSwiney, il quale, forse meno impressionabile dell'amico, bevve un lungo e ricco sorso di cioccolata, leccandosi poi le labbra.

«Esattamente», confermò Canaletto, annuendo.

Fu evidente a tutti che Isaac non sapeva cosa rispondere, e del resto non sarebbe stato possibile altrimenti, dato che nemmeno lui aveva la soluzione dell'enigma.

«Io credo che, ove possibile, dovremo tentare di approfondire il tema», osservò Joseph Smith.

«Per Giove!», esclamò Antonio.

«Che succede?», domandò Owen.

«Mi viene in mente che Charlotte vive in Polonia».

«In Polonia?»

«Proprio così!».

«Be', Johann Maximilian von Kuffner ha rimarcato il fatto che il masticatore di morte è figura tipica delle credenze germano-polacche».

«Proprio a questo stavo pensando. Potrei chiedere a Charlotte se le è possibile fornirci altri elementi utili su questa figura demoniaca di quelle tradizioni», sottolineò Canaletto.

«Mi sembra un'ottima idea», convenne Joseph Smith.

«Ma credete che voglia rituffarsi in macabre ricerche dopo che se ne è fuggita da qui proprio per dimenticare quello che ha fatto Teufel?», domandò dubbioso il dottor Liebermann.

«Forse no, in effetti. Ma vale la pena provare. Che cosa abbiamo da perdere?»

«Noi nulla, ma voi, Antonio...».

«Credetemi se vi dico che ormai nemmeno io ho qualcosa da perdere».

«Mi dispiace sentirvelo dire, anche se mi permetto di affermare che non credo sia davvero così».

«Sarebbe bello, amico mio, sarebbe bello».

«A ogni modo», disse McSwiney, «mi pare abbastanza chiaro che Teufel è tornato. Questa volta non è stato necessario annunciarsi, tirandovi in mezzo come aveva fatto tre anni fa», osservò, rivolgendosi ad Antonio. «Non ne ha avuto bisogno».

«Eppure c'è qualcosa che stona», disse il dottor Liebermann, inclinando la cioccolatiera e riempiendosi la tazza per la seconda volta.

«E perché mai?», chiese l'irlandese.

«Tre anni fa, Teufel si sentiva forte, al punto da lasciarsi andare a una sorta di dichiarazione di guerra. E però, al termine di quei drammatici fatti, aveva rischiato di finire sulla forca proprio per mano nostra. E dunque mi domando: perché mai rendere palese anche questa volta la sua colpevolezza? Non sarebbe stato più astuto colpire cercando di passare inosservato?»

«Non è quel tipo d'uomo», disse Joseph Smith. «Le sue esecuzioni sono sempre state sanguinose».

«Anche questo non è del tutto vero, se si pensa agli omicidi di sette anni orsono. La mano in quel caso...», suggerì il dottor Liebermann.

«Su questo avete ragione», confermò l'inglese. «Ma tre anni fa...».

«Certo, l'abbiamo detto, tre anni fa voleva vendetta...».

«Forse è così anche questa volta. Tanto più che nessuno di noi è in grado di sapere dove si trova».

E mentre Canaletto concludeva con quelle parole, a tutti fu chiaro che aveva perfettamente ragione. Perché anche ad ammettere che dietro la morte di Polissena Mocenigo vi fosse la mano di Olaf Teufel, niente e nessuno avrebbe consentito loro di sapere dove egli si nascondesse.

Era tutto da rifare.

Un'altra volta ancora.

18
L'attesa

La baronessa Orsolya Esterházy aspettava pazientemente. Tutto era stato congegnato fin nei dettagli. Per quanto possibile. Le ricchezze di Carlo Ruzzini erano di tale favolosa entità da garantire l'adeguata corruzione di quanti dovevano essere portati dalla sua parte. A tacer del fatto che non erano pochi a sostenerlo senza alcun bisogno d'essere convinti.

Alvise Sebastiano Mocenigo era cordialmente odiato da molti dei *longhi*, cioè i patrizi delle case di maggior lignaggio e prestigio, quelle apostoliche per esempio, fondatrici di Venezia, e quelle vecchie che da gran tempo figuravano fra le più potenti.

Orsolya odiava Venezia. E la amava, anche. Ma quello che la sua famiglia aveva subìto, e con essa la sua gente, era talmente orribile da non meritare pietà. Suo padre, e chi lo aveva preceduto, era stato così debole da non pretendere compensazione. Non solo. Per viltà aveva ucciso la moglie, la regina dei Valacchi Neri. Sua madre. E quella viltà era stata generata dalla colpa. La colpa di non aver saputo lavare con il sangue veneziano quello degli Esterházy, e di quanti li avevano preceduti, sangue versato ingiustamente, in un modo che urlava vergogna e vendetta insieme.

Tutte le tessere stavano andando al loro posto. Olaf, il suo fratellastro, era l'asso nella manica. Il capro espiatorio perfetto. Era stato un colpo da maestro ingraziarsi Alvise Sebastiano Mocenigo. Quell'idiota non aveva capito nulla e quando c'era riuscito era ormai troppo tardi.

Il veleno lo aveva spento giorno dopo giorno. Quello che lei gli aveva fatto somministrare. Dosandolo piano piano, un po' alla volta. Inodore. Insapore. Incolore. I chirurghi non s'erano accorti di nulla. Poveri sciocchi! Ma il suo medico, quello che lei aveva consigliato al doge, facendolo divenire personale, era stato lui l'esecutore materiale di quella lenta morte.

Venezia dondolava pigra sull'acqua della laguna, non si curava degli orrori commessi in suo nome, anzi, era pronta a commissionarne di nuovi. Da sempre l'obiettivo di quel pugno di mercanti era stato il denaro. Una montagna d'oro. Con la quale erano stati costruiti i magnifici palazzi sul Canal Grande e le ville in Terraferma. Per accumulare fortune inarrivabili, famiglie come i Mocenigo non avevano esitato a uccidere e tradire, corrompere e stuprare. Quando la loro amata città era divenuta preda della peste, e di altre tragedie, i veneziani non avevano esitato ad attribuire colpe e punizioni. I colpevoli erano gli ebrei, gli Schiavoni, le streghe, come se l'apocalisse dovesse avere un responsabile, sempre e comunque. Servivano colpevoli.

L'unica cosa che contava per la Serenissima era sopravvivere a sé stessa, procrastinare la propria ineluttabile fine perché, quanto a quello, di certo era solo questione di tempo.

Presto o tardi qualcuno l'avrebbe conquistata. E non avrebbe dovuto fare nemmeno troppa fatica. Non sarebbe stata Orsolya, naturalmente, si sarebbe accontentata di governarla almeno un po', guidando la mano del futuro doge che stravedeva per lei. In quegli anni si era preparata solo a quello e non avrebbe mancato un simile appuntamento con il destino. Per niente al mondo. Era scritto nelle stelle. Lo sapeva.

E dunque Orsolya Esterházy attendeva. I tre giorni dalla morte del doge erano passati.

Tutte le campane di Venezia suonavano a morto. Da Palazzo Ducale, la processione cominciò a muoversi, dirigendosi verso la chiesa dei Santi Giovanni e Paolo, la basilica ove si trovava la tomba della famiglia Mocenigo.

Canaletto osservava, non visto, il corteo funebre.

In testa venivano gli alfieri delle scuole piccole di mestiere, reggendo gli stendardi. C'erano, fra gli altri, i macellai, gli acquaioli, gli erbivendoli, i venditori di vino, i pittori, i calafati, i lanieri, i droghieri, i fabbri, i saponieri, i rilegatori di libri, i gioiellieri e gli orefici, e poi i costruttori di remi e gli armaioli, i fabbricanti e venditori di pece e i sensali.

Dopo di loro, ecco i rappresentanti delle scuole grandi: Santa Maria della Carità, San Marco, San Giovanni Evangelista, Santa Maria della Misericordia, San Rocco, San Teodoro, Santa Maria della Giustizia e San Girolamo. Li seguivano gli esponenti delle nove congregazioni religiose e i *comandadori* o ministri delle curie, di bianco vestiti con la berretta rossa recante il leone di San Marco, quindi gli scudieri del doge con le toghe nere. Immediatamente dopo di loro, avanzava il primicerio del capitolo di San Marco, reggente della cappella palatina del doge. Con lui venivano gli altri canonici dei quali egli era a capo.

Poi, Canaletto distinse il patriarca con i chierici e i diaconi, e infine alle loro spalle ecco stagliarsi il grande baldacchino in velluto cremisi e fregi d'oro, che sormontava il cataletto sul quale era adagiato il doge defunto. Antonio lo vide avvolto nel manto aureo, simile a una nuvola fulgente, e provò un senso di commozione perché in quell'immagine egli riconosceva la gloria di Venezia spezzata dal tempo. E se era vero che ben presto un nuovo doge avrebbe preso il posto del precedente, era però altrettanto innegabile che l'immagine che Canaletto aveva di fronte agli occhi era la più emblematica per la Repubblica stanca e corrotta la quale, indifferente ai mille segnali di decadenza, si abbandonava con indolente pigrizia alla propria fine. Erano gli ultimi fuochi, Antonio ne era certo: lo vedeva in quell'altisonante solennità dei riti che, per quanto intrisa di splendore e meraviglia, non riusciva più a celare la vacuità di un potere sempre più teso a celebrare soltanto sé stesso, incurante della debolezza morale, civile e financo militare della Serenissima Repubblica.

Il formidabile corteo procedeva, a ogni buon conto, verso la meta ultima. Canaletto vide i parenti di Alvise Sebastiano Mocenigo: erano vestiti di nero con i cappucci, somiglianti a uno stuolo di lebbrosi, i corpi rattrappiti nel dolore della perdita dell'uomo e del potere. Rimase poi abbacinato dal fulgore dell'ombrello d'oro, scintillante nella pallida e fioca luce di primavera, dopo che un raggio di sole aveva timidamente lacerato il manto color piombo delle nubi. Fu un istante. Poi quel chiarore parve collassare su sé stesso e venire nuovamente inghiottito dalla grigia coltre del cielo. I ventidue patrizi dagli abiti scarlatti rappresentavano la Signoria e lo facevano in modo simbolico, poiché i suoi membri erano invece rinchiusi negli appartamenti del doge a garantire l'eternità della Repubblica che mai avrebbe subìto vuoti di potere, nemmeno per un istante. Infine, dopo le alte magistrature, seguivano i bimbi dei quattro ospedali cittadini.

La processione girò per una volta intorno al pozzo posto dirimpetto alla chiesa di San Geminiano, quindi giunse di fronte alla basilica. In quel punto, le campane cessarono di suonare. Nel silenzio più assoluto, i marinai sollevarono il cataletto, gridando: «Misericordia!». Ripeterono questo gesto per altre otto volte mentre la scena pareva congelarsi davanti agli occhi commossi di Antonio Canal. Il rituale, così simbolico e intenso, era chiamato "salto del morto".

Quando ebbero terminato, le campane ricominciarono a suonare doppie. Il corteo si rimise in cammino, dirigendosi verso la basilica dei Santi Giovanni e Paolo.

Antonio stava riempiendo fogli e fogli d'appunti: schizzi, annotazioni, scenari e personaggi, in una teoria fantasmagorica di figure. Non era la prima volta che assisteva alla processione funebre del doge e, malgrado i molti tentativi, non era mai riuscito a metterla su tela. Eppure, ogni volta, si preparava come se fosse finalmente pronto a realizzarla. Ma poi si avvedeva che non era affatto così. Sembrava quasi che qualcosa si agitasse in lui, fino a impedirgli di procedere davvero, come se catturare con pennello e colori la sacralità di quel momento fosse un modo per svilirlo, per diminuirne l'intensità e la grazia.

Scosse la testa. Sapeva bene che sarebbe finita così anche quel giorno. Non ci sarebbe riuscito. Tanto valeva arrendersi. Eppure, ci teneva a documentare quanto più poteva quella fase di passaggio. Forse era semplicemente un modo per esorcizzare la morte o, ancor meglio, per imparare a conviverci.

Rialzando lo sguardo, vide gli Schiavoni fare doppio cordone di guardia lungo il percorso mentre, più in alto, alle finestre dei palazzi, ecco le tinte accese degli arazzi e dei tappeti a decorare luci e vedute.

Proseguì a quel modo, insieme al corteo, fino alla chiesa. Ma non riuscì a entrare. Si sentiva prostrato.

Così, scelse infine di tornare a casa.

19
La replica

La lettera era lì, sul suo scrittoio. Recava il sigillo della casa von der Schulenburg. Antonio aveva quasi paura d'aprirla. Infine, si risolse a lacerare la ceralacca e con mano tremante prese i fogli. Andò a sedersi sulla sua seggiolina preferita. Vicino al camino che uno dei suoi servi aveva provvidamente acceso, dato che la serata s'era fatta assai fredda, a causa di una primavera che pareva non voler giungere mai, quasi l'inverno intendesse allungare le sue nodose dita di ghiaccio fino all'estate.

Infine, lesse.

Mio caro Antonio,

ho assaporato con commozione le tue parole così dolci e appassionate ed esse hanno sciolto almeno un po' questo mio povero cuore duro e vuoto come un tabernacolo saccheggiato. Cosicché vedi, Antonio, quel gelo di cui parli a proposito del tuo cuore è anche dentro il mio e poi è fuori, a Venezia come qui in Polonia, nei campi spazzati dal vento o sui nudi rami degli alberi.

Se così è, la ragione non va cercata in un amore morto, giacché esso è invece ancora vivo, ma in quel senso di colpa che provo e mi consuma. Esso è ben lungi dall'essersi sopito. Malgrado ben comprenda quanto dici e capisca fin nel profondo la misericordia che anima le tue parole, non riesco a perdonarmi per ciò che ho fatto. Vorrei tanto, ma non posso: poiché la mia condotta nei confronti di Colombina è stata di tale assoluta gravità da non meritare perdono d'alcun genere.

La mia pena va espiata fino alla fine, senza condoni di sorta. Mi sono inflitta punizioni, ho fustigato la carne, sono rimasta nuda nella neve fino quasi al congelamento, ho attuato qualsivoglia mortificazione poiché credo che, attraverso la sofferenza fisica, forse riuscirò almeno un po' a curare la mia anima spezzata. So che vorresti sentirti dire che sto guarendo, che penso a te, che vorrei essere lì ad abbracciarti e a rubare i tuoi baci. Ma non riesco a dirlo. E non perché non lo senta, ma perché non lo merito in alcun modo. Io sono dolore, Antonio, e insufficienza. Non ho saputo ripagare la fiducia che mi veniva offerta. Non ho ascoltato le tue parole che mi avvertivano, che mi pregavano di sentire quel che avevi da dire. Tu, che conoscevi il nostro nemico fin nel profondo, ben mi avevi messo in guardia! Ma ho voluto stare a sentire solo il mio orgoglio di donna sola, che pensava di essere libera, indipendente, capace. Non v'è nulla di tutto questo in me.

C'è solo una creatura impaurita ora, che non si riconosce più e che si ripete quanto è stata avventata e arrogante in passato. Devo espiare, Antonio. Devo pagare per quello che ho fatto. E lo farò ancora per molto tempo. Non ti chiedo di aspettarmi. Non sarebbe giusto. Godi la tua vita e stai lontano dai guai e dai tenebrosi affari nei quali ti ha gettato il doge sette anni fa. E fai attenzione a quella donna. La baronessa che, di concerto con Alvise Sebastiano Mocenigo, ti ha coinvolto per prima. Ricordo d'averla vista una sola volta: alla festa di Palazzo Contarini, quando ancora non sapevo nemmeno chi fosse. Ma tanto è bastato. C'è una luce sbagliata nei suoi occhi, qualcosa di storto e crudele. Non saprei dire cos'è, ma non mi convince. Proprio come non convinceva te.

Scrivimi quando vuoi e ti risponderò. Perché, malgrado tutto, io ti amo. Ma so anche che non sono pronta a tornare da te. Se questo comporterà che tu dovessi allontanarti, ebbene lo capirei, non te ne farei una colpa in alcun modo.

Aspettando con impazienza la tua prossima lettera,

Charlotte von der Schulenburg

Erano parole fatali. E colme di dolore. Avrebbe tanto voluto poter fare qualcosa. Già, ma cosa? Provò anche un senso di fastidio, di rabbia addirittura. Perché gli era perfettamente chiaro che non sarebbe mai riuscito a convincere quella donna così fiera e tuttavia maledettamente testarda. Proprio come in passato, continuava a non ascoltarlo. Gli parve che, a dispetto di quanto poteva scriverle, non avrebbe inteso ragione. Così pensò che valesse almeno la pena cercare di esporle quanto lui e i suoi amici avevano scoperto: la figura del Nachzehrer, le credenze popolari, il mattone in bocca, la peste, i vampiri. Magari qualcuno avrebbe potuto dire a Charlotte qualcosa in più di quanto già sapevano. Forse un docente dell'Akademia Krakowska sarebbe riuscito a darle notizie ulteriori. Tanto valeva provare. Cos'aveva da perdere, dopotutto, più di quanto aveva già smarrito?

Così, senza attendere oltre prese carta, penna e calamo e si mise a scrivere. Mentre lo faceva, la mente tornò alle parole che Charlotte aveva riservato alla baronessa Esterházy. Era vero. Qualcosa in lei lo aveva sempre lasciato perplesso, sin dal loro primo incontro. Forze misteriose e nere parevano circondarla. Certo, era stata proprio lei a favorire la cattura di Olaf Teufel, quel fatto non poteva essere dimenticato, però non tutto tornava in quella storia cominciata tanto tempo prima e, a tutta evidenza, non ancora terminata.

Ci avrebbe riflettuto. E magari sarebbe perfino andato a trovarla.

20
Nei sotterranei di Venezia

Camminavano lungo quei cunicoli maleodoranti, ricoperti di strani e arcani dipinti. Recavano torce nelle mani e altre ne avevano infitte per terra, così da illuminare il più possibile l'intero luogo.

La cripta all'interno della quale si trovavano era al di sotto della chiesa di San Simeon Piccolo e assomigliava in tutto e per tutto a una vera e propria catacomba. Più precisamente, era collocata nella parte inferiore del presbiterio. Antonio e Owen vi avevano trovato accesso per mezzo di una delle due porticine laterali collocate ai lati del grande scalone monumentale d'ingresso alla chiesa.

Entrando, avevano notato che la serratura era stata forzata.

Era stato il Capitan Grando a chiamarli, non appena aveva avuto notizia di quanto era successo. L'assassino aveva colpito ancora, nel medesimo modo. E questa volta era, per quanto possibile, ancor più terrificante della precedente. Le sue guardie avevano già provveduto a illuminare alla bell'e meglio i luoghi e una di loro era stata mandata a chiamare il dottor Liebermann.

Antonio e Owen si erano così ritrovati in un ambiente a forma di croce latina con almeno una ventina di camere di sepoltura dalle dimensioni più diverse. L'intero percorso era disseminato di arche e tombe, come se si fosse trattato di un autentico cimitero. La cripta era stata concepita proprio con quella funzione in tempi recenti, al punto che la chiesa, completamente ricostruita, doveva essere ancora consacrata.

Anche per questa ragione era il posto perfetto per un'esecuzione giacché, in totale assenza di funzioni e celebrazioni, le persone che la frequentavano con regolarità erano il parroco e il sagrestano e, di tanto in tanto, per le verifiche del caso, l'architetto che l'aveva realizzata.

«Qualcuno ha forzato la porticina d'accesso dalla quale siete entrati», disse Francesco Longo.

«Lo abbiamo visto», osservò Antonio.

«Una seconda rampa di scale collega questa camera di sepoltura all'ala orientale della basilica», disse il Capitan Grando, indicando una cella ove era collocata un'arca di notevoli dimensioni, destinata a sepolcro per i defunti. Canaletto lesse il nome della famiglia: Fontana. Non gli suggerì nulla di particolare. Non erano famosi. Gente comune, evidentemente.

«Quindi l'assassino, dopo essere penetrato attraverso la porticina esterna, potrebbe essere salito al piano sovrastante per poi uscire indisturbato dalla chiesa come un qualsiasi fedele», disse Owen.

Per tutta risposta, il Capitan Grando annuì. Poi aggiunse: «Il parroco è scomparso e non credo affatto sia un caso, non sono in grado di dire se perché rapito o fuggito in quanto complice. Il sagrestano non ha saputo aiutarci».

Avanzavano lentamente mentre, a causa dell'umidità del luogo, gocce d'acqua stillavano al suolo. Alcune cadevano in pozze che si erano formate e, così facendo, scandivano un suono ritmico e lievemente inquietante. Le pareti erano completamente affrescate.

«È la Via Crucis», disse Francesco Longo, «ce lo ha confermato il sagrestano. Anche se nessuno è stato in grado di dirci chi sia il pittore. Non è stata pagata alcuna committenza. Si ipotizza sia un artista del popolo che, pur di lasciare un segno ai posteri, vi abbia lavorato di notte, all'insaputa di tutti».

Il fatto era a dir poco strano.

«Certo che questo luogo è di fin troppo facile accesso, a giudicare da quanto ci raccontate», disse Owen McSwiney, dando voce ai pensieri di Antonio.

«Avete ragione», rispose il Capitan Grando.

«A ogni modo, lo stile di chi ha realizzato queste pitture non è affatto grossolano o semplice, anzi», osservò Antonio, che guardava con attenzione quelle figure realizzate a fresco su tutti i muri. Per una strana ironia della sorte, quel modo violento eppure essenziale di raffigurare le scene gli ricordava qualcuno, anche se non avrebbe saputo dire chi. La sensazione era di assistere al lavoro di un pittore che lui ben conosceva ma che in modo molto efficace aveva tentato di camuffare almeno in parte il proprio stile. Più ci pensava e meno ci si raccapezzava. Vide però alcune stazioni della Via Crucis: Gesù spogliato delle vesti, la sepoltura e poi, proseguendo, lo riconobbe inchiodato alla croce e ancora nel momento della deposizione. Naturalmente il ciclo non andava letto a quel modo. Lui l'aveva guardato, avanzando verso la camera centrale, prima fissando il lato destro e poi quello sinistro, mentre avrebbe dovuto procedere con un andamento circolare.

Rimase rapito dalla violenza macabra di quei segni, dall'intensità emotiva sconvolgente, pur nell'essenzialità delle linee. Quel pittore aveva un talento inaudito, e più guardava gli affreschi più un'idea andava facendosi sempre più convincente in lui. Per il momento, però, tacque, poiché non era affatto sicuro delle sue sensazioni.

Giunsero infine alla grande camera centrale a pianta ottagonale, iscritta nel cerchio esterno. E fu lì che, di fronte all'altare, trovarono un corpo orribilmente martoriato.

Questa volta si trattava di un uomo. Ma le modalità con cui il cadavere era presentato, giacché pareva quasi che l'assassino avesse voluto metterlo in posa, erano le medesime adottate per Polissena Mocenigo.

Anzitutto, il corpo di quello sventurato era ancora una volta in ginocchio con le mani legate dietro la schiena. Antonio avvertì una crudeltà estrema in quel dettaglio, quasi l'assassino avesse voluto ribadire una volta di più quanto quel povero disgraziato fosse completamente alla sua mercé, senza alcuna possibilità di opporsi a quella che doveva essere una volontà superiore.

La vittima aveva i capelli bagnati per l'umidità e incollati al viso. Erano appena un po' lunghi e ricadevano in avanti in ciocche roride e scure. Questa volta, il cadavere era nudo dalla vita in su e la camicia era stata lacerata e aperta nel mezzo. L'aspetto più raccapricciante, però, era ancora una volta la bocca, o meglio, ciò che ne restava. Fra le labbra spalancate era stato ficcato a viva forza un mattone, che doveva avere disarticolato la mandibola, così come risultava evidente dall'angolo d'apertura completamente innaturale della mascella. Una pozza di sangue si allargava sul pavimento, in corrispondenza del capo proteso, e nel liquido rosso galleggiavano frammenti di denti, molto probabilmente spezzati dall'impatto con il mattone.

Da quella povera bocca, ridotta a forno, si allungavano rivoltanti filamenti di bava vermiglia.

Antonio fece fatica a tenere lo sguardo su quel povero uomo.

«Chi è?», domandò Owen con invidiabile sangue freddo.

«Simone Mocenigo, Savio sopra l'Eresia», rispose il capo dei Signori di Notte al Criminal, scuotendo sconsolato la testa. «Ormai è una persecuzione».

Quell'affermazione risvegliò qualcosa in Antonio. Non solo perché pareva inoppugnabilmente vera, a giudicare da quello che stava accadendo, ma anche perché c'era qualcosa di più, a suo giudizio. Provò a dar voce ai propri dubbi. «O una vendetta?»

«Cosa intendete dire, Antonio?», domandò il Capitan Grando.

«Quello che ho detto. E cioè che v'è una tale rabbia in questi delitti che pare quasi che l'assassino intenda esercitare un'autentica ritorsione nei confronti di questa famiglia, già molto provata per la morte del doge. Non vi pare che sia una ben tragica fatalità e che forse, alla luce di quello che stiamo vedendo, dovremmo pensare a qualcosa di molto meno casuale ma anzi a un preciso disegno, a un'autentica faida, mi verrebbe da dire?»

«Continuo a non capire del tutto».

«Sarò più chiaro. Non credete che un nemico dei Mocenigo, convinto d'aver subìto un qualche gravissimo torto, stia in ogni modo cercando di trarre soddisfazione dalle uccisioni dei membri di questa famiglia? E chi potrebbe essere loro ostile al punto dal commettere atti tanto scellerati?»

«Oh, a questo non so rispondere, amico mio. Di certo i Mocenigo non sono molto benvoluti, ma credere che qualcuno fra i loro avversari possa concepire una simile barbarie mi pare a dir poco folle».

«Potrebbero essere stati giudicati come vampiri da qualcuno? Succhiatori di sangue? Magari qualcuno che sia stato perseguitato e ridotto da loro in rovina».

Il Capitan Grando ci pensò. Antonio e Owen non ebbero dubbi sul fatto che si stava sforzando sul serio di ricordare un'eventualità del genere. Ma poi, mentre le guardie annunciavano l'arrivo di Isaac, dovette concludere con un cenno di diniego. «Non ne ho idea. Dottor Liebermann», disse poi, all'indirizzo del medico, «capitate proprio a proposito. Forse voi riuscirete a mettere a fuoco le ragioni sottese a un simile, terrificante enigma».

Isaac annuì, salutando gli amici con uno sguardo e piegando leggermente il capo all'indirizzo del Capitan Grando.

Senza perdere tempo, si mise al lavoro.

21
Centotredicesimo

Carlo Ruzzini conosceva fin troppo bene la procedura. Dieci anni prima aveva già tentato la via dell'elezione, ma Alvise III Sebastiano Mocenigo aveva trionfato. Ora la situazione era completamente diversa.

Si effettuò dunque la conta dei quarantuno elettori. Erano tutti presenti, nessuno escluso, perciò non fu necessario nominare dei sostituti. Le sale del secondo piano di Palazzo Ducale vennero opportunamente approntate: gli inservienti allestirono in quella dei Pregadi l'altare, sormontato da un'immagine della Madonna di San Luca. In tal modo, ogni mattino sarebbe stata celebrata la messa. Due grandi ceri vennero accesi. Non avrebbero mai dovuto spegnersi per tutta la durata del conclave che si sarebbe svolto proprio in quel luogo. Presso la sala del Collegio e dell'Anticollegio furono disposti i letti, così da consentire il riposo. In quella del Consiglio dei Dieci i quarantuno elettori avrebbero desinato.

Al fine di garantire la completa segretezza e l'impossibilità di influenzare dall'esterno l'elezione, i servitori bloccarono le finestre con tavole di legno. Quindi, tutti gli usci vennero sigillati, e ai due più giovani fra i quarantuno – Marco Molin e Girolamo Navagero – fu affidato il ruolo di portieri, così da poter sorvegliare e impedire qualsiasi ingresso non autorizzato.

I tre consiglieri più anziani vennero nominati presidenti: erano

Giovanni Dandolo, Vittore Michiel e Matteo Morosini. Altri due, Federico Marcello e Niccolò Trevisan, divennero gli scrivani incaricati di redigere i verbali d'elezione. In questo modo si completò la ripartizione dei compiti.

Quel giorno, Carlo avvertiva un clima molto sereno, quasi rilassato, come se dopotutto vi fosse una consapevolezza diffusa riguardo al fatto che quelle elezioni si sarebbero risolte in fretta. Lo ritenne di buon auspicio.

I presidenti fecero disporre una grande tavola di fronte all'altare con quarantuno seggiole. Al centro posero un'urna d'oro per la raccolta dei biglietti recanti il nome del prescelto.

Si eseguì una prima votazione esplorativa. Quando tutti ebbero votato, si procedette allo spoglio. Dalla lettura dei biglietti emersero due nomi.

Giovanni Dandolo annunciò dunque le candidature: «Carlo Ruzzini e Alvise Pisani hanno ricevuto voti e dunque si candidano alla carica di Serenissimo principe», disse con un filo di voce ma con sufficiente fermezza. «Non sono emersi altri nomi. Ora, noi del collegio procederemo con l'esposizione di pregi e difetti di entrambi. Vi raccomando di parlare secondo coscienza. Ricordo che la maggioranza minima ai fini dell'elezione è di venticinque voti. A questo punto, chiedo a Carlo Ruzzini di ritirarsi presso la Sala delle Quattro Porte, in attesa che si apra la discussione su qualità e vizi della sua candidatura. Al suo rientro gli verrà riferito quanto eventualmente contestato, ove vi fossero delle lamentele. Da quelle egli potrà difendersi, opponendo a propria tutela le motivazioni che riterrà più opportune. Il signor Navagéro veglierà affinché nessuno provi a introdursi nella sala fino a quando noi presidenti non manderemo a chiamare il candidato».

Così, Carlo uscì dalla Sala dei Pregadi, altrimenti detta del Senato, per raggiungere quella delle Quattro Porte.

Una volta entrato, attese. Si domandò cosa gli elettori avrebbero potuto contestargli. Forse la sua amicizia con la baronessa, giudicata inopportuna? Ma se davvero quest'ultima si era mossa con la discrezione e l'astuzia che da sempre la caratterizzavano, allora i votanti avrebbero dovuto starsene ben zitti su quel punto. Naturalmente Alvise Pisani avrebbe potuto invece attaccarlo, e così i suoi partigiani. A ogni modo, era inutile lambiccarsi il cervello, tanto valeva aspettare. Prima o poi l'avrebbero richiamato, enumerandogli le contestazioni.

Nel frattempo, si riempì gli occhi di colori e figure, osservando i dipinti di quella sala stupenda. Lo sguardo gli cadde quasi naturalmente sulla splendida tela di Andrea Michieli, detto il Vicentino per via delle sue origini. Il quadro era una rappresentazione magniloquente e ricca di colori vibranti dell'arrivo di Enrico III di Francia al Lido di Venezia nella sua prima visita alla Serenissima, avvenuta nel 1574. Il monarca, riccamente vestito nei toni del viola, era scortato dal doge Alvise I Mocenigo nel sontuoso mantello dorato. Nel guardarlo, Carlo non riuscì a trattenere un sospiro, poiché sognava di poter cogliere quel trionfo che gli avrebbe permesso di essere anche lui, un giorno, in un dipinto come quello. Nella parte superiore la scena era dominata da un arco trionfale realizzato da Andrea Palladio, il sommo architetto che a Venezia e in Terraferma aveva realizzato in quel tempo ville, palazzi e basiliche d'incomparabile bellezza, rinnovando l'amore per l'armonia e la proporzione tipiche del periodo classico. Molte erano le figure che affollavano la tela, offrendo un colpo d'occhio straordinario.

Carlo Ruzzini era talmente rapito da quel quadro che non s'accorse nemmeno del fatto che qualcuno lo stava chiamando. Infine udì il suo nome e parve risvegliarsi come da un incantesimo. Era Girolamo Navagero a destare la sua attenzione, dicendogli che poteva ritornare nella Sala dei Pregadi. Mentre rientrava, Carlo si domandò se fosse passato tanto o poco tempo. Non gli era parso d'essere rimasto a lungo a guardare la tela di Andrea Vicentino, ma era pur vero che aveva perso la percezione della realtà, catturato com'era dalla magnificenza dell'opera d'arte. A ogni modo, quando si ritrovò di fronte ai quaranta, Giovanni

Dandolo lo guardò con un accenno di sorriso e disse: «Carlo Ruzzini, il presente collegio non ha sollevato alcun tipo di critica nei vostri confronti. Non dovrete perciò difendervi da alcunché, e pertanto chiedo all'altro candidato, Alvise Pisani, di abbandonare la sala al fine di espletare anche per lui la fase delle eventuali contestazioni».

Quest'ultimo obbedì.

Non appena ebbe abbandonato la Sala dei Pregadi, Giovanni Dandolo riprese la parola. «Conosciamo i pregi di Alvise Pisani: è un uomo di temperamento, d'azione, che ha a cuore la Repubblica, proviene da una delle migliori famiglie del patriziato e ha sempre ricoperto cariche di prestigio presso le istituzioni, dando prova di accortezza, coraggio e generosità. Vi è qualcuno fra noi che ritiene che possano essergli mosse critiche?».

Carlo non desiderava sollevare questioni. Pisani non lo aveva fatto nei suoi confronti, forse perché non voleva dare la sensazione di essere una persona dall'indole litigiosa e polemica. O magari la ragione stava altrove. Qualunque fosse il motivo, lui non intendeva dimostrarsi diverso da com'era, e cioè una persona calma e tollerante. A conti fatti era stata la scelta migliore, perché ben presto s'avvide che anche gli altri elettori non dissero nulla.

«Molto bene», riprese Giovanni Dandolo, «se è così, chiedo allora a Marco Molin di andare a richiamare Alvise Pisani, così da disporci per la prima votazione». Fece una pausa, aspettando che il secondo candidato rientrasse. Quando lo vide fare il proprio ingresso nella Sala dei Pregadi, riprese. «Nemmeno nel vostro caso, Alvise, vi sono state contestazioni di sorta. Non dovrete perciò difendervi da alcunché. Ordino dunque che si affronti la nuova fase dell'elezione. Procederemo come segue: prima dieci di noi prenderanno posto attorno al tavolo ed esprimeranno la propria preferenza. I loro voti verranno quindi inseriti nell'urna. Poi altri dieci, poi ancora dieci e infine gli ultimi undici. È tutto chiaro? Prego, prendete posto», disse, indicando le sedie disposte attorno al tavolo.

Mentre gli altri rimanevano sul fondo del salone, i primi elettori obbedirono. Espletate le pratiche di voto, si continuò come ordinato da Giovanni Dandolo. Infine, quando anche l'ultima preferenza fu inserita nell'urna, si procedette allo spoglio.

Il primo nome che venne pronunciato fu quello di Carlo Ruzzini.

Il quale credette di aver udito male. Ma poi accadde di nuovo. E ancora. Una, due, tre, quattro volte. Sembrava che un solo nome fosse stato inserito nell'urna. A un certo punto, dopo le prime venti preferenze, il secondo presidente, Vittore Michiel, che effettuava materialmente lo spoglio, leggendo i nomi riportati nei fogli di voto, pronunciò il nome di Alvise Pisani. Ma un istante dopo, Carlo udì di nuovo il suo nome.

Lo spoglio continuò. I due scrivani redigevano il verbale. Quando Vittore Michiel ebbe letto l'ultimo voto, si fermò.

Fu il terzo presidente, a quel punto, Matteo Morosini, a dare comunicazione dell'esito della votazione. «I risultati dell'elezione sono chiari. Ricordo a tutti noi che candidati e numero di voti non verranno mai rivelati al di fuori di questo Supremo collegio d'elezione. A questo proposito, i verbali saranno tumulati nel muro di questa sala. A eseguire un tale compito verranno chiamati gli inservienti e tutti noi supervisioneremo l'operato. Prima di farlo, però, dirò questo: abbiamo un eletto». Poi fece una pausa, quasi a voler prolungare l'attesa. Prese un campanello d'argento che era sul tavolo. Lo agitò nell'aria, che si riempì d'un suono cristallino. Infine, Matteo Morosini riprese: «Carlo Ruzzini ha ricevuto trentanove delle quarantuno preferenze possibili. Viene pertanto eletto Serenissimo principe di Venezia, è lui il centotredicesimo doge della Repubblica».

Ancora prima di capire quel che stava accadendo, Carlo venne abbracciato dai grandi elettori. Percepì chiara la stima, financo l'affetto che gli veniva riservato in quel momento supremo. D'un colpo parve che non vi potesse essere altro esito a quella votazione. Perfino Alvise Pisani era contento di quanto accaduto. Dunque, aveva trionfato. Proprio come aveva previsto

Orsolya Esterházy. Era forse un caso? E quanto poteva aver influito quella donna su un risultato tanto schiacciante? A ogni modo, era felice.

«Fate suonare a stormo le campane», disse Giovanni Dandolo. «Chiamate gli inservienti, affinché vengano tolte le assi alle finestre e i verbali siano murati nella parete di questa sala».

22
San Vidal

L'esame di Isaac Liebermann non aveva rivelato nulla di apprezzabile. Antonio aveva sperato fino all'ultimo in un miracolo, ma da quella sorta di analisi *post mortem* il buon dottore non sembrava riuscire a recuperare le informazioni che erano emerse nei due casi precedenti. Tuttavia, mentre Isaac procedeva ai rilievi del caso e lui a schizzare da più prospettive il teatro dell'omicidio – chiamava così, ormai, la scena raccapricciante che si parava innanzi ai suoi occhi –, qualcosa aveva infine solleticato la sua curiosità. Non era solo il ciclo d'affreschi della Via Crucis a lasciarlo incuriosito e perplesso, quanto il fatto che, procedendo oltre la camera centrale e ispezionando le restanti celle mortuarie, aveva avuto la sensazione che in una di esse qualcuno vi avesse dormito e forse anche mangiato. Aveva trovato, infatti, dei resti di briciole di pane, per quanto zuppe e maleodoranti d'umidità, e una vecchia coperta che, però, sembrava essere stata usata di recente.

Non solo. V'erano anche alcuni mozziconi di candela. In breve Antonio s'era fatto l'opinione che la quarta cella mortuaria di destra, dopo la camera centrale della cripta, avesse visto in tempi recenti un ospite.

Già, ma chi?

La sua teoria era tanto ingegnosa quanto semplice.

Chi, se non il misterioso pittore degli affreschi alle pareti?

Ma mentre le ricerche sul luogo in cui era stato ritrovato il cadavere di Simone Mocenigo procedevano, Antonio aveva affinato quell'idea bizzarra e audace. Solo che prima di parlarne ai suoi amici voleva verificarla.

E c'era un solo modo per farlo.

Quel mattino si stava dirigendo verso la chiesa di San Vidal.

Era una delle più antiche basiliche di Venezia, anche se era stata per buona parte restaurata poco più di una trentina d'anni prima, in omaggio al doge Morosini. Antonio aveva superato Campo Sant'Angelo per poi proseguire fino a Santo Stefano. Infine, aveva camminato lungo il Rio dell'Orso e si era ritrovato la facciata di San Vidal davanti agli occhi. Non aveva potuto trattenere l'emozione nel guardare la parte frontale della basilica candida, illuminata dal sole del mattino, che pareva scintillare quasi fosse stata ricavata da un pugno di diamanti.

Si riscopriva ogni volta ammirato per quel che di artistico vedeva intorno a sé. Di quel fatto era grato a Dio, o alla sorte, perché sapeva che la sua capacità di stupirsi era quanto di più prezioso gli fosse stato dato. Era abbandonandosi alla meraviglia che resisteva la parte più sincera, e forse anche bella, che aveva. In tutti quegli anni se l'era ripetuto tante volte: non doveva perdere il bisogno di avvertire la sorpresa. Non poteva rinunciare all'entusiasmo che lo assaliva quando scorgeva lo splendore dell'arte. In quel modo si sentiva vivo, nonostante tutto. E anche felice, malgrado le delusioni e l'orrore che non mancavano di fare visita alle sue giornate.

Perciò, entrò in chiesa con una buona scorta di speranza. Prese la navata di sinistra, dirigendosi verso l'altare minore. Sperò di avere fortuna.

Mosse solo pochi passi e vide una figura affaccendata su di un ponteggio in legno. Tirò un sospiro di sollievo. Non aveva sbagliato a recarsi in quel luogo. A parte l'artista in chiesa, non pareva esservi anima viva.

Giulia Lama, perché era lei, indossava una tunica dal color rosso mattone. La veste era vecchia e sformata dall'uso. Portava i lunghi capelli sciolti, come una pazza o una strega. Erano di color castano scuro, striato di bianco. Ma, pur denunciando l'età, che doveva essere di una cinquantina d'anni circa, quel candore alternato al castano non dava affatto fastidio. Anzi, ad Antonio piacque molto.

La pittrice non parve accorgersi di lui e continuò a ritoccare la parte superiore del lavoro, nel punto in cui il volto di Gesù sembrava confondersi con il buio del cielo, cupo a causa dell'imminente morte del Salvatore sulla croce. Più sotto, ai piedi del legno, gli apostoli stavano con il capo chino o le mani giunte e le braccia tese verso il loro maestro. Gli sguardi erano talora contriti, talora lacrimosi, ma quel gruppo di dolenti era davvero commovente. S'avvertivano in modo travolgente tutta la devozione e il dolore che un pugno di irriducibili discepoli provava di fronte alla morte del proprio mentore. La forza espressiva di quella pala d'altare era di una potenza quasi insostenibile, complice una sorta di non finitezza nelle espressioni dei volti che, lungi dall'impoverirne l'intensità, la andava amplificando.

Canaletto si riscoprì attonito. Non credeva possibile che un pittore fosse capace di imprimere una tale potenza mistica in un soggetto umano. Giulia Lama era titanica nello stile. Proprio come gli aveva suggerito Joseph Smith.

Tacque ancora per un po'. Infine, quando stava per farle un cenno e palesare la sua presenza, venne preceduto.

«Insomma», disse una voce arrochita che pareva appartenere a una cornacchia affamata, «per quanto tempo guarderete il mio lavoro senza degnarmi d'un saluto?». Un istante dopo, Giulia Lama si voltò e riservò ad Antonio uno sguardo tagliente quanto il ferro di un pugnale.

Colto di sorpresa, Antonio rispose in modo goffo. «Ma… non intendevo mancarvi…».

«Di rispetto? Sia pure! Mi fiderò di voi, signor Canal. A cosa debbo il piacere della vostra visita?». C'era qualcosa di inquisitorio nel tono di voce.

Ecco. E adesso? Certo, non poteva cominciare quel dialogo con i sospetti che nutriva in merito agli affreschi di San Simeon Piccolo. Avrebbe dovuto avere una strategia o almeno una vaga idea di come comportarsi. «È molto bello», disse invece.

«Vi pare?», domandò lei, diffidente e perplessa, come se non credesse fino in fondo alle sue parole. «E cosa ve lo fa dire?», lo incalzò, quasi a volerlo sfidare.

«Assolutamente sì. Confesso di essere senza parole», ed era vero. S'accorse d'essere rimasto indietro nella conversazione. Giulia gli aveva rivolto due domande precise e lui era ancora alla prima. Recuperò. «C'è un'espressività straordinaria nei volti degli apostoli. E credo che quel vostro caricare le emozioni, se mi permettete l'espressione, con pochi, secchi segni di pennello, quasi aveste uno stile in mano, un pugnale addirittura, sia a dir poco sconvolgente. Il viso di Gesù che quasi si perde nell'oscurità di un cielo fosco è di vibrante impatto. In poche parole, mia signora, io sono sinceramente ammirato da quello che vedo».

Giulia Lama sospirò. «Avete davvero uno sguardo attento, mastro Canal».

«Siete troppo buona».

«No», disse lei, scuotendo la testa, «niente affatto, siete voi a esserlo».

Antonio non s'aspettava un'affermazione come quella. «Qualcosa vi turba, mia signora?», domandò.

«Molte cose, a dire la verità». E, nella voce roca di Giulia, Canaletto avvertì un senso di fatalità.

«Posso invitarvi a mangiare qualcosa con me?».

Fu allora che la pittrice scoppiò in una risata sgangherata. Era chiaro che non si attendeva affatto una proposta come quella. «Ma davvero? Ma avete idea di chi sono io, signor Canal?»

«Una donna di talento», replicò lui senza esitare nemmeno per un istante.

Giulia tacque, quasi a voler soppesare quelle parole. E a chiedersi quanto poteva fidarsi di un uomo che aveva appena conosciuto. «E sia», disse poi. «Concesso. Anche se siete il primo a dirmelo dopo molto, troppo tempo. Tanto che ormai dubito di averne per davvero. E ritenete che, anche a volervi credere, questo basti?»

«Basti a cosa?»

«A consentirmi di apparire in pubblico?»

«Non credo di aver capito».

«Sono una reietta».

Quella definizione non parve spiegare ad Antonio granché. «Per quale ragione?», chiese.

«La fraglia dei pittori mi considera una poco di buono».

«Questo per me non fa alcuna differenza».

«Forse», disse Giulia, non del tutto convinta.

«Volete mettere in dubbio la mia parola?»

«Niente affatto, non mi azzarderei mai», replicò lei, per la prima volta in difficoltà in quello strano dialogo.

«E per quale ragione sareste una poco di buono?», continuò Canaletto. Ricordava cos'era successo a Giulia ma non certo nel dettaglio e, giunti a quel punto, voleva farselo dire da lei, così magari da evitare una delle sue proverbiali figuracce.

«È una lunga storia».

«Tanto meglio! Desidero ascoltarla», insistette lui, che si sentiva attratto da quella donna stranamente affascinante e misteriosa abbastanza da intrigarlo.

«Facciamo così», disse Giulia dopo un istante. «Mangerò con voi, dal momento che ho fame e che il buon parroco è talmente impegnato a raccogliere le offerte da dimenticarsi di mostrarmi il senso più profondo della carità cristiana, che è sfamare i poveri e i bisognosi. E Dio sa se io sono l'una e l'altra. A ogni modo, mangeremo nella sagrestia. Oggi non c'è nessuno fino al tramonto, e lì potremo conversare con tutta la tranquillità del caso».

Per un istante, Antonio restò interdetto. Ma si riprese quasi subito. A quanto pareva, quella era l'unica soluzione possibile. E se non v'era altro modo, tanto valeva fare come suggeriva la pittrice. «Allora vado a prendere qualcosa e torno».

«Vi aspetto, signor Canal, vi aspetto», fu la risposta di Giulia Lama.

23
Pranzo in sagrestia

Antonio non aveva badato a spese. Si era presentato non molto più tardi con un voluminoso fagotto in mano, un pane sotto il braccio e un fiasco di vino. Giulia lo attendeva. Gli fece strada fino in sagrestia. Qui, su un tavolo, stese una tovaglia di tela, frusta ma profumata di bucato. Aggiunse due bicchieri e altrettanti piatti. In un cesto c'era della frutta, prese due mele e le lavò con l'acqua di una brocca. Ne addentò una, offrendo l'altra ad Antonio, che declinò.

Lui, invece, stappò il fiasco, versando il vino bianco nei due *goti*. Poi aprì l'involto, dal quale cavò un pezzo di pasticcio di pesce, una grande ciotola di sarde in saor e del budino veneziano. «Per il dolce», concluse Antonio, indicandolo.

«Signor Canal, siete dunque un angelo?», domandò Giulia sorpresa. «Non credo di aver mai visto tante leccornie in una volta sola». Mentre diceva così, sorseggiò amabilmente il vino. Era dolce e resinoso. «Che bontà», disse facendo schioccare la lingua, in barba a qualsiasi regola della buona creanza.

Mise da parte la mela e si servì una porzione generosa di pasticcio. Antonio era felice di vedere la sua nuova amica tanto di buon umore. C'era in lei una sincerità talmente disarmante da lasciare senza parole. Il cipiglio di poco prima aveva lasciato posto a una dolcezza quasi di bimba. Sorrise. «Facciamo un brindisi, allora», disse.

«E a che cosa?», domandò lei, con quella sua voce un po' gracchiante. «Non ai pittori di questa città, voglio sperare».

«Non ci penso nemmeno», replicò Antonio, che aveva capito l'antifona. «Direi piuttosto al vostro meraviglioso dipinto», ed era sincero.

«In questo caso...», disse Giulia. E i bicchieri tintinnarono.

«Ma se posso permettermi...», disse lui.

«Prego», lo invitò lei, inghiottendo un gran boccone di pasticcio.

«Posso domandarvi come mai ce l'avete tanto con i pittori di Venezia?». Aveva deliberatamente scelto di tornare sull'argomento perché voleva conoscere una volta per tutte quella storia sin nei dettagli. Si erano dette molte, troppe cose in merito, e voleva almeno conoscere la versione dei fatti data da Giulia.

«Ah!».

Canaletto non seppe cosa aggiungere. Attese.

«Dunque voi domandate».

«Se non vi indispongo...».

«Niente affatto, niente affatto, ma prima fatemi bere un altro po'», e dicendo in quel modo, Giulia sorseggiò altro vino. Si pulì le labbra con il dorso della mano.

Antonio la osservò meglio. Aveva un viso non più così fresco, ma gli occhi grandi e chiari erano luminosi ed espressivi, seppur segnati da rughe che però, lungi dal rendere il volto meno interessante, gli conferivano invece un'autorevole bellezza. Il naso era forse un po' grande, e la fronte avrebbe magari potuto essere un po' più spaziosa, ma c'era una sensualità ancora marcata in quegli zigomi pronunciati e nelle labbra rosse e carnose. A conti fatti, quella donna gli piaceva non poco, e anzi provò una strana sensazione in sua presenza. Ne era attratto e ne aveva anche un po' paura. E quella strana miscela era da sempre un afrodisiaco potentissimo per lui. Perciò, si ritrovò ad attendere che ella raccontasse la storia che gli aveva promesso con un'impazienza che stentava a trattenere.

«È cominciato tutto vent'anni fa», disse Giulia, «dopo che mio padre Agostino Lama, che eccelleva nei dipinti di battaglie, si rifiutò di avviarmi alla sua medesima arte, giudicandomi priva di talento. Ma non basta. Mia madre, pace all'anima sua, mi proibiva di frequentarne la bottega, esortandomi invece a misurarmi nel ricamo, che era ben pagato. Dopo quest'infanzia infelice e un'ancor più amara gioventù, ecco finalmente un uomo disposto ad aiutarmi. Badate bene, non ho mai chiesto a Giambattista Piazzetta la sua protezione, ma gli riconosco il coraggio d'avermi preso a bottega, credendo fermamente nel mio talento».

Quella storia risuonò nel cuore di Antonio, giacché l'aveva udita e se n'era disinteressato, a dire il vero. Ma a quel punto gli tornò in mente, almeno in parte, e capì che, per egoismo e desiderio di conoscere, aveva chiesto a Giulia di ripercorrere un cammino doloroso. Provò a dirlo. «Non intendevo causarvi un dispiacere», osservò. «Se volete, potete mandarmi al diavolo e smettere di raccontare».

Lei lo guardò, sorpresa. «E perché mai dovrei farlo? Non ho niente di cui vergognarmi».

«Non intendevo dire questo», osservò Antonio. Poi prese il bicchiere di vetro e sorseggiò la Malvasia dolce e resinosa, senza riuscire a celare l'imbarazzo.

«Se ho deciso di raccontarvi questa storia è perché mi sembrate una persona che sa ascoltare», replicò Giulia. «Non smentitemi proprio ora».

Canaletto tacque.

«Avevamo la stessa età, eravamo giovani e volevamo rinnovare la pittura. Personalmente, ritenevo che l'espressività emotiva dei volti, la furia dei corpi, la vuota ampiezza degli spazi potessero bucare ancor più la tela con pochi tratti precisi, imprimendo un'intensità nervosa al pennello, senza aver paura di affrontare il nudo. Giambattista mi aveva incoraggiato a perseguire quello stile che sentivo originale perché mio, nutrito dal risentimento e dal rancore nei confronti dei miei genitori e quindi, proprio per questa ragione, profondamente diverso da quello degli altri pittori. Ed è stata questa la mia sfortuna. Ben presto, a Venezia si disse che la mia arte fosse scandalosa, peggio ancora, si sosteneva si trattasse di pura depravazione. E il mio amore con Giambattista non migliorava le cose. Eravamo giudicati come demoni perversi, devoti al demonio e all'orgia».

«Ed era vero?».

Giulia scoppiò in una risata. «Voi che ne pensate?». Fece una pausa. «Cominciarono a dire che ero nulla più che una sgualdrina. La fraglia, alla quale non ero nemmeno iscritta, prese a stigmatizzarmi, facendo di me una reietta. Poi, travolto da quanto andava accadendo, Giambattista si decise ad abbandonarmi, dissolvendo il nostro legame. Cominciarono a fiorire insulti sul mio conto. Si diceva che fossi brutta oltre ogni dire e che traviassi gli innocenti».

«Ma questa è una sporca menzogna. Io non vi conoscevo allora ma adesso sì, e posso dirvi che nulla in voi è brutto».

«Siete galante, dunque», disse Giulia, sorridendo d'un sorriso amaro e melanconico, «per quanto un po' goffo. Il che vi rende ancor più irresistibile».

«Prego?»

«Mi avete sentito, ma andiamo avanti. Mi dipingevano come una strega, e nessuno voleva farmi lavorare. Opportunità e committenze sparirono d'un sol colpo e per molti anni mendicai. L'unico modo che avevo per mantenermi era il ricamo, ma ciò equivaleva ad ammettere la mia sconfitta di donna e di pittrice».

«Mi dispiace».

«Del vostro dispiacere non so che farmene, credetemi. Mi è molto più utile il pranzo che mi state offrendo», continuò Giulia e, tanto per far vedere che diceva sul serio, infilzò con i rebbi di una forchetta di stagno una sarda in saor e la divorò. Spezzò il pane e ne mandò giù un bel boccone. «Non so quando potrò mangiare di nuovo, perciò meglio approfittarne», disse.

«Possiamo pranzare insieme ogni volta che volete», disse Antonio.

«Non è la vostra carità che cerco, ragazzo mio». L'aveva detto con rabbia, in una sorta di scatto d'ira, trattandolo con risentimento e una condiscendenza fastidiosa. Ma Antonio non se ne ebbe a male. Anzi, replicò nel modo migliore: «Non è carità, ma volermi garantire il piacere della vostra conversazione».

La sua prontezza di spirito sembrò colpire Giulia, la quale si lasciò scappare un mezzo sorriso. «A ogni modo», riprese, «la nuova solitudine non mi impedì di vincere il concorso indetto per la pala della Vergine dietro l'altare di Santa Maria Formosa».

«L'Allegoria della fondazione della chiesa. Una pala straordinaria».

«Proprio quella», disse lei. «Ma credetemi se vi dico che con il denaro che quel lavoro mi rese riuscii a vivere per un anno. Nel frattempo arrivarono altri lavori, ma non abbastanza».

«Non abbastanza», ripeté Antonio, quasi a voler sottolineare quel fatto.

«Dove crediate che io viva, signor Canal?».

Quella domanda lasciò Canaletto attonito. Non era abituato a quel modo così diretto e schietto di porre le questioni. «Non ne ho idea», disse.

«Dove capita», confessò lei.

«In che senso?»

«Nel senso più vero del termine. Non ho una casa. E nemmeno un letto, a dire il vero. Fate attenzione: non mi sto lamentando, e ancor meno sto chiedendo la vostra protezione. Solo che mi pare necessario farvi notare quanto poco giusta sia la vita con noi donne. Certo, c'è Rosalba Carriera, che ha saputo interpretare al meglio il proprio talento, coniugandolo con quello che il mercato chiedeva. L'arte del ritratto non solo è ammessa ma celebrata. I pittori stravedono per lei e ancor di più i regnanti».

«Ma Rosalba Carriera...».

«È una grande pittrice», completò Giulia, «non dovete certo venire voi a dirmelo. Quello che intendo è solo che ha saputo realizzare al meglio ciò che a una donna viene concesso di fare.

Non è stato facile nemmeno per lei, naturalmente. Ma ha trovato un buon compromesso. Io, invece, non sono tagliata per questo genere di accordi, e così... eccomi qui», concluse.

Antonio capì quanto fosse incontrovertibile quello che diceva la pittrice. Avvertì una nota amara, peggio ancora, coraggiosamente disperata.

Ma Giulia non gli diede il tempo di compatirla o di provare pena per lei. «Dormo nelle chiese», disse, «nei *sotoporteghi*, nei chiostri dei monasteri», e mentre diceva così, un lampo attraversò i suoi occhi.

E Antonio ebbe la sensazione che Giulia avesse perfettamente capito dove lui volesse condurla.

«Facciamo così», disse d'improvviso lei.

«Così come?», domandò Antonio, colto di sorpresa per l'ennesima volta quel giorno.

«Io vi dirò quello che so davvero e voi mi pagherete per le informazioni. Perché è per questo che siete venuto, non è vero?».

E mentre Giulia parlava in quel modo, Antonio comprese che quella strana pittrice aveva colto le ragioni che lo avevano condotto lì fin dal primo istante. Anche se poi, nel corso del loro incontro, i motivi erano radicalmente cambiati. «Non è come pensate».

«Oh sì, invece», lo incalzò lei. «E aggiungo che ora sono stanca. Perciò, se non vi dispiace, vi direi che dobbiamo darci un nuovo appuntamento».

«Davvero?», domandò Antonio, al colmo dello stupore per il modo repentino con cui Giulia cambiava umore.

«Proprio così».

«D'accordo», disse Canaletto, alzandosi. «Dove e quando?»

«Non si può dire che molliate la presa, signor Canal».

«Sentite, forse sono venuto a trovarvi con un obiettivo preciso, ma credetemi se vi dico che oggi ho scoperto una persona affascinante».

Giulia inclinò il capo. «Magari è vero, ma capirete anche voi che non posso certo permettermi di fidarmi più di quanto non abbia già fatto. Lo ripeto, vorrei rimanere sola».

«Va bene», disse Antonio, «me ne vado».

«Siete un uomo notevole, signor Canal, questo almeno ve lo devo concedere. Ed è per questo che vi invito a un nuovo rendez-vous fra noi».

Antonio non ci si raccapezzava più. Si sentiva completamente in balia di quella donna. Ma forse lei aveva qualcosa che a lui serviva. Di certo, lo aveva sedotto al punto da convincerlo a incontrarla di nuovo. Ovunque fosse.

«Domani».

«Dove?» domandò lui.

«Al canale sotterraneo di Santo Stefano».

«Ma come faremo a entrare?»

«Di questo non preoccupatevi. Fate solo in modo di essere lì immediatamente dopo il tramonto. Sarò io a trovarvi».

«Va bene. E allora», concluse Antonio, «a domani», e producendosi in un inchino guadagnò la porta della sagrestia, per poi tornare nella chiesa.

Salutandolo con un cenno della mano, Giulia portò il bicchiere alle labbra.

24
Il nuovo doge

Alla fine, tutto era andato per il meglio. L'elezione non era stata messa in discussione nemmeno per un istante e Pisani non aveva avuto alcuna possibilità. E ora Carlo Ruzzini era lì, in cima alla Scala dei Giganti, fra Marte e Nettuno, il dio della guerra e quello del mare, custodi di Venezia. Guardava di sotto, verso il cortile del palazzo, gremito di patrizi, dignitari, ambasciatori ma anche persone del popolo.

Ammantato di cremisi e oro, con la stola di zibellino malgrado il caldo primaverile giunto all'improvviso, ricevette dal consigliere più giovane il camauro, la bianca cuffia che sarebbe ben presto stata sormontata dal corno ducale. Piegò dunque il capo, mentre il folto pubblico tratteneva il fiato.

Di lì a qualche istante, ecco il consigliere più vecchio afferrare la *zogia*, rossa e dorata, tempestata di gemme e pietre preziose. Gliela pose sulla testa, e improvvisamente, con la gioia nel petto, Carlo Ruzzini ebbe l'impressione che il copricapo fosse in ferro, poiché avvertì da subito il peso della responsabilità.

«*Questo xe el vostro doge, se ve piase*», recitò con la formula di rito il consigliere, ripetendo quanto già era stato pronunciato nella basilica marciana. «Viva San Marco!», gridò poi. E alla sua si unirono le voci di quanti affollavano il cortile. Fu un momento magnifico.

Il nuovo doge non mancò di notare, fra i patrizi, la donna che si era spesa in ogni modo per quel risultato. La baronessa gli rivolse uno sguardo infuocato, ed egli si scoprì a sognare di commettere con lei gli atti più impuri che la sua veneranda età gli avrebbe consentito. Fu un attimo, naturalmente, ma quel pensiero gli piacque in modo particolare perché audace e proibito insieme. Tutto sommato, con i tanti suoi anni sulle spalle, di fantasticare non gli capitava spesso.

Le guardie di palazzo presidiavano la Scala dei Giganti. I consiglieri gli facevano da corteo, raccolti attorno a lui. Il sole virava in arancio al tramonto. Ai suoi piedi, Carlo Ruzzini vide Venezia. E se ne compiacque. Sapeva quel che doveva fare, lo aveva già pronunciato durante la sua *promision*. Aveva intenzione di onorare gli impegni presi, che erano molti e ambiziosi, come governare secondo giustizia, accrescere il prestigio della Repubblica e far applicare le leggi in modo imparziale. E poi rispettare la collegialità nella gestione del potere, non influenzare l'elezione dei vescovi o del patriarca, non accettare doni personali né ricevere compensi ulteriori oltre quelli spettanti. Il catalogo dei doveri comprendeva una nutrita serie di incombenze e obblighi, ed egli avrebbe fatto del suo meglio per rispettarli. Al contempo, però, intendeva esprimere la propria gratitudine a quanti lo avevano aiutato, e in particolar modo il suo pensiero tornò alla baronessa Orsolya Esterházy.

Ancora una volta a Canaletto era stato concesso di rimirare e ritrarre la cerimonia. Antonio intendeva raccogliere quei momenti per immortalarli in una serie di tavole disegnate. Ne aveva previste dodici, e l'incoronazione era di certo fra le più importanti. Non intendeva realizzarne una versione definitiva, anzi – immaginando di poter presenziare anche a quelle che un giorno sarebbero inevitabilmente seguite – la tavola finale avrebbe rappresentato un compendio di tutte le celebrazioni viste. Ma intanto, era ben lieto di studiare il soggetto, per così dire.

Come già in occasione dei funerali, anche per quella incoronazione era perfettamente consapevole di trovarsi al cospetto non già di un uomo fatto doge, ma di Venezia nell'atto di concedere il proprio favore al suo nuovo rappresentante. Ed era proprio così. Egli intendeva dipingere la Serenissima, e il principe non era null'altro che una delle tante figure che avrebbero riempito la tavola.

La facciata del palazzo, imponente e magnifica, rappresentava un teatro ideale per la scena che andava riproducendo. Il grande scalone monumentale posto al centro, e le statue dei giganti Marte e Nettuno sulla sommità e in posizione quasi araldica, davano un senso di magniloquente grandezza. Non era tanto il doge, quanto le istituzioni di Venezia a essere schierate: i consiglieri, naturalmente, a far cerchio attorno al Serenissimo principe, e le guardie a sorvegliare, ai lati di ciascun gradino, lo spazio fra il doge in cima e i sudditi ai piedi della formidabile rampa. E in quella differenza d'altezze v'era l'intera grande idea della Serenissima che da sempre si poneva come una Repubblica ma di fatto incarnava un'oligarchia fortemente articolata, capace di garantire un equilibrato governo ma pur sempre di pochi, come dimostravano gli esponenti delle famiglie patrizie che facevano corona a Carlo Ruzzini appena eletto.

Da lì alle successive settimane, Antonio si sarebbe speso nel rendere la variopinta moltitudine che gremiva il cortile e incarnava la città. Avrebbe voluto renderla talmente viva e credibile da suggerire quasi le voci e le conversazioni. Certo, aveva un'indagine da portare avanti, e doveva incontrare Giulia Lama quella sera stessa come promesso. Ma da quando l'aveva conosciuta, e cioè il giorno prima, si era sbloccato qualcosa in lui, e ora, egli capiva quanto avesse bisogno di Venezia. Voleva riprendersi quella città che da qualche anno era sprofondata in un terrore strano, a intermittenza, pronto a ricomparire ogniqualvolta Olaf Teufel tornava a mostrarsi. Naturalmente, continuava a credere che la faccenda fosse più complessa di così e che la baronessa Orsolya Esterházy, che non a caso era presente anche in quel momento fra la folla, fosse coinvolta in qualche modo, ma intanto lui tentava di mettere insieme le tessere che aveva a disposizione e cercava di ricominciare a dipingere e disegnare.

Aveva aspettato fino a quel momento, in attesa del ritorno di Charlotte. Ma la bella von der Schulenburg era piegata dal dolore e non accennava a volersi perdonare. Però Antonio non poteva attendere in eterno. Era tempo di ricominciare. E se quel suo nuovo inizio doveva coincidere con l'incontro di quella strana e affascinante creatura che era Giulia Lama, ebbene a lui andava bene.

Qualsiasi cosa pur di non abbandonarsi all'apatia e alla sconfitta. Ora se ne rendeva conto. Continuò a tracciare linee, a schizzare figure con quella velocità che per molti dei suoi ammiratori aveva del miracoloso. Tratto dopo tratto ritrovava sé stesso, e così quel disegno andava riempiendosi di finestre, marmi, decori, rilievi, nielli, in una profusione di dettagli che avrebbe lasciato estatico anche l'osservatore più esigente. Eppure, così facendo, sapeva che non faceva altro che affinare la riproduzione che solo un giorno molto lontano sarebbe stata definitiva. Era come se, nella via che doveva condurlo alla perfezione, egli procedesse per stati di approssimazione sempre più avanzati, quasi quello fosse nulla più che un impegnativo esercizio preparatorio.

In questo, aveva riscontrato un punto comune con le proprie ricerche. Solo dopo lunghi, reiterati tentativi era riuscito, insieme ai suoi compagni, a venire a capo dei terribili delitti che avevano funestato Venezia. Con il tempo, aveva coltivato un suo proprio istinto, presentendo in modo completamente irrazionale, quando qualcosa non tornava. E ora quella sensazione gli diceva che ognuna delle investigazioni che lui e i suoi amici avevano condotto era intimamente legata alla successiva ed era parte di un progetto più grande. Proprio come nei suoi disegni o dipinti, l'assassino aveva seminato il terrore per progressivi livelli di complessità, e l'arte dell'omicidio, se così si poteva chiamare – e mentre lo pensava ne ebbe vergogna –, avanzava nel medesimo modo.

Per questo riteneva che nulla di quanto stava accadendo fosse legato al caso ma avesse un preciso motivo. Ad esempio, il livello sotterraneo. L'autore dei delitti pareva suggerire che la ragione che lo spingeva ad ammazzare fosse seppellita nelle viscere della città, quasi Venezia fosse una creatura viva e mostruosa, divoratrice d'esistenze.

Quei pensieri non gli davano tregua, mentre guardava il doge e i suoi consiglieri, tracciandone le figure sulla carta ruvida. Antonio pensò che presto avrebbe rivisto Giulia Lama, e ciò gli diede un inspiegabile sollievo.

25
Il canale sotterraneo

Giulia sarebbe venuta? Antonio non ne era più così sicuro. Del resto l'aveva appena conosciuta, cosa gli faceva credere che avrebbe potuto fidarsi di lei? Era stato un idiota. E poi era un piano semplicemente assurdo. Si trovava a campo Sant'Angelo, nei pressi della chiesa di Santo Stefano. Il sole era tramontato e il cielo da arancio s'era fatto nero come l'inchiostro. Non si vedeva a un braccio di distanza. Canaletto si era portato una lanterna che aveva prontamente acceso. E ora era lì, lungo il rio, ad attendere.

Stava ormai perdendo le speranze, e anche la pazienza, quando dal fondo del canale percepì qualcosa avvicinarsi. Un lucignolo dondolava nell'oscurità, simile a un fuoco fatuo. Prestando attenzione e tendendo bene le orecchie, Antonio s'accorse che un remo veniva immerso nell'acqua, e dopo un po', alzando la lanterna, notò una figura avvolta in un tabarro che avanzava a bordo di un'imbarcazione, un sandolo, a occhio e croce, a giudicare dalle dimensioni ridotte e dalle forme leggermente più morbide e stondate rispetto a quelle di una gondola.

Possibile che fosse Giulia?

Antonio non ne aveva idea.

Di certo, la faccenda era a dir poco misteriosa. Ma l'inquietudine ebbe il potere di eccitarlo. Quale altra donna, ammesso che fosse lei, avrebbe condotto un'imbarcazione in quel modo, a quell'ora, in un luogo del genere? E invece era certo che fosse lei. Non la conosceva bene, ma stava imparando a capire quale particolare creatura fosse Giulia Lama.

Fu così che la misteriosa figura giunse a bordo di un sandolo nero e con il mantello sollevato dalla brezza fredda della sera.

«Saltate a bordo, signor Canal», disse quella voce roca che ben conosceva.

Antonio non se lo fece ripetere due volte e, stando ben attento a non cadere in canale, si portò a bordo del sandolo.

«Lo vedete?», domandò Giulia, lasciando cadere il cappuccio e rivelando il bel volto con i lunghi capelli al vento. Canaletto pensò che povera o ricca, giovane o vecchia, quella donna era libera come un gabbiano.

«Che cosa?»

«Il canale sotterraneo».

«Il…», accennò lui sbigottito.

«L'unico di Venezia. È proprio davanti a noi. Lì non ci disturberà nessuno».

«Per Bacco».

«Sì?», domandò Giulia.

«Siete piena di sorprese».

«Ne ho qualcuna».

Antonio tacque. Poco ma sicuro, Giulia aveva il potere di stupirlo. E non era un fatto consueto. Avanzarono al buio. La lanterna era l'unico occhio luminoso nella notte. L'acqua della laguna veniva carezzata dalla pala del remo. Infine, Giulia si fermò e il sandolo parve andare alla deriva. Antonio sollevò la lanterna e vide che l'imbarcazione si trovava sotto una volta a botte.

«Siamo sotto il coro della chiesa di Santo Stefano. Quando voglio stare tranquilla, vengo qui».

Giulia parlava sottovoce e quel suo mormorio roco era incredibilmente seducente. Ancora una volta, Canaletto capì di essere attratto da lei. Cominciava a diventare un'abitudine. La mente andò per un istante a Charlotte. Che cosa avrebbe detto di quei suoi pensieri?

«Allora», continuò Giulia, «di cosa volevate parlare?». Mentre diceva così, coprì la lanterna di Antonio con un panno e il chiarore ne risultò attenuato.

A Canaletto parve quasi che una piccola nuvola bianca si fosse appoggiata sul fondo del sandolo il quale, nel frattempo, dondolava dolcemente sull'acqua. Si sedette.

«Venite più vicino», disse lei.

Antonio obbedì. Anche in quello, Giulia era diversa da tutte le donne che aveva conosciuto: non faceva nulla di ciò che sarebbe stato socialmente opportuno. Era come se l'intera sua vita fosse improntata alla rottura di qualsiasi regola. Vide quel volto così particolare, ammantato d'ombre, appena lambito dalla luce fioca della lanterna coperta. La voce lo accarezzava con il suo suono spezzato.

«Allora?», insistette lei, «cosa volevate chiedermi?».

Canaletto si riscoprì impacciato. Non che fosse la prima volta. Ma poi si rese conto che tanto valeva gettare il cuore oltre l'ostacolo. «Ora vorrei chiedervi una cosa, e spero di non farvi arrabbiare».

Anche nel fragile barbaglio, Antonio avvertì una nota divertita negli occhi di Giulia.

«La faccenda si fa interessante, finalmente. Chiedete e, se potrò, vi risponderò».

«D'accordo», disse Antonio, più a sé stesso, a dire il vero, che alla sua interlocutrice. «Recentemente mi è capitato di trovarmi nella catacomba di San Simeon Piccolo, avete presente?»

«Certo».

«Ebbene, non ho potuto non notare le cupe pareti affrescate. Confesso che ne ho avuto paura, un po' per l'atmosfera lugubre, un po' per la violenza dei tratti delle figure. D'altra parte, ne sono rimasto colpito oltremodo, dirò di più, rapito». Tacque, sperando di cogliere nel volto di lei un cambio d'espressione. Non accadde. Ammesso che volesse aiutarlo, di certo Giulia non intendeva facilitargli il compito. Continuò: «Ho avvertito una formidabile potenza narrativa, complice la rapidità e l'incisività del segno. E anche se a prima vista non si direbbe, oso sostenere che sia stata la vostra mano ad affrescare quelle pareti. Sbaglio forse?».

A quelle parole seguì un silenzio teso, come se un segreto a lungo custodito fosse sul punto di essere rivelato. Antonio si domandò se si fosse spinto troppo in là e temette d'aver sbagliato, d'aver preteso oltre il lecito. Sospirò, nel tentativo di alleggerire la tensione.

«Avete un occhio allenato, signor Canal», disse infine Giulia. «E non so perché sto per dirvi quello che non ho mai rivelato a nessuno. Forse gli spiriti si scelgono e io ne ho individuato in voi uno affine al mio. Forse sono lusingata dal fatto che un pittore tanto notevole si interessi al mio lavoro. Anche se sospetto che non sia solo questo a muovervi. O magari non mi aspettavo di essere letta fin nel profondo con una simile facilità. Ma, a prescindere da tutto questo, su una cosa avete ragione: quegli affreschi sono miei».

«E perché la vostra ammissione non mi sorprende?», insistette Antonio. «Vedete, so di non conoscervi abbastanza, continuo a ripetermelo, ma allo stesso tempo è come se non potessi negare alla vostra pittura di invadere il mio sguardo. Quando osservo le vostre tele o i vostri affreschi è come se la mia vista ne fosse completamente assorbita, quasi non esistesse altro. È una forza prepotente alla quale non posso resistere, e anche quando tentate di occultarla, di alterarla, essa straripa in maniera così potente e violenta da mozzarmi il fiato».

«Non ho mai sentito nessuno parlare in questo modo della mia pittura, signor Canal».

«Mi fa piacere», disse Antonio, ed era dannatamente vero. "Dannatamente" perché sentiva di cedere sempre più al fascino di quella donna e per certi aspetti non avrebbe voluto. Ma non aveva scelta. Anche imponendoselo, non avrebbe potuto resistere al sentimento che lo avvolgeva nelle sue spire come il più spietato dei serpenti. Era lì seduto sul fondo di un sandolo, sotto il coro della chiesa di Santo Stefano, nell'unico canale sotterraneo di

Venezia, con una lanterna a illuminare il volto stranamente bello di una donna che aveva almeno dieci anni più di lui. Eppure, avrebbe potuto fare qualsiasi cosa lei avesse voluto. Le sarebbe bastato schioccare le dita e lui sarebbe diventato volentieri il suo umile servo.

E si riscoprì, per questa ragione, ad avere paura. Paura di rovinare tutto. Perché, arrivato a quel punto, sapeva che doveva rivolgerle la domanda, quella per cui fin dal principio aveva deciso di incontrarla. Insomma, era arrivato il momento di rivelare la parte meno nobile della sua curiosità.

Era incerto, titubante.

Giulia se ne accorse. «Qualcosa vi turba? È per il denaro che vi ho chiesto in cambio delle informazioni? Non temete, non voglio nulla».

Antonio non sapeva cosa dire. Anzi, quell'affermata gratuità lo mise ancor più a disagio. Lasciò uscire le parole, al solo scopo di liberarsi. «Ieri mi avete detto che vi capita di dormire ovunque, e allora vi domando: anche nelle cripte?»

«Mi pare chiaro, non lo avete già capito?»

«Dunque anche a San Simeon Piccolo?»

«Certo».

«E allora c'è un'altra cosa che vi devo chiedere: sapete cosa è successo di recente nella cripta?»

«Perché me lo domandate?».

26
Il teatro San Giovanni Grisostomo

Il palco di Joseph Smith aveva la dimensione perfetta per quello che avevano da dirsi. Nessuno li avrebbe disturbati e la discrezione sarebbe stata assoluta.

Inoltre, Antonio e i suoi amici si sarebbero goduti molto volentieri il *Demetrio*, opera di Johann Adolf Hasse su libretto del grande Pietro Metastasio. L'inglese, che non badava a spese, aveva fatto portare anche un tavolino, ove erano stati disposti un secchio colmo di ghiaccio con sei bottiglie di Malvasia di Candia, una pentola ricolma di *bigoi in salsa*, un grande tegame di *peoci in cassopipa*.

«Fra il secondo e il terzo atto, i miei servi porteranno cioccolata e biscotti», disse Joseph Smith.

«Non moriremo di fame», osservò Antonio che, per quanto goloso, non riusciva a credere a quel che vedeva. «Non avrete esagerato?»

«Mangiate quello che volete, il resto lo daremo ai bisognosi», replicò con magnanimità l'inglese. «Coraggio, Antonio», disse poi, versandogli un calice di vino ghiacciato, «cosa aspettate a dirci quello che avete scoperto?»

«Datemi un istante e vi dirò tutto». Nel frattempo, il teatro andava riempiendosi. Aveva una bella sala e ancor più bei palchi, disposti su quattro ordini. Per la prima del *Demetrio*, erano presenti molte delle personalità della Serenissima, così, prima di rispondere all'amico, Antonio non mancò di vedere Johann Matthias von der Schulenburg, eroe di Corfù e padre della sua amata, che, in seguito ai fatti di tre anni prima, aveva preso almeno un po' le distanze da lui. Era accompagnato dal suo nuovo protetto, il pittore Giambattista Pittoni, che aveva una delle botteghe più prolifiche e redditizie di Venezia, e poi da Carlo Maria Broschi, detto Farinelli, il castrato più famoso del tempo. Non mancava naturalmente Michele Grimani, elegantissimo mecenate e impresario, proprietario del San Giovanni Grisostomo e di altri due teatri a Venezia – il San Benedetto e il San Samuele –, e nemmeno Elisabetta Morosini, signora dei salotti veneziani, la quale rifulgeva in tutta la propria matura bellezza. Al suo ingresso, la grande pittrice Rosalba Carriera, avanti negli anni ma ancora piacente, venne omaggiata dai cavalier serventi come la regina di Saba. Da dietro un ventaglio, opportunamente agitato con freddi, rapidi tocchi, Antonio distinse la prorompente avvenenza della baronessa Orsolya Esterházy.

«C'è tutto il bel mondo stasera, non vi pare?», domandò agli amici indicando, con un cenno del capo, proprio la nobildonna straniera.

«Potete dirlo forte. Quella donna mi mette i brividi», disse Owen McSwiney. «La sua è una bellezza tagliente. Non so in quale altro modo spiegarlo, ma è come se al solo guardarla venissi ferito da quegli occhi».

«Suvvia, amico mio, ora state esagerando», disse Joseph Smith.

«Niente affatto. Voi non c'eravate quando la incontrammo tre anni fa, e vi posso assicurare che non vorrei averla contro per tutto l'oro del mondo», fu la risposta dell'irlandese.

«Potete tranquillamente credere a Owen, fu anche la mia stessa sensazione», disse Antonio. «A ogni modo, credo fermamente che la vedremo ancora, prima della fine di questa storia».

«Che cosa ve lo fa pensare?», domandò McSwiney.

«Chiamatele semplici sensazioni, se volete», replicò Canaletto, «ma ultimamente mi sbaglio di rado».

«Ah, ma questa è quasi una confessione», disse Joseph Smith. «Allora? Volete rispondere alla mia domanda, prima che ci ritroviamo catapultati nel regno di Demetrio?», continuò, alludendo all'opera che si apprestavano a vedere. E mentre diceva così, versò altro vino ghiacciato nei calici dei due amici.

«D'accordo. Ebbene, sono andato a trovare Giulia Lama».

«La pittrice?», domandò McSwiney.

«Chi altri?», chiese a sua volta Antonio.

«Come vi avevo quasi suggerito», disse Joseph Smith.

«Certo, ma per un motivo molto diverso da quello che mi indicavate, anche se, lo confesso, la vista del quadro che avete in casa mi è stato di impareggiabile aiuto». Si fermò un istante, sorseggiò la Malvasia e poi continuò: «Quando siamo scesi nella catacomba di San Simeon Piccolo, qualche giorno fa, ho notato subito le belle pitture parietali della Via Crucis. Mi hanno impressionato moltissimo e, se capite cosa intendo, non sono riuscito a togliermele dalla testa. Il che è per certi versi incredibile, considerato quello che avevo visto in quel luogo», disse Antonio, alludendo chiaramente al cadavere devastato del povero Simone Mocenigo.

«Ma parlavate di una sensazione...», suggerì Joseph Smith.

«Quale?», lo incalzò Owen McSwiney.

«Quella per cui mi ricordavano uno stile pittorico che avevo già visto, anche se naturalmente l'artefice aveva in qualche modo cercato di camuffarlo».

«Certo! Qualcuno che non voleva farsi riconoscere e aveva cambiato il proprio modo di dipingere».

«E dunque il pittore della Via Crucis sarebbe Giulia Lama?», domandò Joseph Smith.

«Me lo ha confermato», disse Antonio.

«Quindi», osservò l'inglese incredulo, «ci state dicendo che una delle pittrici, anzi, direi dei pittori veneziani di maggior talento affresca in incognito pareti fredde e divorate dall'umidità? E per giunta in mezzo alle tombe?»

«È folle, ma è proprio così».

«Ma com'è possibile?», domandò l'irlandese.

«Chiedetelo a Giambattista Pittoni», disse Antonio, indicandolo con un cenno del capo, «o magari a Sebastiano Ricci, o ancora a Giambattista Piazzetta, che un tempo l'ha amata per poi ripudiarla quando l'intera fraglia dei pittori si è schierata contro di lei, chiamandola sgualdrina e strega per il solo fatto di aver dipinto nudi maschili. Hanno perfino sostenuto che fosse brutta, quando la sua bellezza è evidente anche al più distratto degli osservatori. Avete ragione, Joseph: Giulia Lama è uno dei maggiori talenti di questa sciagurata città, e io non ho fatto nulla per difenderla!».

«Ma voi siete sempre stato un solitario, non avete mai voluto un ruolo politico nella fraglia, tanto più che anche voi avete dovuto combattere contro i pregiudizi e le offese».

«E anche questo è vero. Ma non mi fa sentire meglio e non giustifica certo la mia ignavia».

«Questo posso capirlo», ammise l'inglese.

E su queste parole, cominciò il primo atto.

27
Opera e tragedia

Le scene erano sontuose, la musica forse un po' troppo pomposa, ma la storia intrigante, gli interpreti dotati e lo spettacolo, nel primo atto, fu godibile. Isabella Gandini, nel ruolo della bella regina Cleonice che si struggeva nell'attesa di Alceste, in verità Demetrio, legittimo erede al trono usurpato dal padre di lei Alessandro, aveva una voce straordinariamente intensa e ben modulata seppur non eccezionale e compensava ampiamente con l'interpretazione la modesta estensione vocale. Niccolò Gori era ben credibile nel ruolo di Olinto, pretendente alla mano di lei e grande del regno di Siria, e così Caterina Barberis che interpretava Barsene, confidente della regina e amante segreta di Alceste. Gioacchino Conti, nel ruolo di quest'ultimo, giganteggiava però sugli altri. Ma a essere sinceri era proprio questo elemento a conferire all'opera una geometria narrativa e musicale perfetta.

Quando il primo atto terminò, Joseph Smith ebbe parole d'apprezzamento. «La musica ha una sua innegabile forza, ma sono le parole di Metastasio a rendere l'opera superiore alla media».

«Difficile darvi torto», disse Antonio, il quale, giunto a quel punto, si era fatto preparare dal servo di Joseph Smith una fumante e generosa porzione di *bigoi in salsa* che ora si apprestava a intaccare con palese entusiasmo.

«Metastasio è l'opera», convenne lapidario Owen McSwiney.

«Se non ricordo male, proprio su questo suo libretto ha debuttato qualche mese fa, a Vienna, un omonimo dramma per musica composto da Pietro Caldara, vicemaestro di cappella di Sua Maestà l'Imperatore».

«Non sbagliate affatto, amico mio», confermò Joseph Smith. «Ma mentre anche voi vi gettate sui bigoli, proprio come Antonio, e non posso darvi torto, sia ben chiaro, mi stavo domandando cosa, oltre alle segrete attività pittoriche di Giulia Lama, abbia scoperto il miglior pittore di Venezia».

Canaletto non se lo fece chiedere due volte e rispose prontamente: «Ebbene, Joseph, io posso affermare con certezza che non solo Giulia ha dipinto la Via Crucis sulle pareti della cripta di San Simeon Piccolo ma, come confidavo nelle mie fantasie più segrete e inconfessabili, ha dormito per qualche tempo in una delle celle mortuarie di quel luogo. E così facendo, ha potuto vedere senza essere a sua volta vista alcuni dei dolenti che si recavano lì per onorare la memoria dei propri defunti, ma anche l'assassino di Simone Mocenigo».

Quelle parole ebbero il potere di lasciare attoniti Joseph Smith e Owen McSwiney. Come spesso accadeva in quei casi, fu l'inglese a reagire per primo. «E chi ha visto?»

«Questo è il punto, amico mio. Ebbene, posto che ha fatto in modo di rimanere il più possibile nascosta, dato quello che stava accadendo, e che il suo punto d'osservazione non era dei migliori, ha tuttavia distinto un uomo dai lunghi capelli scuri, i baffi a manubrio, l'accento esotico, per sua stessa ammissione probabilmente slavone, il fisico asciutto e la spada al fianco».

«Teufel!», tuonò l'irlandese.

Antonio lo guardò ma non annuì. «Forse, Owen, forse. Perché, arrivati a questo punto, mi corre l'obbligo di nutrire un dubbio: ricordate l'uomo che sette anni orsono aggredì me e voi, regalandovi fra l'altro un proiettile nella spalla?»

«Certo che me lo ricordo. Come potrei dimenticarlo?»

«Ebbene, come dicevo potrebbe essere stato Olaf Teufel. Ma

anche qualcun altro, magari proprio l'uomo del quale stiamo parlando, che potrebbe anche non lavorare per Teufel».

«E per chi, allora?»

«Per sé stesso. Oppure, ancor meglio, che ne direste della baronessa Esterházy?»

«Voi dite?», domandò Joseph Smith.

«Posso sbagliarmi. E l'ipotesi che vede Olaf Teufel come assassino è certamente la più probabile, ma sarebbe anche la più ovvia, e non sempre la cosa più ovvia è la più vera e giusta. Questa è una lezione che credo di poter dire d'aver imparato in questi anni». Mentre diceva così, Antonio si ficcò in bocca una gran forchettata di *bigoi in salsa*.

Owen McSwiney parve pensarci su. «Potreste aver ragione», concesse infine. «Ma non possiamo nemmeno escludere la risposta più semplice solo perché ci appare ovvia».

«E anche questa è un'affermazione difficilmente oppugnabile», osservò Joseph Smith. «A ogni modo, mio caro Antonio, state rivelando un intuito prodigioso e quello di andare a parlare con Giulia Lama è stato un autentico colpo di genio. Che cosa immaginate di fare ora?»

«Ascoltiamo il secondo atto e ve lo dirò».

E in quella, ecco le musiche e il canto di Olinto e le sue trame volte a ottenere scettro e corona, ad allontanare Cleonice regina da Alceste. E poi infine, l'eroe veniva invece ricevuto da lei, la quale gli confessava, senza più riserve, l'impedimento al loro amore. Quale, domandava lui. Il decoro e la dignità, rispondeva lei, l'obbligo nei confronti dei sudditi, la stirpe regale che ella incarnava. Tali ragioni conducevano Alceste – non ancora consapevole d'essere invero Demetrio, il legittimo erede al trono – sull'orlo della follia. Infine, i due si separavano e così terminava il secondo atto.

Il teatro mostrò di gradire. Isabella Gandini venne addirittura idolatrata con mazzi di fiori premurosamente lanciati sulla scena. Era un autentico tripudio.

«L'opera sale d'intensità e interpretazione», disse Antonio.

«Già. La Gandini cresce e Gioacchino Conti mantiene grande solidità. La vicenda è sempre più intricata, a conferma del genio di Metastasio. A conti fatti, la musica rappresenta la parte più debole», osservò Joseph Smith.

«Ma non disturba», disse infine Owen McSwiney, che nel frattempo stava saccheggiando i *peoci in cassopipa*. «Torniamo a noi, Antonio», disse rivolto all'amico. «Joseph vi domandava come avete intenzione di procedere, anche perché non è detto che il nuovo doge sostenga la nostra iniziativa con il medesimo zelo con cui ci appoggiava Alvise Sebastiano Mocenigo».

«Avete ragione, naturalmente. Per parte mia, ho scritto a Charlotte nella speranza che possa concedermi ragguagli sulla figura del Nachzehrer, dal momento che si trova in Polonia».

«Ne avevamo parlato e avete fatto bene», sottolineò l'inglese.

«Già. Allo stesso tempo, credo che varrebbe la pena incontrare l'inquisitore».

«Intendete l'inquisitore del Sant'Uffizio?»

«Precisamente. Grazie a Isaac Liebermann abbiamo avuto informazioni importanti in merito all'aspetto medico-scientifico di questa orribile modalità d'assassinio, ma mi pare evidente che vi siano anche implicazioni di carattere religioso. Ed è anche alla religione, e meglio ancora alla superstizione e all'eresia, che vorrei guardare per comprendere più a fondo gli elementi che caratterizzano la figura del Nachzehrer».

«Su questo avete perfettamente ragione», disse McSwiney. «Potrei accompagnarvi, se lo ritenete, dopotutto sono irlandese».

«E come tale fervente cattolico», disse Joseph Smith, tradendo in modo sorprendente un quasi impercettibile imbarazzo.

«Proprio così».

«Se voleste venire con me, amico mio, ne sarei oltremodo lieto», convenne Antonio, il quale stava a sua volta piluccando un po' di *peoci*. Si versò poi della Malvasia ghiacciata nel calice. «Oltre a voi, amico mio, chiederò al Capitan Grando di essere della partita, così da fugare qualsiasi rimostranza possa avere l'inquisitore nei nostri confronti». A quel punto guardò verso il palcoscenico. L'opera stava ricominciando. «Credo che ora vedremo come andrà a finire questa grande avventura».

L'inizio dell'ultima parte era affidata a Olinto, Alceste e Fenicio, mentore dell'inconsapevole re, che lo aveva cresciuto fra boschi e capanne e conosceva la sua reale identità. Alceste sceglieva di non partire, con sommo disdoro di Olinto, suo grande avversario. Fenicio rivelava al giovane la sua identità, quella di Demetrio, l'unico erede del trono di Seleucia. Così, rivelato il vero, Alceste e Cleonice s'avviavano al trono.

L'amore, infine, trionfava. Fra grida e applausi, le popolane sospiravano, giungendo le mani al petto, i mercanti urlavano facendo venir giù il teatro, le nobildonne arrossivano felici dietro zendali e ventagli, i patrizi commentavano sboccati le grazie della Gandini e della Barberis, e in quel gran serraglio che era diventato il teatro Antonio, Joseph e Owen sorbivano le loro cioccolate non senza voluttà. Arrivavano direttamente dalla bottega del caffè di Floriano Francesconi ed erano le migliori di Venezia.

Ma malgrado la vellutata delizia della bevanda, nessuno fra loro riusciva a goderne appieno il piacere, poiché la complessa natura dell'intrigo nel quale si ritrovavano invischiati ormai da sette anni non poteva non guastare loro i cuori.

«Dunque credete che non sia solo Teufel a tirare le fila di questa diabolica impresa», disse infine Joseph Smith.

«No, non lo penso affatto», confermò Antonio.

«Nemmeno io», gli fece eco Owen McSwiney.

«Avete ragione», convenne l'inglese.

28
L'inquisitore

L'inquisizione del Sant'Uffizio aveva la propria sede presso la chiesa di San Teodoro. Era, quest'ultima, annessa alla basilica di San Marco. Una volta entrati, Antonio, Owen e il Capitan Grando vennero accolti da Tommaso Maria Gennari da Chioggia. Fu Francesco Longo a presentare Canaletto e l'irlandese. L'inquisitore li guardò con freddo distacco. Era lui a occuparsi delle questioni di eresia a Venezia, in quanto delegato dal Sant'Uffizio di Roma. Tuttavia, la Serenissima, che mal tollerava le intromissioni nel proprio governo, financo religioso, aveva raggiunto un accordo con la Santa Sede tale per cui, nel corso del proprio operato, l'inquisitore doveva essere coadiuvato da tre magistrati veneziani: i Savi sopra l'Eresia. Uno di questi era stato appunto Simone Mocenigo.

Tuttavia, invece di rivolgersi a costoro, su richiesta esplicita di Canaletto, Francesco Longo aveva scelto di consultare il domenicano. La ragione era semplice: un'eventuale richiesta ai Savi avrebbe indisposto l'inquisitore, rappresentando una patente violazione delle gerarchie. Era quest'ultimo, infatti, ad avere la parola definitiva in materia di eresia e di pratiche di tal genere. Rivolgersi a lui era un atto dovuto e non avrebbe mai rappresentato un'offesa per la magistratura veneziana.

A ogni buon conto, Tommaso Maria Gennari era un uomo che incuteva un certo timore. Il suo volto era magro al punto da sembrare scavato nel legno. Sotto il saio bianco e la cappa nera, Antonio avrebbe potuto contargli le costole, e il cranio, coronato dalla tonsura, era tanto lucido da somigliare a marmo candido. Qualcosa nei suoi occhi neri metteva i brividi.

«A cosa devo la vostra visita, signori?», domandò infine l'inquisitore. La sua voce era straordinariamente dolce e pastosa, in completa contraddizione con quel suo aspetto ascetico e bellicoso.

«Per le ragioni che potete facilmente intuire, sto indagando sui delitti che stanno perseguitando la famiglia Mocenigo e che hanno visto Simone, Savio sopra l'Eresia, venire orribilmente ucciso».

«E un pittore e un mercante d'arte a cosa vi servono, se posso chiedere?», domandò Tommaso Maria Gennari, e nella sua voce non v'era alcun accenno di ironia. Solo una piana curiosità.

Non volendo rivelare il lungo cammino che li aveva condotti fino a quel punto, il Capitan Grando raccontò solo l'indispensabile. «Il signor Canal è stato incaricato dal Serenissimo principe di assistermi nelle indagini, grazie alla sua perizia nel disegno. Owen McSwiney, invece, si è rivelato prezioso per le sue relazioni e conoscenze».

«Capisco».

Mentre Francesco Longo parlava a quel modo, Antonio ragionò sul fatto che, nel frattempo, un nuovo doge era stato eletto. E molto presto quel loro incarico ufficioso avrebbe potuto essere revocato. Fu un solo istante, naturalmente, ma l'inquisitore dovette pensare la medesima cosa perché si premurò subito di rimarcarlo. «Alludete a Sua Serenità Carlo Ruzzini?»

«No», dovette confessare Francesco Longo, «mi riferisco ad Alvise Sebastiano Mocenigo».

«Mi è chiaro».

«A ogni modo», completò il Capitan Grando, «la mia autorità è più che sufficiente a giustificare il loro coinvolgimento nell'investigazione».

«Lungi da me dire il contrario».

La sensazione che Canaletto ricevette da quelle prime battute non fu delle migliori. Gli parve che quell'uomo scolpito nel rigore e nell'inflessibilità fosse ben poco propenso ad accoglierli, men che meno a soddisfare la loro curiosità. A ogni modo, provò a non saltare a conclusioni affrettate e rimase ad attendere che il Capitan Grando formulasse una nuova domanda. Che puntualmente arrivò.

«Eccellenza», disse quest'ultimo, «la ragione di questa nostra visita risiede nel fatto che sarebbe per noi di vitale importanza comprendere se, nei vostri trascorsi di uomo di chiesa e di massimo esperto in materia di pratiche eretiche, vi sia mai capitato di imbattervi in rituali che avessero a oggetto...».

«L'inserimento d'un mattone nella bocca di un uomo o una donna, fino a sfondarne la mandibola?».

Canaletto e McSwiney rimasero colpiti dalla schiettezza dell'inquisitore e anche dal suo senso pratico. Non aveva certo perso tempo. Francesco Longo, se possibile, era ancora più stupito di loro, ma fece buon viso a cattivo gioco e si affrettò ad annuire.

Ma le sorprese non dovevano finire lì. Perché Tommaso Maria Gennari, lungi dal fornire risposta, pose un'altra domanda. «Che cosa ne sapete voi?».

Antonio capì che doveva intervenire se voleva ottenere qualcosa da quell'incontro. «Eccellenza», disse, «per varie ragioni che non posso spiegarvi in questo momento, sono venuto a conoscenza delle barbare pratiche che affliggono le regioni più remote dell'Impero. Alludo nello specifico al fenomeno della risorgenza, che oggi rappresenta un'autentica piaga sociale per un doppio ordine di ragioni: religiose e mediche, dato che se un certo tipo di credenza dovesse anche solo moderatamente attecchire presso la Serenissima Repubblica, essa potrebbe rappresentare la porta d'ingresso a una nuova forma d'eresia, ancor più radicale però per forme e modalità rispetto a quanto già non abbiano rappresentato protestantesimo, calvinismo e anabattismo».

L'inquisitore annuì. Quella riflessione pareva convincerlo. Giunse le mani e sottolineò: «Signor Canal, quello che dite è di perfetto buonsenso, e mi compiaccio di udire le vostre parole così prudenti e attente».

Antonio cercò di sfruttare quel primo, piccolo vantaggio che si era costruito con tanta cura. «Me ne rallegro, Eccellenza».

«Voi, dunque, volete sapere se mi è mai capitato di imbattermi, nel corso dei miei studi o processi, nelle pratiche stregonesche che attengono al Nachzehrer, non è vero?»

«Precisamente», confermò Antonio, che non sperava di ricevere una tale disponibilità da Tommaso Maria Gennari.

«Deduco che quanto avete appreso sia frutto di un qualche colloquio con medici militari della Serenissima o accademici dell'Università di Padova».

Canaletto annuì. «La vostra deduzione è esatta, mio signore».

«Capisco. E avete ritenuto a questo punto che lo studio dalla prospettiva religiosa di questa bizzarra figura, nutrita da credenze stregonesche, potesse aiutarvi nel comprendere il senso di quanto sta accadendo».

«Per l'appunto», replicò Antonio. Era lui, a quel punto, l'unico a parlare. Owen, infatti, preferiva tacere per non andare ad alterare quel fragile equilibrio e quella ancor più fragile intesa che Canaletto con scaltrezza e cortese attenzione era riuscito a costruire una parola dopo l'altra. Francesco Longo doveva essere del medesimo avviso.

A ogni modo, se così era, l'inquisitore non parve darvi più importanza del necessario e continuò nella sua analisi. «Quel che posso dirvi è che avete fatto bene a venire da me. Perché, malgrado possa sembrare paradossale, sono spesso originali figure di demonologi o esorcisti, e financo inquisitori, a studiare un tal genere di fenomeni. Non è un mistero, per esempio, che proprio un mio buon amico, Giuseppe Antonio Davanzati, attuale arcivescovo di Trani, sia un appassionato studioso del tema che mi ponete di fronte. Da tempo, anzi, egli coltiva il desiderio di compilare, raccogliendo il tanto materiale collezionato, una propria *Dissertatio* sul tema della risorgenza o, come usa dire ultimamente, vampirismo. Tuttavia, non vi è dubbio che la particolare figura che volete prendere in esame sia ben nota alle tradizioni di matrice germanica e polacca. Non è un caso se a parlare per primi del Nachzehrer furono gli autori del celebre trattato che prende il titolo di *Malleus Maleficarum* – letteralmente il "Martello delle streghe" –, pubblicato nel 1487 dai miei confratelli domenicani Heinrich Kramer e Jacob Sprenger».

«Dunque la creatura della quale stiamo parlando è ben nota alla chiesa cattolica», osservò Antonio.

L'inquisitore doveva avere qualcosa da aggiungere, perché non solo ricominciò subito il proprio discorso, ma si mosse anche verso una parete della saletta completamente coperta da scaffali e, toccando con l'indice i dorsi dei volumi lì riposti, ne scelse uno particolarmente spesso, rilegato in cuoio scuro e con una scritta in oro, in rilievo. «Ecco qui», disse, e poi, invitando i suoi interlocutori a raggiungerlo, si portò verso un tavolino, aprendo il formidabile tomo. «Dunque», disse, «vediamo un po' se mi ricordo bene». E Tommaso Maria Gennari prese a sfogliare con attenzione le pagine ingiallite, le quali risultavano fittamente ricoperte da una grafia ordinata e sottile, intervallata da miniature. «Ho il privilegio di possedere una copia manoscritta del testo, donatami dal mio buon amico, l'abate Petrus Burkardus, capo del monastero domenicano di San Lorenzo, non distante da Pordenone».

Antonio notò che quella ricerca donava all'inquisitore un'inattesa passione, rendendolo quasi affabile, lui che inizialmente era parso a dir poco diffidente e scontroso. Decise di avvantaggiarsi di quel cambio d'umore e lo incoraggiò, facendo attenzione a non suonare adulatorio o ossequioso. «Una copia davvero magnifica», convenne, «le miniature sono di rara bellezza».

«Proprio così, avete detto bene», confermò Tommaso Maria Gennari. «Ma lasciate che vi trovi il passo che ci interessa. Dunque nella prima parte… domanda quattordici, domanda quindici… sì, ora ricordo, ecco qui», e le mani magre e bianche dell'inquisitore sfogliavano nervose le pagine, «ho trovato, ascoltate: una città fu resa quasi indigente, una volta, tali e tanti erano stati gli abitanti sterminati dalla peste. A questo proposito si diceva che una certa donna sepolta stesse divorando il proprio sudario e che l'epidemia non sarebbe mai finita se non quando ella non avesse masticato, mangiato e assorbito nel proprio stomaco l'intero suo lenzuolo funebre. Si tenne un consiglio e il podestà insieme al governatore della città dissotterrò la bara. Dopo averla scoperchiata, scoprirono che metà del sudario era stato assimilato dalla bocca e digerito dallo stomaco. A quel punto, il podestà estrasse la spada e mozzò la testa della donna, scagliandola lontano. D'improvviso, la peste cessò».

«Misericordia!», esclamò il Capitan Grando.

«È incredibile, non è vero?», disse l'inquisitore. «Se ci pensate, è vero che il rimedio in questo caso è il taglio della testa, ma ciò che conta è che la donna, anzi il Nachzehrer venga ucciso e così la peste fermata. E infatti, in seguito, uno dei rimedi più diffusi divenne la pietra o il mattone ficcato in bocca fino a spezzare le mandibole, così da uccidere la creatura e impedirle di masticare ancora e di diffondere così il morbo».

«In base a cosa arrivate a queste conclusioni?», domandò Antonio. «Il brano del *Malleus Maleficarum* parrebbe suggerire che la credenza propugni la masticazione completa del sudario come liberatoria. E poi il podestà adotta la spada. Ho piena fiducia in quanto mi dite, ma vorrei capire…».

«Giuste osservazioni. Ma tenete presente che è l'interruzione che ferma la peste. Kramer era alsaziano e fu Grande Inquisitore del Sacro Romano Impero in luoghi come il Tirolo, Salisburgo, Boemia e Moravia. Sprenger, che lo aiutò nella stesura, era invece svizzero di Rheinfelden e aiutante dell'inquisitore di Colonia, Treviri e Magonza. Entrambi erano insomma di matrice culturale germanica, ed è proprio nelle terre fra Austria, Prussia e Polonia che la credenza del Nachzehrer prolifera e gode della maggiore popolarità, se mi passate l'espressione. Quanto al rimedio del mattone invece della spada, di certo saprete che sia il teologo Philipp Rohr che Michael Ranft hanno più recentemente...».

«...raccolto casi e materiali in uno studio che concerne la masticazione dei morti, descrivendo il rimedio del mattone per impedire che il Nachzehrer divori il proprio sudario e, così facendo, diffonda la peste», completò Canaletto.

«Per l'appunto. Ma vi è di più!».

«Davvero?», domandò McSwiney.

«Vedete, signori», disse l'inquisitore, rivolgendosi a tutti e tre i suoi interlocutori, «vi parlavo prima di quel mio collega arcivescovo di Trani, Giuseppe Antonio Davanzati, e di come egli si stia dedicando da tempo al fenomeno della risorgenza o vampirismo che dir si voglia. In uno specifico capitolo del suo lavoro, egli dedica particolare attenzione ai masticatori di morte. A quanto pare, non so come, è riuscito a mettere le mani su alcuni documenti antichi, rapporti di notai, in particolare, che descrivono il fenomeno delle pestilenze nei territori polacchi e prussiani. Non ne so molto altro, ciò di cui sono certo, però, è che questa parte potrebbe essermi inviata a breve, dal momento che Davanzati apprezzerebbe una mia valutazione». A quel punto, l'inquisitore tacque. E un silenzio carico di attesa parve ammantare la piccola sala.

«Potreste eventualmente sollecitare l'invio di quella specifica parte e condividere quelle informazioni con noi?», domandò Antonio.

«Naturalmente», acconsentì Tommaso Maria Gennari. «Arrivati a questo punto, mi pare il minimo che io possa fare. Le rivelazioni ulteriori contenute in quegli scritti potrebbero essere oltremodo utili».

«Eccellenza, il colloquio che ci avete concesso è stato di straordinario aiuto», disse il Capitan Grando.

«Mi fa piacere».

«Oso dire che potrebbe rappresentare una svolta per le nostre ricerche», aggiunse Antonio.

«Lo spero proprio. Questa barbarie nei confronti dei Mocenigo deve finire».

«Lo crediamo anche noi».

«E allora, signori, spero di farvi avere presto mie notizie», concluse l'inquisitore. Li stava congedando.

Francesco Longo non se lo fece ripetere. E, imitato da Antonio e Owen, salutò e prese commiato.

29
Conferme

Il Serenissimo principe si riempiva gli occhi di meraviglia. Ancora non credeva a quanto era accaduto. Eppure era ormai passata una settimana. Aveva già sperimentato l'infinito numero di compiti che d'ora innanzi gli sarebbero spettati: le udienze, la sovrintendenza dei collegi, gli incontri con i magistrati, i provvedimenti da leggere e firmare, gli ambasciatori da ricevere. Ciò non doveva stupirlo, si ripeteva, giacché il doge non era a capo della Serenissima Repubblica ma al suo servizio.

E tuttavia, quando finalmente poteva riposare nelle splendide sale dei propri appartamenti, si sentiva ripagato ampiamente di quel che aveva fatto. Da una parte, i servitori avevano portato i suoi mobili e suppellettili preferiti da casa; dall'altra, i monumentali camini in marmo bianco, ornati di magnifici decori scolpiti, i formidabili soffitti intagliati nel legno, i saloni impreziositi da un trionfo di stucchi e fregi pittorici alle pareti parevano concepiti apposta per accogliere in maniera principesca i suoi arredi. Ecco, dunque, i tavoli dalle gambe a sciabola, i divani dagli schienali avvolgenti, le panchette in legno laccato e dipinto, le poltroncine con lo schienale a cartella che tanto amava.

In quell'esatto momento, Carlo Ruzzini era perciò adagiato su una bergère dorata e gustava il sapore dolce e marcato d'un vino di Porto. Il magnifico color rubino lo rinfrancava tanto quanto l'aroma pieno e forte.

Di fronte a lui, in un abito di damasco e seta leggera deliziosamente color pervinca, dal taglio squisito e dall'altrettanto squisita scollatura, la baronessa Orsolya Esterházy stava portando la sua attenzione su un fatto che non doveva essere sottovalutato.

«Mio signore», diceva la bella nobildonna con la sua voce calda e ben modulata, «dovrete al più presto prendere provvedimenti in merito ai delitti che stanno sconvolgendo la città».

«Stavo giusto pensando di sollevare dal proprio incarico il Capitan Grando che sta seguendo il caso. Non mi pare abbia fatto progressi di rilievo, e credo che sarebbe necessario un cambio di passo».

«Lo avete incontrato?», domandò la baronessa.

«Naturalmente, anche se confesso di non aver potuto dedicargli molto tempo a causa dei molti collegi e lavori cui ho dovuto soprintendere in questi giorni. Mi ha accennato al fatto che il mio predecessore aveva dovuto affrontare, anni orsono, almeno due altri casi simili e che per farlo aveva coinvolto Giovanni Antonio Canal, il pittore più straordinario di Venezia. A questo proposito, però, mi corre l'obbligo d'osservare che, pur amando immensamente le tele di Canaletto, non comprendo le ragioni di una tale scelta, specie ai fini di un'indagine su una serie di efferati delitti. Confesso che vorrei però porre fine a questi terribili omicidi in cui le vittime vengono trovate con un mattone conficcato in bocca e le mascelle fracassate. Francamente, il solo pensarci mi fa venire i brividi».

«Mio signore, se posso permettermi...».

«Baronessa, vi prego. Se oggi sono doge, lo devo a voi. Non solo potete permettervi, ma sono io che vi chiedo di consigliarmi per il meglio, proprio come avete sempre fatto».

Orsolya Esterházy sorrise, e in quella sua espressione un osservatore attento avrebbe colto negli occhi qualcosa di predatorio e crudele, seppur celato dalla luminosa sfumatura verde delle iridi. «Ebbene, Vostra Serenità, io credo che voi dovreste incontrare il Capitan Grando, Antonio Canal e i suoi amici e confermarli nell'incarico. Credetemi, sono informati sui fatti che precedettero quelli attuali, e penso che nessuno più di loro possa avvicinarsi maggiormente al probabile assassino».

«Costoro sarebbero dunque legati all'autore di crimini tanto sanguinosi?», domandò il doge, che non pareva capire l'allusione della sua favorita.

«Niente affatto», replicò la baronessa, «ma, se ho ben inteso le modalità dei delitti, vi è motivo di credere che il crudele assassino dei Mocenigo possa essere lo stesso che anni fa compì delitti altrettanto spietati. Tutto nacque da una tela di Canaletto che incidentalmente ritraeva una persona di mia conoscenza in un luogo non esattamente raccomandabile».

«Quale, se posso chiedervi?»

«Il Rio dei Mendicanti».

«Ah», fu tutto quello che riuscì a dire il doge. «D'accordo, non voglio conoscere i dettagli di questa fosca vicenda. Quindi voi ritenete che dovrei convocare e confermare nei loro ruoli il Capitan Grando e...».

«...Canaletto e i suoi amici. Magari preparando un'autorizzazione di vostro pugno. Nulla di troppo formale. Un segno d'inchiostro, un lasciapassare, che consenta a queste persone di agire per il bene della Serenissima Repubblica».

«Va bene».

«In questo modo, fra l'altro, avreste buone possibilità di chiudere il caso e recare un po' di sollievo alla famiglia Mocenigo, peraltro già così duramente colpita. Una dinastia che è meglio non avere contro, se posso permettermi».

«Avete ragione, naturalmente, come sempre».

«Vedete, Vostra Serenità, garantire la definitiva risoluzione di questa orribile vicenda vi darebbe grande consenso».

«E questo è vero».

«Vi siete imposto nell'ultima elezione perché è evidente a tutti la vostra dote di grande pacificatore. Riportare finalmente Venezia alla serenità perduta si rivelerebbe un colpo da maestro, tanto più perché, se le ricerche di Canaletto e dei suoi amici dovessero avere successo, voi giustiziereste non solo l'uomo che si sta macchiando di sangue oggi, ma anche quello che perpetrò delitti indicibili sette e tre anni orsono».

Il doge colpì la mano destra con la sinistra chiusa a pugno. La sua soddisfazione era evidente. «Ma naturale! Sarebbe una vittoria importante. Ah, ma voi, baronessa, siete la mia più attenta e brillante consigliera. Mi siete indispensabile, ne convenite?».

Orsolya Esterházy sollevò le spalle, quasi a voler sminuire quel fatto. «Faccio quanto è in mio potere per far felice Vostra Serenità».

«Ah be', quanto a questo, credetemi quando dico che nessuno mi dà più soddisfazione di voi. A questo proposito, però, aggiungo che, approfittando di questo momento di solitudine, vi chiederei di tener fede alla vostra promessa».

«Alludete a quando venimmo interrotti sul più bello qualche tempo fa?».

Il doge annuì. Ora il suo sguardo da benevolo s'era fatto concupiscente. Orsolya non aspettò, si alzò in piedi e raggiunse il Serenissimo principe. Sapeva fino a quando poteva tirare la corda, e, giunti a quel punto, non c'era modo di evitare l'inevitabile. Il doge, spingendo con le mani sui braccioli della sua bergère dorata, si levò in piedi. Orsolya gli prese il volto fra le mani e lo guidò alle meraviglie del suo seno, lasciando che lui ne succhiasse avidamente.

30
La solitudine

La solitudine.

La solitudine lo aveva portato a riflettere. E ne aveva avuto, di tempo, in quei tre anni. Fin troppo. Ma in quell'attesa sfibrante, nel cullare un'opportunità che forse non sarebbe arrivata mai, Olaf Teufel era tornato al suo cognome, Esterházy, all'Ungheria, della quale era figlio, ai giorni in cui era il discendente di quella stirpe che tanto tempo prima s'era imparentata con una delle dodici case apostoliche di Venezia: i Badoer o Badovari.

Eppure, un giorno lontano, la sua schiatta era stata tradita, peggio ancora, sterminata, capro espiatorio di un'apocalisse che aveva devastato la Serenissima. Era un tratto comune, quello, alle genti d'Ungheria: per loro natura fiere, guerriere, tenaci e orgogliose, ma sempre in conflitto con la Dominante.

Non era stato Pietro il Veneziano, dopotutto, che aveva regnato sui magiari, appoggiato dall'imperatore tedesco Enrico il Nero? E non era stato proprio Pietro il primo ad accettare di divenire vassallo di quest'ultimo? E in quel modo aveva chinato il capo, instillando nel suo popolo il seme dell'obbedienza e della paura. Aveva indebolito il reame, moltiplicando le tasse, divorando le risorse, facendo lega con tedeschi e veneziani, prendendo ciò che non era suo, forte del suo essere figlio di Grimelda di Geza e mal consigliato da Budo, che su di lui esercitava una pessima influenza.

La molle Venezia aveva corrotto i suoi avi. Questo aveva imparato, studiando la storia, procurandosi una delle due copie del *Chronicum Pictum* di Marco di Kalt che narrava le gesta degli ungari, il popolo al quale apparteneva, i discendenti degli unni, di Attila che aveva devastato Padova creando Venezia, poiché era da un saccheggio che era nata la Serenissima: da un pugno di padovani piagnucolosi che, per sottrarsi all'ira e alla furia del grande condottiero, si erano rifugiati sulle isole della laguna.

E ora il suo popolo temeva quella maledetta città. Quella Repubblica che lui amava per la bellezza ma odiava per l'ipocrisia, che null'altro era se non un'oligarchia di pochi nobili, in verità mercanti generati dal fango, i quali si spartivano il potere accumulato grazie a una storia di tradimenti, inganni e corruzione.

E infatti, quando era stato deposto dai baroni ungheresi, i quali avevano trucidato Budo e incoronato Samuele Aba, Pietro era fuggito, da cane qual era, a Vienna ed era andato a piangere come un cucciolo viziato alla corte di suo cognato Adalberto, margravio d'Austria. Ed era stato proprio quest'ultimo a chiedere all'imperatore di prendere le parti del veneziano smidollato.

E così Enrico il Nero era calato come il Re dei Corvi sulle terre d'Ungheria e molti nobili, terrorizzati, avevano tradito i propri fratelli e si erano schierati al suo fianco, e a Ménfő l'imperatore aveva sbaragliato i soldati di Samuele Aba, il re impostore, e Pietro il Veneziano aveva fatto catturare quest'ultimo e, dopo le torture, si era seduto comodo su uno scranno per guardarlo bene mentre gli tagliavano la testa. E Pietro era tornato per la seconda volta sul trono di Albareale, capitale del regno d'Ungheria, facendone un feudo imperiale.

E quella condizione di sottomissione era diventata eterna, poco importava che fosse sotto il dominio ottomano o austriaco.

Era stata quella la prima ferita inferta da Venezia al suo Paese. E, malgrado a suo padre, e a suo nonno prima di lui, un simile fatto non importasse, ebbene, a lui non dava pace e gli spaccava il cuore come la lama di una spada. A lui e alla sua bellissima sorellastra: Orsolya.

Forse, pensava Olaf Teufel, la ragione di quell'odio, almeno per quanto lo riguardava, risiedeva nello studio approfondito della storia, grazie alle lezioni del suo precettore Janos, che gli aveva fatto conoscere le cronache di Simone di Kéza, Marco di Kalt, Ermanno di Reichenau. La conoscenza rendeva infelici, perché lo studio dava contezza dell'odio fra gli uomini. L'intera vicenda umana non era altro che un unico, gigantesco conflitto, saltuariamente interrotto da qualche breve periodo di pace. Ed era stata quella consapevolezza a generare in lui la rabbia.

Orsolya, da parte sua, aveva un temperamento ancora più sanguinario del suo. La sua prospettiva era forse meno ampia, più legata all'amore sconfinato per la madre, una donna fiera e guerriera che però lui non aveva mai conosciuto ma che doveva averle instillato un orgoglio e una rabbia talmente grandi da annullare tutto il resto. E se lui da ragazzino non aveva risparmiato alla sua sorellastra scherzi crudeli, ebbene, lo aveva fatto perché non sopportava quella sua affilata indomabilità: lo metteva a disagio, peggio ancora, lo indisponeva. E dunque voleva farle capire che non aveva paura di lei, e per riuscirci la torturava, letteralmente, così da inculcarle in modo inequivocabile che non poteva porsi al di sopra di lui. Ma in quel modo l'aveva nutrita d'odio e rancore, facendone la sua acerrima nemica, malgrado entrambi avessero in mente la stessa, unica cosa: rivincita per il proprio popolo e vendetta per la propria famiglia, che aveva subìto la più incredibile e terrificante delle punizioni.

E a comminarla, ancora una volta, erano stati un veneziano e un tedesco.

E adesso?

Orsolya aveva vinto. L'aveva rinchiuso in quella camera di pietra, sotto il livello dell'acqua, come un topo di fogna. I suoi Morlacchi lo guardavano a vista, non lo lasciavano un istante, anche perché nutrivano per lei un'autentica venerazione. Erano uomini temibili, lo aveva già sperimentato. Specialmente Morovlah, che compariva come uno spettro, quasi a volergli ricordare che doveva soltanto dargli un pretesto e lui l'avrebbe ammazzato come un cane.

Non era un vigliacco, ma era anche consapevole dei propri limiti. E fuggire da lì era fuori discussione. Poteva però provarci, a dispetto del fatto che tutte le possibilità fossero contro di lui.

Lo nutrivano solo con pappa d'avena per indebolirlo e debilitarlo. Tentava di tenersi allenato, per quanto fosse possibile in quel luogo divorato dall'umidità, negli spazi angusti di quella gabbia.

Tuttavia, confidava nell'attesa. Sapeva che non era l'unico a farlo. Orsolya sperava di piegarlo, nel tempo, di renderlo più malleabile o, ancor meglio, di sconfiggerlo. E, per certi aspetti, c'era riuscita in pieno. Ma, appunto, non era l'unica a nutrire fiducia nell'aspettare. Giorno dopo giorno, i suoi aguzzini svolgevano pochi, semplici compiti, sempre uguali a sé stessi: erano quelli della consegna del cibo e del cambio della guardia. E in quel lento, perenne, ineluttabile logorio mentale, venivano espletati ogni giorno in un modo impercettibilmente meno accurato del precedente.

Così, Olaf Teufel attendeva un'occasione, un istante in più impiegato dalla guardia per consegnargli il piatto con il cibo, un'esitazione, una distrazione. Mostrandosi sfinito, stremato dalla prigionia, e non doveva certo fare un grosso sforzo poiché lo era davvero, attendeva la situazione propizia, l'attimo esatto in cui provare a colpire.

E quel giorno, finalmente, gli parve che fosse arrivato.

31
Nella catacomba

Antonio aveva insistito con la sua nuova amica per tornare là dove si era verificato il secondo delitto. Era convinto che, analizzando meglio i luoghi a qualche giorno di distanza dai fatti, forse lui e Giulia sarebbero riusciti a cogliere dettagli che in precedenza erano loro sfuggiti. Sapeva di chiederle molto, ma aveva fiducia in lei e nella sua volontà di aiutarlo che, così almeno sperava Canaletto, pareva trovare fondamento in una sorta di miracolosa affinità reciproca. Anche per quella ragione aveva ritenuto di non coinvolgere i suoi altri compagni d'investigazione, dal momento che la fiera pittrice intendeva rimanere il più possibile defilata e lontana dagli occhi altrui. Era come se gli insulti e le nequizie subite in passato dai componenti della fraglia avessero scavato in lei cicatrici talmente profonde da poter essere curate solo con la diffidenza e la solitudine. Anche per quella ragione, Antonio era tanto più meravigliato dell'amicizia che gli stava concedendo: la riteneva un privilegio.

Ma poi, era davvero quello il sentimento che Giulia provava per lui? Di certo, da parte sua, ben altra fiamma, più intensa e ardente, andava agitandosi nei precordi del cuore.

A ogni modo, adesso, erano di nuovo nella catacomba di San Simeon Piccolo. Giulia lo stava conducendo lungo l'asse nord-sud della cripta, quello principale, dal momento che ne attraversava il lato lungo per l'intera sua misura. Il parroco era stato opportunamente avvisato dal Capitan Grando e aveva concesso il proprio benestare. Una volta ammessi all'interno, Antonio e Giulia avevano posizionato una serie di fiaccole lungo la pianta a croce della cripta, così da meglio illuminare gli spazi.

Giulia era particolarmente divertita dall'aver ottenuto l'assenso del nuovo parroco a recarsi in quel luogo, dal momento che vi si era introdotta talmente tante volte di soppiatto da far sembrare il permesso quasi ridicolo. «Lo sentite?», disse.

«Che cosa?», chiese Antonio.

«Il silenzio. Assoluto, magnifico, vergine».

Rimasero in ascolto. Aveva ragione lei. E così stettero a quel modo per un po'.

«Non vi sembra sconveniente assaporare la quiete in un luogo del genere?», domandò Canaletto.

«Pensando all'uomo ucciso, certamente sì. Il solo ricordo mi mette i brividi. Per il resto, non direi, anzi, ci sono i morti, è vero, ma è questo a rendere il mio desiderio di pace sconveniente? La presenza dei morti? In quale modo mancherei loro di rispetto? O è, piuttosto, la nostra paura della fine? Immagino sia questa la vera risposta. E tuttavia, credo di amare questo luogo proprio per la pace che riesce a infondermi, anche se un assassino ha tentato di violarne l'essenza, togliendo la vita a un uomo. E l'idea di tornare qui mi è cara perché credo, tutto sommato, che avere un rapporto sereno con la nostra morte sia un'idea da coltivare. Non tanto perché io brami la mia fine, quanto per il fatto che, a prescindere dalle mie convinzioni e preferenze, non sarò io a decidere del mio destino. Non su una cosa come questa, quantomeno».

Mentre Giulia parlava, Antonio guardava i dipinti che componevano la Via Crucis. Erano davvero magnifici.

«Vedete?», continuò lei, «questo spazio è un vero e proprio cimitero e come tale è stato concepito. A ben guardare, somiglia a una vera e propria catacomba romana, ed è logico, se ci pensate, dal momento che la chiesa stessa allude alle forme classiche del Pantheon. Dunque, quella nella quale siamo non è una semplice camera conclusa, al di sotto del presbiterio, con un accesso interno, no, nient'affatto! Come avete potuto vedere, l'ingresso alla cripta è possibile anche dall'esterno. E quello nel quale ci troviamo è un piano sotterraneo vero e proprio. L'assassino doveva conoscere bene questo luogo. Sembra averlo scelto per le sue stesse caratteristiche. E, a giudicare da quello che mi avete detto, deve aver studiato con attenzione gli spazi della Venezia sotterranea, la quale, a dispetto di quanto possiate credere, è assai varia ed estesa».

Antonio tornò sui suoi passi. Lui e Giulia si trovavano, a quel punto, al centro della catacomba, nella stanza ottagonale. «Quali sono gli altri luoghi sotterranei della città?»

«Be', forse non li conosco tutti, ma di certo potrei menzionarvi i seguenti… tanto per cominciare c'è la cripta più importante: quella di San Marco. Ma come potrete ben immaginare, è molto ben sorvegliata. C'è San Zaccaria, poi questa di San Simeon Piccolo, e ancora San Lorenzo, San Pietro di Castello, San Fantin, la basilica del Redentore, San Geremia, il canale sotterraneo».

«Santi numi!», esclamò Antonio, incapace di trattenere la meraviglia e l'angoscia allo stesso tempo: la prima nell'apprendere di così tanti luoghi ipogei di cui non aveva contezza, la seconda perché tentare di prevedere le mosse dell'assassino, qualora intendesse colpire di nuovo, non pareva affatto semplice. «E voi li conoscete tutti?»

«Come vi ho detto, la necessità mi ha obbligato a farlo».

«Avete ragione». Quindi, tacque un istante. Non era certo di voler procedere in quel modo, ma non aveva alternative. Perciò disse: «Mi scuso fin d'ora se mi permetto di chiedervi un favore del genere, ma posso domandarvi di descrivermi ancora una volta quanto avete visto la notte del delitto?».

Giulia annuì. «Certo. Non ho problemi a farlo. Dunque, ricordo che quella sera avevo dipinto a lungo, come potete facilmente intuire», e con un cenno del capo indicò gli affreschi della

Via Crucis che ricoprivano le pareti della catacomba. «Se non ricordo male, quel giorno avevo affrontato la quinta stazione, in cui la croce viene imposta a Simone di Cirene. Ero prostrata e perciò mi ero coricata e, confortata dalla coperta, mi ero assopita nella cella mortuaria che avete ben individuato. Per questa ragione sono state le grida a svegliarmi».

«Dunque, prima di allora, l'uomo doveva aver condotto la vittima qui e, nel farlo, di certo era riuscito a non fare rumore».

«Lo credo anch'io. Anzi, devo ringraziare la mia buona stella se non ho urlato a mia volta, ma mi sono limitata ad alzarmi nell'udire le grida e a osservare quanto stava accadendo qui, al centro della catacomba, tenendomi ben nascosta. Fortuna, credo, o forse destino. A ogni modo, una volta compreso quel che stava succedendo, sono rimasta in silenzio, agghiacciata dalla paura. E non ho osato muovere nemmeno gli occhi, tanto mi terrorizzava ciò che vedevo».

«Lo posso immaginare».

«No, non potete. Nemmeno la più fervida fantasia del più sordido pittore potrebbe rendere anche solo una minima parte dell'orrore che si consumava di fronte a me. Non ho vergogna a dirlo. Avrei potuto intervenire? Non lo so, ma immagino di sì. Provo rimorso? Indubbiamente, perché mi sono comportata da vigliacca».

«Quell'uomo era già condannato. E l'assassino vi avrebbe ammazzato».

«Può darsi. Ma il rimorso rimane».

Antonio tacque.

«La vittima implorava pietà, ma il suo carnefice non intendeva concedergliene e gli girava attorno come un avvoltoio. Come vi ho detto, aveva uno strano accento che potrei definire slavo. So che in questo modo l'informazione è oltremodo generica, ma non saprei essere più precisa. C'era però qualcosa di esotico e di assolutamente peculiare in lui, ora che torno con il mio pensiero a quegli istanti. Direi addirittura un non so che di bizzarro».

«Bizzarro?»

«Stravagante. I capelli lunghi, i tratti del volto. La foggia dei vestiti certo era veneziana. Intendo dire che indossava una marsina e le brache al ginocchio, ma, lungi dall'avere calze di seta e scarpe, indossava invece stivali alti, e anche il mantello, non l'avrei certo definito una cappa o un pastrano… era diverso, quasi il tessuto fosse di piume di corvo. Insomma, somigliava a un corsaro o, meglio ancora, a uno zingaro».

«Uno zingaro?», domandò Antonio, e il pensiero quasi naturalmente tornò a qualche anno prima, quando a seguirlo non visto era stato proprio un uomo che gli ricordava esattamente il popolo nomade per eccellenza. Era la seconda volta che, dalla descrizione ricevuta, provava istintivamente la sensazione che fosse lui l'assassino di Simone Mocenigo e non Teufel.

«Sì, uno tzigano», continuò Giulia. «L'unico dettaglio che non coinciderebbe con questa definizione era l'incarnato, che era di un esacerbato pallore. Ma per il resto, i capelli neri, le sopracciglia del medesimo colore, due gran baffi a manubrio, sotto i quali balenavano, a tratti, dei denti simili a gialle zanne di lupo: tutto lasciava intendere che quell'uomo fosse uno zingaro. O magari uno Schiavone. Gli occhi parevano plasmati nel carbone ardente. Faceva venire i brividi, tanto più con quel suo modo di parlare così spietato».

«Scusate se vi sto costringendo a ricordare fatti che forse vorreste solo dimenticare…».

«Niente affatto! Non dovete darvi pena per me. Raccontare mi fa bene. Mi aiuta a lasciarmi alle spalle questa maledetta storia. E poi, forse, dicendovi più volte quanto ho visto, potremo soffermarci su dettagli che nella prima versione non avevamo adeguatamente considerato. Tanto più che ci troviamo esattamente nel luogo in cui è stato commesso il delitto».

«Proprio così. Avete perfettamente compreso il senso del perché vi abbia chiesto di tornare qui».

«A ogni buon conto», riprese lei, «dopo aver torturato a sufficienza il disgraziato di fronte a lui, che aveva le mani legate dietro la schiena e si trovava ai piedi dell'altare, quel demonio...».

«Torturato?»

«Mi sono mal espressa. Non gli torse nemmeno un capello prima di ucciderlo, in effetti, ma lo tormentava con le parole. Ricordo una cosa che credo di non avervi detto la prima volta, ma ora che sono qui mi torna in mente...». Giulia parve esitare, come se tentasse di ricordare qualcosa che sfuggiva alla sua memoria, poi riprese. «Disse che l'uomo avrebbe pagato per quello che aveva commesso la sua famiglia... Non solo, disse "per il terribile delitto commesso dalla vostra famiglia"».

Antonio rimase allibito. D'improvviso, e forse per la prima volta, aveva una ragione per la quale l'assassino commetteva i propri atti scellerati. «Una vendetta, dunque?», chiese a Giulia e a sé stesso.

«Forse sì. Insomma, ora che mi ricordo, la sensazione che ebbi fu che l'omicidio trovasse la propria ragione per qualcosa di orribile compiuto dai famigliari della vittima, una violenza innominabile».

«E poi?»

«Poi prese il mattone e glielo ficcò in bocca, fino a soffocarlo, spezzandogli la mandibola».

«Capisco».

«Dirò di più: mi sembrò che quel modo tanto crudele di uccidere fosse tanto più urgente per l'assassino, dopo aver rinfacciato alla vittima la colpa della famiglia, come se in quell'esatto momento egli stesse vendicando un'offesa in nome proprio o di colui che serviva fedelmente».

«Come potete dirlo con certezza?»

«Non posso, in effetti, eppure sarei pronta a giurarlo. Fu il modo in cui lo fece. E l'espressione che aveva sul volto dopo aver ucciso. Una volta piantato il mattone nella gola del disgraziato, si girò un istante verso di me, tanto che temetti mi avesse visto, e il suo volto era in qualche modo lieto, pacificato, come se infine quell'omicidio gli avesse dato sollievo. Il viso era nel chiaroscuro d'una fiamma di torcia, ma ne distinguevo chiaramente l'espressione, potete credermi».

«E vi credo, infatti».

«A questo punto però ragionavo su una cosa».

«Vi ascolto».

«Come mai l'uomo che ha ucciso Simone Mocenigo lo ha fatto soffocandolo a morte con un mattone? Perché ricordo bene la scena, non me la toglierò dagli occhi per il resto dei miei giorni. È stato quel fatto a sconvolgermi. Voglio dire, avrebbe potuto strappargli la vita in mille altri modi, tanto più che portava una pesante spada al fianco. Una schiavona, a mio avviso. Dunque, perché proprio quel modo orribile? Cosa stava a significare? Perché se avesse voluto soltanto assassinarlo avrebbe potuto piantargli la lama nel petto, o magari, a voler indulgere in un capriccio osceno, tagliargli la testa».

Già! Era proprio la domanda alla quale Antonio non riusciva a rispondere. E sulla quale si interrogava da tempo. Provò a ragionare con lei a voce alta. «Da alcune ricerche che sto conducendo, sembra che quel modo di uccidere venga riservato a uomini e donne che sono ritenuti responsabili di diffondere la peste. A dire il vero non sarebbero nemmeno considerati tali, ma, in base ad alcune credenze, essi incarnerebbero delle creature chiamate vampiri o, più precisamente, masticatori di morte».

«Che cosa?», domandò Giulia, incredula.

Antonio si rese conto che la sua affermazione doveva suonare alquanto strana a Giulia, digiuna com'era delle nozioni in materia di vampirismo e di tutto ciò che lui aveva appreso dai suoi amici e dall'inquisitore. Fino a quel momento aveva mantenuto un invidiabile sangue freddo. Il suo racconto non aveva tradito esitazioni di sorta, se non quando aveva dovuto ricordare con precisione alcuni dettagli, ma comunque non aveva mai mostrato terrore o disgusto. Si premurò, dunque, di spiegarle per sommi capi di cosa si trattasse. Infine, concluse: «Secondo queste convinzioni, i masticatori di morte diffonderebbero e prolungherebbero l'epidemia fino al momento in cui quel loro cupo ruminare non viene bloccato per sempre».

«E da qui, dunque, l'uso del mattone».

«Precisamente».

«Allora permettetemi una domanda».

«Ditemi, Giulia».

«Ma se costoro diffondono la peste, allora come mai colpire un uomo e una donna, pensando alla morte della povera monaca, che di certo non hanno contratto il morbo dal momento che nessuna epidemia di peste è in atto a Venezia? E perché trattarli come vampiri o masticatori di morte? Qual è il senso di tutto questo?»

«Non ne ho idea», disse Antonio. «Forse, a voler ammettere che la ragione stia nella vendetta perpetrata da qualcuno nei confronti dei Mocenigo, dovremmo tornare indietro a quando la peste fu a Venezia...».

E mentre le sue parole dondolavano lente nel vuoto freddo della catacomba, Antonio ebbe la sensazione di aver finalmente cominciato a cogliere, almeno *in nuce*, il principio di tutto quel tenebroso affare.

32
L'ultima occasione

Il suo carceriere era un Morlacco, un guerriero, un uomo certamente pericoloso e sicuro di sé, al punto che oramai lo avrebbe sottovalutato. Olaf Teufel ne era certo. Aveva avuto tutto il tempo di osservarlo, di comprenderne l'indole arrogante e violenta, sempre pronto com'era a guardare il prigioniero con un ghigno compiaciuto e a rivolgergli parole che, nella sua lingua, dovevano essere chiaramente degli insulti. Bastava sentire il modo in cui le pronunciava. Oltre a quello, in un paio di occasioni lo aveva buttato giù dal giaciglio a calci e sputi. Se Teufel non era ancora morto, doveva essere perché qualcuno aveva ordinato che il prigioniero non fosse ammazzato per nessuna ragione. E questo significava che serviva ancora a qualcosa, anche se non ne aveva la certezza. Lo intuiva, però, giacché si era fatto un'idea di quello che la baronessa Esterházy, sua sorella, volesse da lui.

L'uomo entrò nella gabbia con un gran rumore di chiavi e piuttosto lentamente si apprestò a depositare per terra il vassoio con una ciotola di pappa d'avena, una brocca d'acqua e un tozzo di pane secco.

Olaf Teufel attese un ultimo istante, poi gli fu addosso in un baleno. Sapeva che non avrebbe avuto una seconda possibilità. Doveva colpire, e in modo definitivo. Al primo tentativo. Aveva le mani legate con i ceppi, perciò fece in modo che fungessero da mazza e, caricando i pugni, vibrò un doppio montante al capo dell'uomo che, piegato in avanti, stava posando il vassoio con cibo e acqua.

Teufel impresse tutta la forza che aveva raccolto in quegli anni. Qualcosa parve spezzarsi sotto un colpo del genere, producendo un suono che avrebbe potuto ricordare il legno secco. Un istante dopo, sangue schizzò a raggera dal volto del Morlacco. Quest'ultimo cadde riverso senza emettere un grido, il volto ridotto a un piatto di pere marce per via del naso spaccato e del sangue scuro che gli colava copioso sulle labbra, imbrattandogli completamente il viso. Senza perdere tempo, Teufel ne approfittò, continuando nella propria azione. Tirò una serie di calci al costato, senza posa. L'altro non riuscì nemmeno a ripararsi con le braccia. Incassò, lasciandosi andare a un paio di mugolii di dolore.

Quando gli parve d'averne dati abbastanza, Teufel individuò il mazzo di chiavi, caduto a poca distanza dalla mano del carceriere. Si liberò. Per buona misura, gli strappò dalla cintura la schiavona, sfoderandola. Era una lama pesante e fuori moda e di certo, se avesse potuto scegliere, non l'avrebbe eletta a propria spada preferita, ma in quel modo almeno avrebbe tenuto a distanza i successivi nemici, qualora ne avesse incontrati.

La porta della gabbia era finalmente aperta.

Era quasi troppo bello.

S'infilò il mazzo di chiavi nella tasca delle brache consunte. Quella specie di grotta o magazzino sotterraneo in cui si trovava si affacciava su una sorta di corridoio. Non restava che avanzare. Teufel non se lo disse due volte e si precipitò fuori, grato di poter uscire dalla camera di pietra nella quale aveva vissuto per gli ultimi tre anni.

Aveva fatto giusto un paio di passi che qualcuno lo redarguì, con una nota di scherno nella voce.

Qualche istante dopo, dall'oscurità davanti a lui emerse Morovlah.

I lunghi capelli neri gli ricadevano in avanti. I gran baffi a manubrio gli disegnavano sul volto la consueta aria minacciosa.

Non passò più di un istante prima che, rapido come il lampo, sfoderasse la sua minacciosa schiavona.

Ora, se fosse stato sul punto di affrontare un duello con la striscia, o con qualsiasi altra spada dalla lama sottile, Olaf Teufel avrebbe riso di quella contesa, ma con una lama grande e pesante come quella di cui stringeva l'elsa era molto meno sicuro dei propri mezzi. Senza contare che non aveva nella sinistra il pugnale e nemmeno il mantello, che rappresentavano in quel tempo il secondo elemento per offendere l'avversario nei duelli e che egli sapeva maneggiare alla perfezione. Se solo avesse avuto l'uno o l'altro. Ma aveva la sfortuna di affrontare dei barbari: Morlacchi che erano ex Schiavoni della Serenissima Repubblica e dunque abituati a utilizzare la spada pesante. E a farla bastare.

E Morovlah doveva saperlo fin troppo bene.

«Sono arrivato appena in tempo», disse, non senza una nota di scherno nella voce.

«Questo non cambia niente», replicò Teufel.

«Vedremo», concluse l'altro, laconico.

Teufel si mise in posizione di guardia, aspettando il primo assalto. Tanto valeva stare a vedere di cosa fosse capace quel Morlacco, prima di scoprirsi.

Non dovette aspettare a lungo.

Morovlah si gettò in avanti e con due balzi gli fu addosso, menò un paio di fendenti che Teufel parò, anche se dovette fare appello a tutte le proprie energie a causa della forza d'urto dell'avversario, il quale doveva avere un braccio di ferro per poter imprimere una tale potenza nei colpi. Aveva uno stile rapido, forte ed essenziale. Nessuna concessione a finte o colpi interlocutori, ogni botta era tirata per uccidere.

Decise di passare al contrattacco. Negli anni prima della prigionia aveva frequentato l'Accademia Delia di Padova, dove era possibile misurarsi in duelli a ogni piè sospinto. Aveva affinato la propria tecnica, senza per questo dimenticare i fondamentali, e a quello avrebbe dovuto guardare in una contesa del genere. Anche se, naturalmente, era debole e non combatteva da tre anni.

Fintò un affondo, ma all'ultimo cambiò impugnatura e tirò un colpo montante dal basso verso l'alto. Morovlah non batté ciglio e parò superbamente, senza nemmeno indietreggiare. Anzi, sciogliendosi dall'intreccio di lame, si produsse in una piroetta perfetta ed ebbe tutto il tempo di rispondere, prima con una fulminea stoccata al petto che Teufel parò a malapena, poi vibrando uno sgualembro di rovescio che raggiunse l'avversario alla spalla.

Il Morlacco era nel pieno controllo del duello e pareva giocare. Non concedeva nulla e, lungi dal lasciarsi andare a trucchi di sorta, puntava a chiudere la contesa nel modo più rapido possibile.

Teufel non ebbe nemmeno il tempo di indietreggiare che già un altro fendente arrivava rapido. Lo deviò con una parata alta e ridiscese, tentando un contrattacco con una stoccata al busto che tuttavia Morovlah intercettò, opponendo la lama e, un istante dopo, entrando nella sua guardia con un ridoppio tirato fuori da chissà dove.

Teufel non lo vide nemmeno arrivare, ma sentì il morso del ferro al fianco. La lama tagliò in profondità ed egli si ritrovò un istante dopo sulle ginocchia, mentre la schiavona rotolava a terra mandando uno stridio lamentoso.

Il sangue scorreva copioso. Gli parve d'essere stato azzannato da un lupo.

Portò la mano al fianco.

Nel frattempo, Morovlah gli puntò la lama al cuore. «Cosa dovrei farne di voi adesso?», domandò, come se davvero gli interessasse la sua opinione.

«Uccidetemi», disse Teufel. Era stanco. Aveva avuto la sua ultima occasione e l'aveva sprecata. Tanto valeva farla finita.

Il Morlacco torreggiava su di lui. Lo guardò incuriosito, lasciandosi andare a un ghigno crudele, intento a decidere cosa fare.

33

Un'autorizzazione importante

«Signori», disse Carlo Ruzzini, «Venezia mi ha concesso i suoi favori ed è ora che io ripaghi la fiducia che mi è stata accordata. So che in passato avete investigato vicende sanguinose, riuscendo a risolvere brillantemente casi complicati e cruenti. Ecco la ragione per la quale vi ho convocati oggi al mio cospetto».

Sua Serenità sedeva sulla sua amata bergère dorata. Di fronte a sé aveva il Capitan Grando e poi Canaletto, Owen McSwiney, Joseph Smith e il dottor Liebermann. Li aveva voluti tutti nei propri appartamenti, memore di quanto gli aveva raccomandato di fare il giorno prima la baronessa Orsolya Esterházy.

«Anzitutto, lasciate che vi dica questo», continuò il doge. «Ritengo che sarebbe un errore cambiare in questo momento il capo dei Signori di Notte al Criminal, non solo per quanto di buono ha fatto finora, ma anche perché è il medesimo uomo che si era occupato dei delitti di tre anni orsono. E dunque la mia prima intenzione è quella di firmare un provvedimento di conferma alla carica di Capitan Grando per il signor Francesco Longo».

Nell'udire simili parole, quest'ultimo tradì un'espressione di sollievo. Durò un istante, ma non così poco da sfuggire a Canaletto.

«Vi ringrazio, Vostra Serenità», disse il capo dei Signori di Notte al Criminal.

«Non dovete ringraziarmi, capitano, sono io a esservi grato, invece. E con l'occasione vorrei conoscere meglio le persone che ho convocato e che vi hanno assistito nel corso di queste indagini».

«In verità, mio signore, essi hanno fatto ben più che assistermi. I fatti di tre anni orsono sono a loro volta legati a quelli del 1725. Fu in quell'occasione che l'allora doge Alvise Sebastiano Mocenigo coinvolse Giovanni Antonio Canal per la prima volta».

«Ah!», disse Sua Serenità. «Questa è stata per me un'autentica sorpresa. Sappiate, signore», disse rivolto a Canaletto, «che ammiro infinitamente la vostra arte. Non mi sono perso di certo la vostra formidabile ascesa nell'olimpo della pittura. Le vostre tele sono in grado più di ogni altra di raccontare la meraviglia di Venezia».

«Le vostre parole mi onorano, Vostra Serenità», replicò Antonio, «ma se ho potuto vivere del mio lavoro, lo devo ai signori Owen McSwiney e Joseph Smith».

«Inglesi, dunque!», disse il doge, mentre i suoi occhi erano percorsi da un lampo improvviso.

«In verità, mio signore, io sono un esule irlandese», disse il primo.

«Ah. E di cosa vi occupavate prima di giungere qui?»

«Ero un impresario teatrale».

«Capisco. E voi?», domandò ancora Carlo Ruzzini a Joseph Smith.

«Sono un mercante e collezionista d'arte».

«Interessante».

«Quanto al dottor Liebermann», completò Antonio, indicando Isaac, «si è laureato presso l'Università di Padova ed esercita l'arte medica».

«I miei complimenti!», disse il doge, indugiando per un istante con il proprio sguardo nei profondi occhi neri del dottore dai cernecchi ordinati. «Ora mi è tutto più chiaro: un attento osservatore, un uomo d'azione, uno con relazioni internazionali e un medico. Siete una squadra ben assortita, e tutto ha una sua spiegazione, a questo punto».

«Anche il feldmaresciallo Johann Matthias von der Schulenburg ci ha molto aiutato in precedenza», aggiunse Canaletto.

«L'eroe di Corfù?», chiese Sua Serenità.

«Proprio lui», fu la replica.

«Be'», continuò il doge, «ora vedo che la mia amica baronessa mi aveva ben consigliato».

«Orsolya Esterházy?», domandò Canaletto.

«Proprio lei», confermò Carlo Ruzzini. «La conoscete?»

«Naturalmente», rispose Antonio, e a quel punto si morse la lingua perché una simile rivelazione lo aveva lasciato sgomento. Ma come? La baronessa era riuscita a entrare nelle grazie anche del nuovo doge? Com'era possibile? E a giudicare da quanto Carlo Ruzzini si era appena lasciato sfuggire, aveva perfino la capacità e il potere di consigliarlo. Ancora una volta, Antonio rimase sorpreso dalla pericolosità di quella donna. Lui non la sottovalutava affatto, ma lei riusciva a sorprenderlo in ogni occasione.

«È una vostra grande estimatrice», disse ancora Sua Serenità. «È stata lei a consigliarmi di continuare ad appoggiarmi a voi e ai vostri amici per l'indagine».

«Ne siamo lieti», concluse Francesco Longo.

«Ebbene», disse il doge, «a cosa vi hanno condotto le vostre recenti ricerche? So che la competenza è vostra, capitano, quindi fatemi un resoconto il più conciso possibile».

«Ecco ciò che abbiamo appurato», disse dunque il capo dei Signori di Notte al Criminal. «Entrambe le vittime appartengono alla famiglia Mocenigo. Le modalità con cui sono state uccise, oltre a essere terribili, paiono rimandare a un antico rituale, volto a impedire la diffusione della peste. Tale spiegazione trova conforto nelle parole sia dell'inquisitore del Sant'Uffizio a Venezia, Tommaso Maria Gennari, sia dei professori Giambattista Morgagni, cattedratico di medicina teorica all'Università di Padova, e Johann Maximilian von Kuffner, storico della medicina».

«Rituale? Infilare un mattone nella gola di una persona fino a soffocarla sarebbe un rituale?»

«Noi crediamo di sì. O meglio, non siamo noi a pensarlo, ma chi conosce a fondo il tema dei masticatori di morte».

«La definizione mi suona alquanto macabra. Potete darmi qualche ragguaglio?», continuò il doge.

«Secondo le antiche leggende di matrice culturale tedesca e polacca, durante i giorni della peste alcune donne e uomini, una volta seppelliti, avrebbero continuato a masticare il proprio sudario, contribuendo alla diffusione del morbo. Per farli smettere, sarebbe stato necessario fermare la loro attività di masticazione uccidendoli, ovvero piantando loro un mattone nella bocca fino a soffocarli».

«Buon Dio, ma è terribile!».

«Concordiamo con voi», convenne il Capitan Grando.

«E quindi, se ho capito bene, l'assassino starebbe uccidendo le proprie vittime con un rituale utilizzato per ammazzare una sorta di untori, ammettendo che gli esponenti della famiglia Mocenigo possano essere considerati tali da qualcuno. Qualcuno di completamente pazzo, mi viene da aggiungere».

«Noi crediamo di no», disse Antonio.

Sua Serenità lo guardò con incredulità e preoccupazione. «Davvero?»

«Vedete, mio signore», replicò Antonio, «da ulteriori indagini è emerso che l'assassino avrebbe compiuto le proprie nefandezze mosso da un senso di vendetta per qualcosa che la famiglia Mocenigo avrebbe compiuto in passato, qualcosa di terribile».

«Che cosa?».

Canaletto sospirò. «Purtroppo questo è quanto dobbiamo ancora scoprire».

«Capisco», disse Carlo Ruzzini.

«Inoltre, entrambi gli omicidi si sono verificati in una cripta. Mi sto perciò premurando di fare un inventario di tutte le catacombe e i sotterranei della città perché tutto lascia intendere che, qualora il nostro uomo intendesse colpire di nuovo, lo farebbe in un luogo ipogeo di Venezia».

«Non avete perso tempo, questo è poco ma sicuro, anche se già due persone sono morte e niente ci fa credere che, se non lo troviamo, l'omicida non colpirà ancora».

«Esatto, Vostra Serenità», confermò il Capitan Grando.

«Ritenete che si tratti della medesima persona che si macchiò dei delitti di sette e tre anni orsono?»

«Le modalità particolarmente crudeli con cui gli assassinii sono stati perpetrati suggeriscono una simile ipotesi», osservò Antonio. Joseph e Owen lo guardarono, ma Canaletto li ignorò. Sapeva che Teufel non era l'unico sospettato ma, considerato quanto candidamente ammesso dal doge, non intendeva fornire alla baronessa un elemento in più per far conoscere le loro convinzioni. Aveva già molte mosse di vantaggio su di loro, ammesso che ella fosse effettivamente coinvolta.

«Avete un'idea di dove si nasconda quest'uomo?»

«Purtroppo egli è maestro nei travestimenti e abbiamo perduto le sue tracce tre anni orsono».

«Capisco. Non ne sono felice, ma capisco».

Canaletto allargò le braccia. «Vorrei potervi dare una notizia diversa, ma tant'è. In passato avevamo anche tentato di far realizzare un ritratto da diffondere con il sistema delle gazzette, ma si rivelò una tecnica inefficace perché nel frattempo il nostro uomo aveva cambiato aspetto».

«Vi credo», disse il doge, tradendo una nota di resa nella voce. «Ebbene, la situazione mi appare chiaramente delineata. A questo punto, che cosa suggerite?», domandò Carlo Ruzzini, rivolto ad Antonio.

«Vorremmo provare a capire quali potrebbero essere i luoghi sotterranei deputati a ospitare il prossimo omicidio e prevenirlo, facendo sorvegliare le cripte dalle guardie».

«Mi pare un ottimo piano», osservò Sua Serenità. «Procediamo in tal senso, dunque, e speriamo che serva».

«Inoltre, con vostra licenza, io mi recherei a Palazzo Mocenigo per parlare con il signor Alvise Antonio Mocenigo, già ambasciatore della Serenissima», osservò il Capitan Grando.

«La avete, naturalmente», disse Carlo Ruzzini. «Inoltre sarà mia cura consegnare immediatamente al signor Giovanni Antonio Canal e ai suoi amici una mia breve lettera che funga da lasciapassare per qualsiasi occasione si riveli necessaria».

«Ve ne siamo grati, Vostra Serenità», rispose Canaletto.

«Per quel che mi riguarda», riprese il Capitan Grando, «sarà mia premura reclutare un buon numero di guardie per presidiare le cripte che riterrete possibili luoghi d'omicidio, da qui in avanti».

A quel punto, Carlo Ruzzini si alzò in piedi. «Così è deciso, dunque». Poi, mentre i suoi interlocutori lo imitavano, raggiunse uno scrittoio dal piano finemente intarsiato, si sedette, prese penna e calamo e cominciò a vergare una lettera. «La vostra autorizzazione», disse ad Antonio, «ancora qualche istante e sarà pronta».

34
Palazzo Mocenigo

Le nove tele degli Dei dell'Olimpo di Sebastiano Ricci decoravano il soffitto di quella sala incredibile e ricordavano una volta di più ad Antonio Canal e al capo dei Signori di Notte al Criminal la ricchezza incommensurabile di quella famiglia, malgrado non fosse mai stata ricompresa fra le dodici case apostoliche alle quali la leggenda attribuiva la fondazione della città di Venezia.

Di un tale fatto i Mocenigo s'erano crucciati in varie occasioni, ma in quella sera calda di primavera Alvise V Antonio, già ambasciatore veneziano a Parigi, aveva ben altre angustie.

«Confesso», disse, «che mi sarei aspettato questa visita ben prima. Mi stavo domandando per quanto voleste ancora attendere. Quanto sta accadendo è un'autentica tragedia, e se questi sono i tempi della vostra giustizia, allora non posso che augurarmi che il dogado di Carlo Ruzzini sia il più breve possibile».

Toccò al Capitan Grando fornire le delucidazioni del caso. «Mio signore, avete certamente le vostre ragioni e io non le discuto. D'altra parte, fino a pochi giorni fa non avevamo la più pallida idea che l'assassino nutrisse un rancore profondo nei confronti della vostra famiglia».

«Ma come? Dopo che Polissena è stata trovata con un mattone ficcato in bocca e la mascella spaccata, come potevate avere un dubbio del genere?»

«Eccellenza», provò a dire Antonio, «voi siete nel giusto. D'altra parte ora, siamo qui e vorremmo provare a capire con voi...».

«Signor Canal! Se proverò a perdonare il capo dei Signori di Notte al Criminal per il suo lassismo, è solo per la stima che nutro per voi e per la vostra arte, senza contare che mio fratello, centododicesimo doge della Serenissima Repubblica, ha sempre cantato le vostre lodi di uomo ancor prima che artista».

«Parole che mi onorano e che non merito», disse Antonio.

«Vi sono dovute, invece. Non crediate che non mi siano note le vostre imprese investigative oltre che pittoriche le quali tanta parte hanno avuto nella soluzione di casi così efferati quanto pericolosi per la stessa vita della nostra collettività».

Canaletto annuì. Era felice di trovare così ben disposto nei suoi confronti l'esponente più importante della grande famiglia patrizia, anche perché sapeva di dover porre alla sua attenzione una domanda che forse non avrebbe mai voluto sentirsi fare. Ma non poteva tacere quanto Giulia Lama si era ricordata d'aver udito la notte dell'omicidio di Simone Mocenigo, Savio sopra l'Eresia. A quel punto, a malincuore, chiese quel che intendeva sapere. Provò a farlo con tutto il tatto del quale era capace. «Mio signore», disse, rivolto all'uomo che era stato ambasciatore veneziano presso la corte di Francia, «al solo fine di riuscire a fermare lo scempio, sono costretto a farvi questa domanda spero di non sembrarvi indiscreto, ma non ho altro modo per procedere».

«Vi ascolto», replicò Alvise V Antonio, che pareva il ritratto stesso della serenità.

«Anzitutto, vorrei sapere se in questi tempi sciagurati, nel corso dei quali la stella dei Mocenigo è riuscita comunque a scintillare, non vi sia qualcuno che abbia nutrito nei vostri confronti rancore e desiderio di rivalsa».

Il padrone di casa guardò Canaletto. Nei suoi occhi una luce onesta e buona brillava ed egli rispose con sincerità disarmante. «Signor Canal, se devo elencarvi il numero di quanti militano nelle file dei nostri nemici, non credo basterà un giorno intero.

Avete detto bene, la nostra casa ha saputo guadagnarsi onori e glorie, e questo non l'ha certo resa popolare e benvoluta. Credo di poter dire che la scelta di Carlo Ruzzini al dogado sia stata così rapida e pacifica proprio perché tutti, nessuno escluso, intendevano evitare in ogni modo che un altro membro della nostra famiglia potesse indossare la *zogia*. Quindi non saprei da dove cominciare per rispondere alla vostra domanda. Di certo, sei dogi, tanti hanno portato il nostro nome, rappresentano un'ottima ragione per essere odiati e invidiati».

«Capisco», disse Antonio. E tuttavia, dopo aver scambiato uno sguardo con il Capitan Grando, si risolse a continuare e a meglio circostanziare la propria domanda, nel tentativo di uscire da quel palazzo con un'informazione in più di quelle che aveva quando vi era entrato. «Proverò allora a essere più preciso. Ritenete che possa esservi stato un fatto, nella storia della vostra famiglia, di particolare gravità, capace di accendere in qualche vostro rivale il desiderio di un'atroce vendetta?».

Questa volta, Alvise V Antonio Mocenigo si sottrasse alla vista di Canaletto, dandogli le spalle e dirigendosi verso le imponenti finestre che affacciavano sul Canal Grande. Passò del tempo prima che rispondesse. «Non saprei davvero cosa replicare alla vostra domanda, sono sincero. Non credo che i miei avi si siano macchiati di una tale onta, ma dovete considerare che i Mocenigo esistono da un lasso di tempo immemore e che le loro vicende si dipanano nei secoli; per me è, dunque, impossibile avere una contezza totale dei fatti». A quel punto Alvise V Antonio si voltò. Un'ombra, ora, offuscava la luminosa franchezza dello sguardo. Non sembrava rabbia, e nemmeno irritazione. Forse, se Canaletto avesse dovuto definire quell'espressione, avrebbe utilizzato la parola "rammarico". «Devo ammettere che mi lascia alquanto stupefatto apprendere che a oggi voi, capitano non abbiate ancora acciuffato il responsabile di questo massacro e, insieme a un pittore di fama, siate venuto invece a gettare un'ombra sulla mia dinastia. Confesso che sono amareggiato. Dovete ringraziare il mio carattere pacato e il mio essere in là con l'età. Il tempo mi ha insegnato a comprendere e aspettare, ma confesso che il quadro che mi avete rappresentato è desolante».

«Eccellenza...», tentò di dire Francesco Longo, ma Mocenigo alzò la mano come a volerlo zittire.

«Vi prego, capitano», disse con voce ferma, «non aggravate la vostra già precaria posizione».

Quella discussione non pareva approdare a molto. Anzi, minacciava di terminare peggio di com'era iniziata. Insistere sarebbe stato pericoloso e molto probabilmente anche sbagliato. Antonio però decise di non lasciare niente di intentato. Non voleva poi dover rimproverarsi per non averci provato. E poi sentiva che ne valeva la pena. Malgrado il comprensibile risentimento, espresso peraltro nel modo più garbato possibile, Alvise V Antonio lasciava percepire il segreto desiderio di aiutare lui e il Capitan Grando a smascherare e fermare l'assassino. Guardando Francesco Longo, Antonio ne ebbe conferma, perché lo vide annuire seppure impercettibilmente. «Mi permetto di porvi un'ultima domanda, Eccellenza», disse infine.

«Vi ascolto», fu la risposta.

«Ebbene, in base alle nostre ricerche e investigazioni, il motivo di questa strage parrebbe legato a una crudele sete di vendetta che l'assassino ritiene di voler appagare. Il Capitan Grando e io stiamo provando in tutti i modi a prevedere le prossime mosse, e comprendere la ragione che spinge un omicida a uccidere è una maniera per tentare di anticiparlo, come potete capire».

«La vostra domanda?», chiese Mocenigo che, malgrado la miglior volontà, pareva sul punto di perdere la pazienza.

«Già. È possibile che un vostro parente abbia avuto un ruolo di particolare rilievo negli anni di una delle pestilenze che colpirono la Serenissima?».

In quel momento, Mocenigo sorrise. Era come se per tutto il tempo di quell'incontro sia lui sia Canaletto avessero atteso quell'istante e ora, finalmente, vi fossero arrivati. Ed era proprio così, in un certo senso. Antonio, che con l'andare degli anni aveva temperato la propria irruenza e goffaggine, era riuscito a condurre magistralmente la conversazione, perlomeno alla luce della posizione di svantaggio nella quale s'era trovato fin dall'inizio. Aveva dovuto procedere in modo guardingo e generico, aveva poi incassato la reazione dettata da dolore e frustrazione del padrone di casa, ma infine stava per ottenere quello che voleva. E quel fatto pareva rappresentare per Mocenigo un vero e proprio sollievo.

Forse anche per questo, si lasciò andare. «Non sono in grado di dire se qualcuno della nostra famiglia avesse un ruolo d'una qualche importanza nel corso delle epidemie del Trecento o del Quattrocento. È probabile, dal momento che apparteniamo al patriziato da gran tempo. Di certo, mi sento di escluderlo per quel che riguarda quella del 1630. Ma, se non vado errato, durante il contagio che durò dal 1575 al 1577, quello che sterminò un terzo della popolazione della nostra amata città, il mio avo Alvise I Mocenigo era doge di Venezia».

Nel sentire pronunciate quelle parole, il Capitan Grando e Antonio si guardarono. Seppero, nell'esatto istante in cui le udirono, che contenevano una rivelazione fondamentale, al punto da costituire un passo importante verso la soluzione della loro indagine.

35
Iniziative

Dovevano mantenere il vantaggio acquisito. Era il momento di chiudere l'assassino in un angolo. Fino ad allora era sempre stato un passo davanti a loro, ma adesso le cose erano cambiate, almeno un po'. Avevano individuato il motivo che lo spingeva ad agire in modo così crudele. Antonio sentiva che quello era la chiave di tutto, anche se al momento era solo un'intuizione vaga, non supportata da alcun tipo di prova. O meglio, un elemento sicuro c'era: l'omicida aveva dichiarato a una delle vittime che intendeva vendicare qualcosa perpetrato dalla famiglia Mocenigo.

Provò a mettere insieme tutto quello che aveva mentre si tormentava con gli studi per una tela che non lo convinceva del tutto.

Come prima cosa, doveva individuare con precisione i luoghi sotterranei che avrebbero potuto rappresentare il nuovo teatro per un possibile omicidio, perché conosceva ormai bene quella strategia dell'orrore e sapeva che i delitti non sarebbero certo cessati, almeno fino a quando non fosse riuscito a prendere quell'uomo. Come già detto al doge, il Capitan Grando attendeva solo di sapere dove e avrebbe destinato alcune pattuglie di guardie alla sorveglianza notte e giorno. Già, ma quali e quanti erano i posti papabili? Sarebbe stato più logico focalizzarsi solo su quelli che apparivano i più probabili? E secondo quale criterio sceglierli? Di sicuro apparivano privilegiati quelli meno noti; anzi più sconosciuti e isolati fossero stati, meglio sarebbe stato per l'assassino, chiunque egli fosse.

E poi c'era la questione della peste, dato che le modalità con cui venivano uccise le vittime rimandavano al rituale riservato ai masticatori di morte. Era possibile procurarsi dei rapporti del tempo? Delle cronache che dessero conto degli accadimenti? In cosa, ammesso che fosse vero, il Serenissimo principe avrebbe dovuto essere ritenuto colpevole? Ed era davvero a lui che si doveva guardare? Perché, a voler essere anche solo obiettivi, Alvise I Mocenigo era stato uno dei più straordinari dogi di tutta la storia della Serenissima Repubblica. Nel corso del suo dogado, Venezia aveva sconfitto i turchi a Lepanto, riportando forse la più gloriosa delle vittorie. E quello era giusto il primo avvenimento che gli tornasse alla mente. E già da solo valeva una vita intera.

Scosse la testa, scorato.

Non era sicuro di voler arrivare a penetrare le pieghe della storia. Tanto per cominciare, avrebbe dovuto chiedere udienza al Cancellier Grande. Non che questo fosse un problema di impossibile soluzione, dal momento che il capo dei Signori di Notte al Criminal ben avrebbe potuto domandare e ottenere un accesso agli archivi così da avviare le ricerche, ma vero era che la Cancelleria si sarebbe di certo servita della propria discrezionalità per permettere loro di prendere visione di ciò che era ritenuto non compromettente. E, anche se la libertà fosse stata piena, Canaletto non credeva che gli sarebbe stata consentita una tale consultazione.

Guardò il provvedimento firmato dal doge. Era lì sul suo tavolo da lavoro. Quel lasciapassare semplificava il compito ma non lo risolveva del tutto. E poi, per quanto egli si fosse conquistato una credibilità agli occhi del Capitan Grando, difficilmente sarebbe stato autorizzato a conoscere materiale tanto delicato. Come fare, dunque? Di sicuro, quella era comunque una strada da percorrere, anche perché non gli veniva in mente altro, a voler essere sinceri.

O forse no. Un'altra via poteva essere quella degli eventuali rapporti medici raccolti da quanti erano stati coinvolti, e consultati nel corso di quell'epidemia. In questo Isaac Liebermann poteva giocare un ruolo nient'affatto secondario, dati i suoi ottimi rapporti con lo *Studium* padovano. In fin dei conti, era stato merito suo se quella nuova investigazione aveva cominciato a dare qualche frutto.

E, a ben vedere, c'era poi l'archivio dell'Inquisizione romana. Da quel punto di vista, gli eventuali verbali dei processi e i provvedimenti adottati potevano tornare utili. Non era da escludere, anzi, che la soluzione emergesse non tanto da un singolo fatto, da cercare quasi fosse il proverbiale ago nel pagliaio, quanto da un insieme di circostanze, eventi, decisioni, provvedimenti. Quella era la linea di condotta più giusta. Dovevano portare avanti contemporaneamente tutti e quattro i filoni d'indagine: luoghi sotterranei, cancelleria, università e inquisizione.

Si trattava di suddividersi i compiti, ma sapeva già che non sarebbe stato un grosso problema. Il vero incubo era rappresentato dalla mancanza di tempo. Era ragionevolmente convinto che, se non si fossero mossi abbastanza rapidamente, un altro esponente dei Mocenigo avrebbe trovato la morte.

Sospirò. Gli doleva il capo, era stanco. Per cercare di non pensare si era lasciato assorbire dal lavoro. Stava riproducendo una veduta di Campo San Rocco. Intendeva porre al centro della tela la Scuola e farne il perno visivo per riorganizzare lo spazio e dilatarlo, andando a modificare la prospettiva reale come non di rado gli capitava di fare. Quel gioco di proporzioni adulterate lo divertiva e al tempo stesso metteva a tacere quanti ancora lo tacciavano d'essere un mero riproduttore del vero. Gli tornò in mente Giulia, e pensò che entrambi erano stati oggetto d'un ostracismo crudele. Solo che lui era un uomo e aveva poi potuto beneficiare di un ribaltamento della sorte grazie al successo e alla fama che i giusti committenti avevano contribuito ad amplificare. Mentre lei, donna e per giunta ribelle, aveva pagato con l'isolamento e la persecuzione.

Guardò ancora il suo lavoro: era contento di come aveva reso il marmo della facciata, la cornice di colonne e lesene, i timpani. Aveva disseminato il campo di figure, alcune corrispondenti a donne e uomini effettivamente presenti nel corso delle sue ricognizioni, altri completamente inventati. Gli piacevano, in particolare, l'uomo dal mantello color carminio e il tricorno nero visto di spalle e la donna vestita di scuro sullo sfondo. Mentre rimaneva a osservare la veduta, qualcosa lo distrasse.

Con la coda dell'occhio, colse un particolare che gli parve fuori luogo. Lo sguardo gli cadde su un angolo di lettera che spuntava da sotto un fascio di disegni. La prese e riconobbe la bella grafia di Charlotte. Dopo il suo ultimo messaggio non gli aveva più risposto. Che cos'era accaduto? Era stato inopportuno scriverle ancora e per giunta chiedendo il suo aiuto? Contrariamente a quanto si sarebbe atteso, l'interrogativo non gli avrebbe tolto il sonno. Si rese conto che, invece, attendeva con impazienza di poter rivedere Giulia. Provava un certo qual senso di colpa per quel sentimento che andava crescendo in lui, ma allo stesso tempo anche una specie di soddisfazione. E non perché vedesse nella sua nuova amica una sorta di rivincita personale, tanto più che non aveva la più pallida idea se lei lo trovasse in qualche modo gradevole; no, era piuttosto la prospettiva di tornare a condividere con una donna il suo amore per l'arte e, allo stesso tempo, quella complicità naturale che li portava quasi necessariamente a cercarsi.

Con il passare dei mesi, aveva sentito che il suo amore per Charlotte era andato sbiadendo. Tali e tanti erano stati i suoi rifiuti, per quanto legati a motivazioni comprensibili seppur non condivise, che aveva ormai maturato un senso di liberazione nello scoprirsi non più ad attendere un suo cenno scritto, quasi si fosse trattato d'una manifestazione divina.

Dopotutto, Charlotte non provava più nulla per lui, perché, pur divorata dal senso di colpa, preferiva la solitudine alla sua persona. Era una constatazione obbligata, incontrovertibile. Per un lungo tempo si era illuso, ma ora, dopo l'amarezza e la delusione, era subentrata una stanchezza che i felici momenti con Giulia avevano trasformato addirittura in noia.

Perché diavolo doveva trascorrere la sua vita ad aspettare il ritorno di una donna che, a conti fatti, non lo voleva più? Sì, certo, diceva il contrario nell'ultima lettera, ma a essere sinceri, in che modo si stava comportando?

Se in precedenza il solo pensarci lo angustiava, ora era disposto a lasciar stare e a dedicarsi ad altro. Anzi, stanco di quei ricordi, prese la lettera e la stracciò, facendola a pezzi. Si era umiliato abbastanza per quella donna, e in fin dei conti qual era stata la sua colpa? Lei lo aveva ribadito tante volte: non era stato lui a costringerla, ogni cosa che aveva fatto l'aveva voluta di propria intenzione. Anzi, non solo non l'aveva obbligata, ma anche quando s'era giustamente preoccupato di metterla in guardia, ne aveva ricavato un rifiuto e l'avvertimento a non tentare di proteggerla, poiché ella avrebbe rifuggito simili attenzioni.

Perciò non si sarebbe dato altri pensieri, promise a sé stesso, non di quel genere. Anche perché problemi e impegni abbondavano in egual misura e tanto valeva impiegare le proprie forze per risolvere i primi e fronteggiare i secondi, senza rischiare di colpevolizzarsi più del necessario.

Così, rinfrancato dai suoi buoni propositi, Antonio Canal pensò di andare a far visita a Isaac Liebermann. Aveva perso anche troppo tempo.

E l'assassino avrebbe colpito ancora.

Dovevano per forza anticiparlo. Così, abbandonò il tavolo da lavoro, indossò tricorno e mantello e uscì.

36
Morovlah

«Così, credevate di riuscire a scappare?», domandò una voce.

L'acqua gelida gli scendeva lungo il viso, i capelli lunghi e bagnati gli ricadevano in avanti, brividi ghiacciati lo scuotevano fin nel profondo. Aprendo gli occhi, Olaf Teufel s'avvide che si trovava esattamente nella gabbia di ferro che aveva tentato di abbandonare. Ma qualcosa era andato storto. Provò un dolore lancinante al fianco. Non riusciva a respirare. Boccheggiò come un pesce, nel disperato tentativo di prendere aria. Gli pareva di avere un ferro arroventato piantato nel corpo. E un altro nella bocca. Poi fra le gocce stillanti e i capelli bagnati, riconobbe una fisionomia nota: quella dell'uomo che l'aveva ridotto in quello stato. Morovlah, il Morlacco al soldo di sua sorella, lo fissava con disgusto.

La voce che gli aveva parlato era quella di Orsolya. Alzando lo sguardo, la vide. Sembrava deliziata al solo pensiero di averlo in ginocchio ai suoi piedi. «Avresti dovuto fare attenzione agli uomini che mi sono fedeli, non tutti sono degli incapaci come Seneslav!», disse soddisfatta.

Teufel fece per risponderle, ma non vi riuscì. Mancava qualcosa. Nella sua bocca mancava qualcosa. Il dolore di ferro arroventato gli riempiva l'intera cavità orale come se vi avessero infilato dentro un tizzone ardente. Gli uscì un raglio rauco e nient'altro. Capì troppo tardi che cos'era accaduto.

«Cerchi questa?», domandò sua sorella. Un istante dopo qualcosa gli piovve ai piedi. Era una palla di carne chiara. A quel punto, riconobbe di cosa si trattasse. Gli avevano strappato la lingua. «Così, almeno non parlerai. Del resto, tu stesso usasti questo stratagemma in passato, o sbaglio?».

Teufel rispose con un rantolo inarticolato.

Il dolore gli levava spasmi tormentosi, ora.

«Adesso farai fatica a manipolare le persone, non è vero? O a esprimerti in tutte le lingue che hai imparato in questi anni. Ma non preoccuparti, così mi sarai ancora più utile. Vedi, in un sol colpo risolverai tutti i miei problemi».

Teufel scattò con la rapidità di un rettile. Ma qualcosa lo tirò indietro. Sentì uno sferragliare di catene e vide che i ceppi lo tenevano ben saldo ad alcuni anelli infissi nel muro. Ruggì, ma non servì a molto.

«Volevi vendicarti, non è vero? E quante volte avrei dovuto farlo io, per quello che mi hai inflitto tu un tempo? Così, vedi, ho deciso di farti pagare tutto in una volta». Mentre parlava a quel modo, Orsolya Esterházy giocava con una lunga ciocca di capelli color fiamma che le correva lungo la gota, se la inanellava sulle dita, con aria divertita. Quanto piacere doveva darle quel momento! «Sai, non è per niente vero che la vendetta non dona godimento a chi l'attende e la consuma. Anzi, a essere sinceri è molto meglio della gola o della lussuria. Dovrebbe essere considerata la regina dei vizi capitali. Perché ti confesso che vederti in ginocchio, senza parole, ai miei piedi, in catene, in attesa di sacrificarti al destino che ho immaginato per te, è una sensazione che con buona probabilità mi procurerà uno dei migliori orgasmi della mia vita!».

Orsolya scoppiò in una risata, deliziata da quello che vedeva e sentiva. Teufel capì che opporsi non sarebbe servito a nulla, forse soltanto a subire nuove torture. E per certi versi si arrese. Aveva tentato un'ultima volta di sottrarsi al calvario che si preparava per lui, ma non vi era riuscito: Morovlah era troppo forte. Nel duello che lo aveva riconsegnato alla prigionia non aveva mai avuto la sensazione di poter vincere, e ormai da tre anni il suo presente si consumava in un'attesa fatta di solitudine, debolezza e dolore. Ora non era nulla di più che una marionetta nelle mani della baronessa. E attendeva che si compisse il suo destino. Era una situazione paradossale: lui, che aveva tenuto in pugno le vite di tutti, adesso si ritrovava ridotto all'ombra dell'uomo che era stato.

Non poteva nemmeno parlare, ormai. Ridotto al silenzio, osservò sua sorella che gli sorrideva.

«Morovlah ti guarderà a vista. E si occuperà personalmente di scrivere l'ultimo atto di questa farsa. Poi sarò libera e vendicata. E lo sarai anche tu, per merito mio. E a questa prima serie di delitti seguiranno altre tragedie. I miei Morlacchi si stanno organizzando, e il mio progetto di riabilitare la nostra stirpe si allargherà ben presto all'Ungheria tutta, serva dell'Austria, schiacciata fra Prussia, Venezia e l'Impero ottomano. Schiava di padroni avidi e violenti, saccheggiata, stuprata, offesa. Sono stanca! È mia intenzione scatenare una follia su vasta scala. In questo, ti concedo che sei stato bravo a diffondere il terrore del vukodlak. Ma è poca cosa rispetto ai fuochi che si stanno accendendo in tutto l'Impero. Ben presto la follia si tramuterà in terrore, e l'Austria verrà cacciata dalla nostra terra e Venezia spazzata via. E saremo liberi, finalmente».

Orsolya lo guardò, e questa volta Olaf vide nei suoi occhi l'odio maturato dal tempo, reso affilato come la lama d'un pugnale, coltivato con pazienza, cura e poi custodito quasi con cupidigia, come il più prezioso dei monili. Quella visione lo lasciò prosciugato e debole, più di quanto già non fosse, poiché vi aveva riconosciuto una tale determinazione, un'intensità talmente forte da costringerlo ad abbassare le braccia e rimanere a guardare, consapevole di non poterlo affrontare, non più, non in quelle condizioni.

Era arrivato alla fine.

«Mentre te ne stavi qui a marcire», riprese lei, guardandosi intorno, indicando le pareti di pietra zuppe d'umidità, «ho messo il mio doge sul trono di Venezia, ed egli mi ubbidirà e farà tutto ciò che voglio. Almeno fino alla sua morte. Lo tengo nelle mie mani, legato a un invisibile guinzaglio che prende il nome di lascivia. Bisogna muoversi, però! Ormai sospetteranno qualcosa, ed è giunto il momento di dar loro l'assassino, così da pacificare Venezia con un banchetto di sangue e fuoco. Consegneremo loro l'uomo che ha ucciso in questi anni alcuni dei personaggi più in vista della città. E lui ci farà il favore di non parlare, non è vero, Olaf?».

Teufel la guardò. Questa volta l'apatia e la sconfitta cedettero il posto a un briciolo di rabbia. Fu un istante, perché essa venne divorata da impotenza e rassegnazione.

«Morovlah!», tuonò la baronessa.

«Sì, mia signora».

«Voglio che consumiate l'ultimo omicidio e poi che lasciate questo rifiuto umano vicino alla vittima, cosicché l'intera faccenda venga infine messa a tacere».

«Lo farò».

«Mi raccomando, non deludetemi, non ve lo perdonerei».

«Fidatevi di me, mia signora».

«Badate che ci faranno seguire, se non l'hanno già fatto».

«Mi libererò di eventuali impiastri», replicò il morlacco.

«Molto bene. Ora vado».

Il Morlacco si limitò ad annuire.

Orsolya Esterházy guardò l'uomo che era stato suo fratello. Si avvicinò a lui. Infine lo baciò. «Olaf Teufel», disse, «la tua grande avventura finisce qui».

E senza aggiungere altro se ne andò, lasciando colui che aveva terrorizzato Venezia solo con il suo carceriere.

37
Nel Ghetto

Quel giorno il sole illuminava le calli d'una luce intensa, calda, quasi estiva. Antonio non amava particolarmente quel chiarore denso, appesantito dall'umidità che pareva aggrapparsi alle forme e all'aria come sabbia bagnata. Preferiva di gran lunga il bagliore invernale, quel fulgore che pareva lumeggiare di baleni e scintillii sull'acqua verde della laguna. A ogni modo, giunto al Ponte delle Guglie, percorse un breve tratto lungo il Rio di Cannaregio per poi voltare a destra in corrispondenza del *sotoportego* che immetteva direttamente nel Ghetto.

Seguì la lunga calle dalla quale se ne diramavano molte altre, strette e labirintiche, in un intreccio eccentrico: calle Storta, calle Barucchi, calle dell'Orto. Esse andavano ad alternarsi a corte del Moresco, Scale Matte, campiello delle Scole in un intrico di nomi e spazi che pullulavano di forni, botteghe di fruttivendoli, mercanti d'olio e vino, venditori di cibo kashèr, tintorie, strazzerie, macellerie, locande e taverne, e tutti quegli esercizi si susseguivano in una ridda brulicante d'attività. Diverse parlate parevano rincorrersi l'un l'altra: c'era l'impasto linguistico di ebraico, tedesco e polacco nell'yiddish parlato dagli ashkenaziti, il giudeo-veneziano con la tipica dondolante litania del veneto, il judezmo sefardita, il greco, il turco, il portoghese e una quantità di dialetti levantini.

Quell'autentica Torre di Babele pareva infine risolversi nel ponte del Ghetto Vecchio che conduceva al grande spazio circolare del Ghetto Novo, sede dei banchi di prestito – il rosso, il verde e il giallo –, e sul quale si affacciavano le case alte fino a nove piani. Antonio se ne stupiva ogni volta: tutte le abitazioni, simili a torri, avevano le finestre rivolte alla piazza, quasi a voler sottolineare una volta di più che era lo spazio aperto il centro della vita, non certo quei bugigattoli angusti e claustrofobici nei quali gli abitanti erano costretti ad abitare.

Qui il turbinio di vita del Ghetto Vecchio trovava un'improvvisa, parziale quiete, complice la presenza delle grandi sinagoghe.

Giunto presso la casa di Isaac Liebermann, Antonio bussò alla grande porta con il battente di ferro. Fu il suo stesso amico ad aprirgli, qualche istante dopo. Vestiva di nero come di consueto, con un colletto bianco inamidato, i cernecchi ordinati e lo sguardo vigile e attento. Lo fece entrare. Antonio vide la grande scala di legno che conduceva ai diversi piani del palazzo. Isaac gli fece strada conducendolo in uno stambugio dal soffitto basso che utilizzava come piccolo studio.

Canaletto notò da subito l'infinità di libri stipati in ogni angolo della stanza: dalle librerie a muro traboccanti di volumi alle torri di tomi disseminate disordinatamente. Erano talmente alte da lambire le travi del solaio. Una minuscola finestrella era l'unica apertura a consentire di non soffocare lì dentro. Vi filtrava una luce densa e calda, collosa, per via della giornata quasi estiva e di quella cornucopia di volumi che affollava gli spazi.

Isaac si sedette a una scrivania, invitando l'amico a fare lo stesso.

Canaletto si accomodò.

«Mio caro Antonio», disse Isaac, «mi rallegro della vostra visita, ma purtroppo non ho le novità che vorrei».

«Io invece sì e vorrei rendervene edotto».

«Ah», si lasciò sfuggire l'amico, tradendo una certa qual sorpresa. Per un istante un lampo gli fece scintillare il nero degli occhi, simili a carboni lambiti da una fiamma improvvisa. «Vi ascolto».

«Ebbene, è presto detto. Sono andato a far visita ad Alvise V Antonio Mocenigo».

«Il patriarca della dinastia, perlomeno del ramo di Ca' Nova, che poi è il più importante… fratello del doge appena mancato», osservò Isaac.

«Precisamente. Desideravo capire se potesse dirci qualcosa di più circa i nemici della sua famiglia. Insomma, se i Mocenigo avessero qualcosa da temere da qualcuno in particolare».

«Giusto. Immagino non sia stato semplice».

«Proprio per nulla. La conversazione è cominciata con una dura reprimenda da parte di Alvise V Antonio nei confronti del Capitan Grando. Riteneva che la nostra visita avrebbe dovuto arrivare ben prima».

«E se posso essere sincero, non aveva tutti i torti».

«Condivido il vostro pensiero. Tuttavia, Francesco Longo ha fatto il possibile per scusarsi», osservò Canaletto.

«E poi?»

«A quel punto, dopo aver placato Mocenigo, scoprendo che ha una passione per le mie tele e approfittando di quello, ho formulato la mia domanda».

«E lui cos'ha risposto?»

«Che la lista dei suoi nemici è infinita».

«C'era da aspettarselo», disse Isaac, sospirando.

«Già. Però ho cercato di non demordere, non mi sono lasciato scoraggiare, e così ho ritentato la sorte».

«In che senso?»

«Ricordate che il rituale usato per assassinare le vittime è quello utilizzato per uccidere i masticatori di morte così da impedire loro la diffusione della peste?»

«E come potrei dimenticarlo? Sono stato io, dopotutto, a reperire le informazioni sul Nachzehrer all'Università di Padova».

«Proprio così. Avete ragione, naturalmente. Ebbene, dal momento che non riuscivo a cavare un ragno dal buco, ho chiesto a Mocenigo se qualche esponente della sua famiglia avesse rivestito un qualche ruolo di rilievo negli anni delle epidemie di peste qui a Venezia. Sapete cos'ho scoperto?»

«Non ne ho la minima idea».

«Durante il contagio del periodo fra il 1575 e il 1577, quando il morbo colpì con una furia tale da sterminare un terzo della popolazione veneziana, il doge in carica era Alvise I Sebastiano Mocenigo».

Quelle parole ebbero il potere di far ammutolire il dottor Liebermann. La rivelazione era sconvolgente.

Antonio ne approfittò per effettuare la sua richiesta. «Mi domandavo, perciò, se, forte della vostra amicizia con Giambattista Morgagni, non vi fosse possibile effettuare delle ricerche presso gli archivi della cattedra di medicina teorica, per appurare chi fossero i dottori incaricati dalla Serenissima di dettare le regole di prevenzione e cura durante l'epidemia e se sussistano presso le biblioteche copie di loro specifici rapporti su quanto avvenne».

«Cosa stiamo cercando?»

«Non lo so. Qualsiasi cosa, forse. Qualunque dettaglio che possa aiutarci. Mi rendo conto che la mia è una richiesta generica. E sto per farne un'altra altrettanto bizzarra a Francesco Longo per gli archivi della Cancelleria».

«Ma cosa sperate di trovare? Dei fatti che giustifichino una vendetta? Una disposizione del doge?».

Canaletto sorrise. Poi disse: «Non avrei saputo dirlo meglio di così. Fino a ora, ho sempre e solo ragionato su un fatto: l'assassino adotta un barbaro rituale che, secondo certe credenze, impedirebbe la diffusione della peste. Ne discenderebbe che è alle precedenti epidemie veneziane che si dovrebbe guardare, e, dal momento che egli colpisce i Mocenigo per qualcosa che avrebbero fatto, qualcosa di terribile, allora è a qualche specifica atrocità che è necessario dedicare le nostre ricerche. Ma voi avete detto bene: qualcosa che giustifichi una vendetta. Aggiungo: e di tal genere. Se le nostre intuizioni hanno un senso, infatti, questa sanguinosa rivincita per giungere a compimento avrebbe atteso centocinquant'anni. Denoterebbe, perciò, una determinazione da parte dell'assassino, di Olaf Teufel, se fosse lui, davvero straordinaria».

«Osservo che, a giudicare da quanto detto da Giulia Lama, stando a quanto ci avete riferito, l'uomo che ha assassinato Simone Mocenigo non sarebbe Teufel», disse il dottor Liebermann.

«Anche se, a voler essere onesti, non possiamo escludere che sia un suo uomo».

«Certo. Va detto che le caratteristiche rimanderebbero di certo a uno Schiavone o a qualcuno del genere».

«A ogni modo», concluse Antonio, «lo farete?»

«Effettuare ricerche presso gli archivi e le biblioteche dell'Università? Naturalmente».

«Il tempo è tiranno».

«Mi preparo e parto immediatamente».

«Magnifico», disse Canaletto, che era grato all'amico per la sua sollecitudine. «Confido che possiate avere fortuna».

«Ho già alcune idee, e spero che la sorte mi sia amica. Nel frattempo, voi vi occuperete delle ricerche presso la Cancelleria?»

«Pensavo di delegarle a Francesco Longo».

«Avete ragione. Allora, amico mio, se siete d'accordo, mi preparerei per partire».

«Non vi rubo altro tempo, dunque», disse Antonio alzandosi e, salutando Isaac, si diresse verso l'uscita.

38
Universi

C'era qualcosa, in lui, che le piaceva molto. La sincerità, certo, e anche il fatto che riuscisse a capirla quasi la conoscesse da sempre. Forse anche Antonio era stato rifiutato, dopotutto. Ricordava bene di come, in principio, si dicesse che Canaletto non fosse altro che un burbero imbrattatore di tele, intento a riprodurre la città affidandosi ai trucchi della camera ottica. Un ciarlatano, non certo un artista.

La fraglia gli era andata contro, a cominciare da Luca Carlevarijs, che in verità aveva uno stile molto simile a quello di Antonio e di certo poteva intestarsi il titolo di primo pittore di vedute, dunque non si capiva il perché di quell'ostilità. La vera ragione, naturalmente, stava nella meraviglia di quei dipinti, che già all'inizio erano di una tale intensità da destare invidie e gelosie. A cominciare proprio dal pittore udinese, che ne era rimasto soggiogato e tradito insieme.

Perché, con buona pace degli altri, erano le tele di Canaletto che ben presto avevano iniziato a essere richieste dai committenti di tutto il mondo. Non più quelle di Luca Carlevarijs o dei suoi amici, e questo fatto aveva generato non poco malcontento nella gran parte della corporazione.

Invece, era proprio ciò che gli imputavano a essere falso. Le sue tele, lungi dall'essere una mera replica della realtà, possedevano, invece, la visione fantastica del fondale teatrale e contenevano mondi che andavano ben al di là della semplice riproduzione del vero. Certo, quegli universi si chiamavano Rio dei Mendicanti, Riva degli Schiavoni, Fonteghetto della Farina, San Giacomo di Rialto, Canal Grande, Bacino di San Marco, ma erano perfettamente conclusi, completi di architetture mirabili, di dettagli straordinari, di tagli di luce e visioni d'ombra, di donne, uomini, velieri, moli, scorci di laguna, acque verdi. Erano le tessere di un formidabile mosaico che aveva nome Venezia, una città talmente straordinaria da essere unica al mondo. Antonio aveva consacrato la propria vita alla Serenissima e l'aveva fatto con l'integrità di un monaco guerriero, solo che la sua spada era il pennello, le sue preghiere le ore di lavoro, le imprese le tele.

Ma il Canaletto uomo, quello era stata una nuova sorpresa. Si diceva fosse burbero, ma non era affatto vero. Aveva invece un inconsapevole fascino, complice quell'essere lievemente impacciato, era appassionato, gentile e un ottimo ascoltatore. Quando aveva parlato con lui aveva avuto la sensazione non solo di essere udita, ma anche capita, apprezzata, consigliata, consolata, stimolata, e tutto questo senza alcuna rivendicazione di virilità, saggezza o paternalismo.

Era stato talmente strano che per un istante le era parso di volare. Per questo aveva scelto di aiutarlo in quella sua vicenda fosca e intricata. Perché per la prima volta da molto tempo si era sentita viva, di più, innamorata dell'esistenza. E ora, dopo essere stata con lui nella catacomba di San Simeon Piccolo, aveva una gran voglia di vederlo di nuovo. Con lui desiderava aprirsi, sentire davvero cosa pensava delle sue tele, di quei nudi maschili che tanta sfortuna le avevano portato, al punto da riuscire ad avere di che vivere solo grazie al ricamo. Sentiva che Antonio non l'aveva mal giudicata, ma anzi, forse quel suo essere bizzarra ed eccentrica l'aveva colpito o almeno incuriosito. Non riteneva essenziale piacergli, ormai aveva superato i cinquant'anni e aveva già visto sfiorire quella bellezza che un tempo faceva girare la testa agli uomini, e tuttavia non si sarebbe rammaricata se Canaletto avesse trovato gradevoli la sua presenza e compagnia.

Ma che andava farneticando?

Lui aveva ben altro cui pensare e anche lei, a dire il vero. Andare in fregola come una servetta, alla sua età, non era solo sconveniente ma pericoloso, rischiava di farsi un gran male. Dopotutto, Antonio, che pure non era un ragazzino, aveva almeno quindici anni meno di lei: un'enormità.

Sospirò. Perché tornare a fantasticare a occhi aperti non le dispiaceva affatto. Sentirsi apprezzata, se non addirittura desiderata, era qualcosa che le mancava da così tanto tempo che nemmeno ricordava le fosse mai accaduto.

A ogni modo, provò a dedicarsi alla pittura, tornando a ritoccare la grande pala d'altare. Desiderava raggiungere in modo completo la dimensione drammatica dell'istante ritratto, e la cancellazione parziale del volto di Gesù andava proprio a sottolineare quel passaggio, in una sorta di memento, quasi a voler ricordare agli uomini quanto indegni fossero di vederlo dopo che lo avevano crocifisso. L'intera scena era intrisa dell'inquietudine che andava cercando e le dava soddisfazione per come era maturata.

Sperò tuttavia che da quel sentimento di trepidazione Giovanni Antonio Canal riuscisse a liberarla.

39
Accordi e ricerche

«Ritenete che l'oppio lo stordirà a sufficienza?», domandò la baronessa. Si trovava con il fedele morlacco nel grande salone del suo palazzo.

«Ho preparato personalmente le perle», replicò Morovlah.

«D'accordo, allora domani faremo in modo che questa storia abbia il proprio epilogo. Avete già predisposto il necessario?»

«Tutto è pronto».

«Il luogo è quello concordato?»

«Lo è», disse Morovlah, lasciandosi sfuggire un ghigno.

«Mi occuperò di informare il doge, non possiamo perdere altro tempo. Continuo a temere di essere seguita», disse Orsolya Esterházy. Mosse qualche passo verso il centro del salone. La luce del grande lampadario piovve sul suo viso, illuminandolo. Il chiarore accese riflessi sanguigni sui suoi magnifici capelli rossi, gli occhi verdi parvero mandare un lampo improvviso. Sfavillavano, simili a smeraldi.

«I miei uomini ritengono che non sia così».

«Ne siete certo?»

«Eccome. A ogni modo, Canaletto è stato dal medico ebreo».

«Il dottor Isaac Liebermann?».

Morovlah annuì.

«Quel maledetto ciarlatano», disse la baronessa. «Non mi fido di lui», e si abbandonò a un moto di stizza. «Non dobbiamo fare l'errore di sottovalutarlo».

«Volete che lo uccida?», domandò il Morlacco come se stesse parlando di un cavallo azzoppato.

«Niente affatto! Ma dobbiamo fare attenzione. Per adesso tutto è andato secondo i nostri piani, ma guai se qualcuno dovesse metterci i bastoni fra le ruote».

«D'accordo».

«L'inglese e l'irlandese?», domandò ancora la baronessa.

«Sembrano impegnati in altro».

«Meglio».

«Il Capitan Grando invece è piuttosto attivo. Si sta muovendo».

«In che senso?»

«Sta provando a capire in quale cripta colpiremo».

«Imbeccato da Canaletto, senza dubbio. Be', c'era da aspettarselo. Non potevano continuare a rimanere con le mani in mano».

«Lo credo anch'io».

«Motivo in più per fare in fretta». Mentre diceva così, Orsolya Esterházy prese dal tavolo in mogano un pugnale dalla lama scintillante. L'avvicinò al proprio volto. Specchiandosi, vide la propria immagine. «Uccideremo l'ultimo Mocenigo. Il quarto. Quattro di loro per quattro di noi. Poi saremo pari. Ora sta a voi, Morovlah. Non mi deludete, o la mia ira sarà terribile».

Il Morlacco si produsse in un inchino. «Prendo congedo», disse.

«Colpite. E fatelo senza pietà».

Senza replicare, Morovlah raggiunse l'uscita.

Una volta fuori, il Valacco Nero pensò a ciò che lo attendeva. Il luogo che Orsolya Esterházy aveva scelto per compiere l'atto finale di quella vendetta non era così facilmente individuabile. Per mesi, lui e i suoi Morlacchi avevano esplorato le cripte della città, scegliendo quelle più isolate e utili allo scopo. Avevano ben pensato di tenersi lontani da San Marco, concentrando le proprie attenzioni sulle chiese più defilate. Ecco quindi San Zaccaria e poi San Simeon Piccolo. E ora la terza cripta era ancora meno nota di quelle due.

Prima però di mettere in scena quell'ultimo atto d'orrore, Morovlah doveva occuparsi di ridurre alla propria mercé l'ultimo esponente dei Mocenigo. C'era tempo ancora, dato che avrebbe fatto in modo di condurre a termine quella faccenda nelle ore buie della sera.

A ogni buon conto, si portò verso la basilica dei Santi Giovanni e Paolo. Era sua intenzione tenere d'occhio il senatore Niccolò Mocenigo. Quest'ultimo si recava ogni sera presso la basilica per recitare preghiere nella cappella di famiglia, celebrando la memoria dei propri avi e, in particolare, del doge mancato di recente.

Mentre camminava, Morovlah pensò che la soluzione escogitata era perfetta. L'indomani avrebbe facilmente sorpreso il suo uomo all'uscita dalla basilica, lo avrebbe poi condotto con le minacce presso la cripta di un'altra chiesa lì vicina, dove un paio di suoi Morlacchi lo avrebbero atteso con Olaf Teufel stordito dall'oppio.

La cripta in questione si raggiungeva facilmente a piedi attraverso il ponte rosso sul Rio dei Mendicanti. Vi si impiegava il tempo necessario a vuotare un bicchiere di vino o poco più. Se anche il Capitan Grando e i suoi uomini avessero immaginato di presidiare i luoghi sotterranei della città, ben difficilmente sarebbero stati in grado di individuare anche quella chiesa, che non era certo fra le più appariscenti e importanti di Venezia. E poi mancava solo un giorno. Presto avrebbe consumato quell'ultimo delitto, lasciando che l'odiato Teufel se ne prendesse la colpa. Muto com'era, non avrebbe potuto parlare. E poi la baronessa aveva il doge in pugno, e quest'ultimo non si sarebbe certo lasciato sfuggire la possibilità di giustiziare in piazza San Marco l'uomo che si era macchiato dei più atroci delitti di quegli ultimi anni. A quel punto, lui e i suoi avrebbero potuto starsene finalmente tranquilli, protetti dall'immunità garantita dalla loro padrona, che non avrebbe mancato di manifestare la propria riconoscenza con denaro sonante.

Era solo questione di tempo.

Poi, con una borsa d'oro, se ne sarebbe finalmente tornato alle sue terre, lontano da quella città corrotta e ambigua.

40
Strategie

«Temo che stiano per colpire di nuovo», disse Antonio.

«Motivo in più per procedere», osservò Joseph Smith.

Si trovavano a casa di quest'ultimo nella grande sala della biblioteca. Insieme a loro v'erano anche il Capitan Grando e Owen McSwiney. Canaletto aveva appena raccontato agli amici dell'incontro con Alvise V Antonio Mocenigo. E di come lui e Francesco Longo avessero maturato la convinzione che l'assassino intendesse vendicare un'atrocità commessa dalla famiglia Mocenigo nel corso dell'epidemia di peste che aveva sconvolto la Repubblica fra il 1575 e il 1577 quando era doge Alvise I.

«Dov'è Isaac?», domandò l'irlandese.

«Sta svolgendo ricerche presso gli archivi della cattedra di medicina teorica all'Università di Padova», rispose Antonio.

«Pensa di poter trovare notizie in merito alle vicende relative alla pestilenza?», chiese il Capitan Grando.

«Mi pare probabile. Di certo, la Repubblica aveva chiamato i medici padovani a fronteggiare l'emergenza, e non mi sorprenderebbe se costoro avessero trascritto, nei loro rapporti, qualche dettaglio utile che possa menzionare eventuali provvedimenti o esecuzioni adottate dal doge di allora».

«Io ho destinato un contingente di guardie e arsenalotti ad alcune delle cripte della città. Si sono travestiti da parroci, monaci e sagrestani. Saranno pronti a intervenire qualora l'assassino dovesse manifestarsi».

«Quali sono le basiliche e le chiese in questione?», domandò Joseph Smith.

«Ne avevamo fatto i nomi al doge il giorno in cui ci ha autorizzati a continuare le indagini», osservò Francesco Longo. «A ogni modo, su suggerimento di Antonio, la basilica del Redentore sembra la più probabile...».

«Come mai?», domandò Owen McSwiney.

«È la chiesa che il Proto della Serenissima Andrea Palladio concepì nel 1577 con la posizione della prima pietra. In quel medesimo anno, una processione celebrò la fine della peste, raggiungendo la basilica attraverso un ponte di barche. Da allora, ogni anno, a luglio, si tiene la medesima festa con un cerimoniale che è rimasto immutato. Capite bene che il riferimento alla pestilenza – su cui sembra fondarsi il movente dell'assassino – renderebbe la chiesa il perfetto teatro del prossimo delitto», disse Antonio.

«Ora mi è chiaro», convenne l'irlandese.

«Ma accennavate agli altri luoghi», suggerì Joseph Smith.

«Naturalmente, ho ritenuto opportuno munire di guardie anche la cripta della basilica di San Marco, sorta di chiesa nella chiesa, date le sue formidabili dimensioni. Ho poi destinato degli arsenalotti a San Pietro di Castello, cattedrale del patriarcato, e poi ancora a San Geremia e a San Giovanni Elemosinario».

«Rimane sguarnita San Fantin, ed è lì che andremo noi», disse infine Canaletto. «È una chiesa certamente meno importante, ma non per questo va trascurata. Anzi, l'essere in qualche modo appartata la rende un luogo perfetto per commettere un delitto».

«Anche se tutto lascerebbe intendere che l'elemento dell'epidemia sia centrale nella scelta», disse Joseph Smith.

«Certamente, ma non possiamo rischiare. Cosa accadrebbe se ci sbagliassimo? Dobbiamo tentare di sorvegliare tutte le cripte della città, o almeno quelle che siamo riusciti a individuare».

«Avete ragione», ammise Smith.

«Ci vestiremo da chierici», disse Canaletto.

«Sembra che la prospettiva vi aggradi», osservò McSwiney.

«Meno di quanto si direbbe, ma non abbiamo altra soluzione. Dei sai con il cappuccio saranno perfetti allo scopo e ci consentiranno di celare anche qualcosa con cui difenderci».

«Già, sarà il caso di portare spade e pistole», disse l'irlandese, che rispetto ad Antonio e Joseph era molto più uomo d'azione.

«Quando cominciamo?», domandò Joseph Smith.

«Prima è meglio è», disse lapidario il Capitan Grando.

«E allora sarà bene darsi da fare», concluse Owen McSwiney.

«Ci vediamo presso la chiesa di San Fantin al calar del sole», concluse Antonio. «Se non ho capito male, avete già preavvertito il parroco, non è vero?», aggiunse all'indirizzo del Capitan Grando.

Ricevette in risposta un cenno d'assenso.

Un istante più tardi, tutti presero congedo. Si sarebbero ritrovati più tardi nel luogo convenuto.

41
La peste

Solo, nella grande biblioteca messa a sua disposizione da Giambattista Morgagni, Isaac Liebermann si stava consumando gli occhi sulle pagine dei rapporti vergati dai medici padovani. Dapprincipio aveva perso il lume della ragione, sfogliando i volumi e le carte alla disperata ricerca dei nomi dei medici chiamati a Venezia nei giorni della pestilenza del 1575. Poi, un po' alla volta, era riuscito a ricostruire i primi fatti grazie a una serie di cronache e rapporti.

La peste era divampata all'indomani della grande vittoria di Venezia sull'Impero ottomano a Lepanto. Più precisamente, essa pareva essere stata causata dalla visita di Enrico III, ultimo dei Valois, re di Francia e Polonia, al doge Alvise I Sebastiano Mocenigo. Quel riferimento alla terra dei voivodi non passò inosservato agli occhi di Isaac.

La peste dilagò e ben presto i Provveditori alla Sanità disposero che ogni materiale o suppellettile infetto venisse purificato attraverso pire o roghi. Così facendo, la città divenne un unico, gigantesco inferno, punteggiato da centinaia, migliaia di fuochi che rosseggiavano nell'aria, rendendo la laguna del colore del sangue. Ma questo primo provvedimento non parve sortire gli effetti desiderati. Si decretò dunque che per quindici giorni nessuno potesse uscire, tantomeno incontrare persone, anche solo recandosi in casa d'altri. Parallelamente, si ordinò che gli appestati venissero condotti al Lazzaretto Vecchio e coloro che ne erano conviventi fossero destinati alla quarantena presso il Lazzaretto Nuovo.

Ma nemmeno quelle misure parvero in grado di debellare il morbo. Fu allora che il Senato della Serenissima convocò a Venezia due medici dell'università patavina, nominandoli Sopraprovveditori alla Sanità. Erano, costoro, Girolamo Mercuriale e Girolamo Capodivacca.

Il primo, apprese Isaac, era nato a Forlì, formandosi poi come umanista, e conseguendo il dottorato in medicina e filosofia presso il Collegio dei medici fisici di Venezia, per arrivare infine allo Studium di Padova. Chiamato quindi a Roma come medico personale del cardinale Alessandro Farnese nel 1569, era stato successivamente insignito della cattedra di medicina pratica ordinaria a Padova. Mettendo a frutto la propria esperienza, si era distinto nella ricerca e aveva firmato molte pubblicazioni in materia di malattie infantili, balbuzie e nervo ottico, tanto che nel 1573 l'imperatore Massimiliano II lo aveva voluto a Vienna. Qui aveva incontrato l'assiano Markus Kornmann, medico di corte, che aveva avuto con lui più di una controversia in materia. Ritornato in patria con tutti gli onori, egli era stato convocato dal doge per lo straordinario prestigio raggiunto.

Girolamo Capodivacca aveva compiuto i propri studi a Padova, ottenendo l'incarico della cattedra di medicina pratica straordinaria in "terzo loco", e poi in "secondo loco", stante che il primo era stato affidato a Girolamo Mercuriale. Anch'egli affiancava allo studio della medicina quello della letteratura e delle lingue, che conosceva in gran numero. Aveva scritto in tema di logica medica, veleni, malattie veneree e sull'utilità dell'esame delle urine ai fini della diagnostica. Al contrario di Mercuriale, formidabile sostenitore della scuola greca, Capodivacca era assertore di quella araba.

Chiamati entrambi al cospetto del doge Alvise I Sebastiano Mocenigo, i due medici padovani negarono l'esistenza dell'epidemia e si dissero disposti a fare visita con il proprio seguito di aiutanti e secondi alle famiglie contagiate. Solo quattro fra i medici veneziani accolsero la loro tesi, mentre gli altri vi si opposero. Ne nacque una disputa di non poco momento, che tuttavia si concluse con il prevalere della teoria propugnata dai padovani, i quali chiesero e ottennero che venissero revocate le misure adottate in precedenza: quarantena, fuochi purificatori, isolamento.

Tuttavia, ben presto, molte delle persone al seguito dei due insigni medici vennero contagiate dal morbo, e la peste, al passare dei giorni, lungi dal sopirsi si fece più virulenta. I due si attirarono l'odio dei veneziani. Pertanto, con grande scelta politica, anche al fine di non contrarre il morbo che si ostinavano a non chiamare peste, i due luminari produssero un'ampia relazione scritta che sottoposero al doge, con la quale in sostanza davano conto dei rimedi proposti alle famiglie e, tenendosi a disposizione del Mocenigo, chiedevano congedo.

In verità, da quel che lesse, Isaac ebbe la sensazione che quella relazione fosse nient'altro che un ben pensato meccanismo per essere espulsi dalla città senza darlo a vedere.

Con il che l'intervento dei medici padovani si rivelò dannoso e dunque ancor peggio che inutile.

Nel frattempo, era giunto a Padova e poi a Venezia Markus Kornmann. Egli non solo era medico ma anche astrologo, demonologo e chiromante. Girolamo Mercuriale, rientrato a Padova, ne dava notizia nelle proprie cronache, non risparmiando le critiche più affilate e mordaci e definendolo, senza alcuna remora, impostore.

A ogni buon conto, sembrava che il medico assiano fosse stato chiamato proprio dal doge. Quel fatto pareva aver scatenato in Mercuriale invidia e risentimento per l'ingratitudine dimostrata da Alvise I Sebastiano Mocenigo nei suoi confronti, dal momento che Sua Serenità non s'era fatto scrupolo di far comparire al proprio cospetto il suo nemico giurato dai tempi di Vienna.

Isaac Liebermann capì subito di dover trovare qualche rapporto di quel medico assiano che destava in lui sommo interesse, ma era praticamente impossibile che suoi diari fossero stati depositati e conservati presso l'università che tanto lo avversava. Per il momento, dunque, Isaac dovette accontentarsi delle notizie indirette.

Nel proprio rapporto, Mercuriale diceva infatti che Kornmann propugnava posizioni oltremodo bizzarre: anzitutto, quella volta a ritenere che la malattia capace di sconvolgere Venezia fosse appunto la peste. Inoltre, che la stessa fosse stata causata dall'ingresso in città di uomini e donne provenienti dalle terre più lontane e misteriose dell'Impero. Ma non era l'unico a propugnare idee a dir poco curiose, stando a Mercuriale. Come lui, anche un veronese si distingueva per proporre ipotesi perlomeno discutibili: Annibale Raimondo sosteneva infatti che le cause della pestilenza andassero ricercate nell'*acqua granda* di due anni prima. Essa avrebbe contaminato i pozzi e infettato i veneziani.

A ogni modo, Isaac sentiva di essere vicino a un punto di svolta. Era abbastanza sicuro che il medico assiano, con le sue idee originali, potesse avere un qualche ruolo in tutta la vicenda.

Veniva descritto dai due medici padovani, e in particolare da Girolamo Mercuriale, come una sorta di mago e mistificatore. Ma non erano le uniche critiche mosse. Egli veniva dipinto come un uomo circondato da forze oscure, dall'umore sanguinario, di nero vestito, e pareva l'emblema della morte, proprio quella che, in teoria, avrebbe dovuto debellare.

A mano a mano che leggeva, Isaac si domandava dove finisse la cronaca e dove, invece, cominciasse la diffamazione. Nel prosieguo di quel lungo resoconto di accadimenti che lo vedevano ormai osservatore e non già protagonista – come probabilmente avrebbe voluto – Mercuriale dava conto di una serie di altri fatti.

Affermava che, all'indomani dell'allontanamento suo e di Girolamo Capodivacca, gli ambasciatori e i diplomatici tutti avevano ricevuto ordine dalle proprie corti di abbandonare con effetto immediato il territorio della Repubblica del Leone. I mercanti smisero di lavorare, avvocati, magistrati e giudici abbandonarono Palazzo Ducale, gli artigiani chiusero le proprie botteghe, molti nobili si ritirarono nelle ville in Terraferma, le piazze erano vuote e così i campi e i campielli. Non si sentivano più canti né suoni, a eccezione di pianti e singhiozzi.

Su quelle note tragiche il rapporto di Girolamo Mercuriale si interrompeva. Non se ne conoscevano le ragioni, ma Isaac non poté continuare la lettura.

Si risolse perciò di tornare a Venezia, dove forse avrebbe avuto maggior fortuna andando a consultare le raccolte d'archivio del Collegio medico presso la sede di San Giacomo dall'Orio. A ben pensarci, sarebbe stata la cosa più ovvia da fare fin da subito ma la conversazione avuta con Antonio l'aveva in effetti sviato da quella logica riflessione. Forse perché entrambi avevano immaginato che fossero stati i medici padovani i primi attori della tragedia, nel loro tentativo di debellare la pestilenza. Ma lui e Antonio non avevano fatto i conti con le dispute scientifiche che ne potevano nascere e nemmeno con una certa qual vicinanza fra l'Impero e la Serenissima.

Erano stati dei completi idioti, a dire il vero, se già in precedenza von Kuffner li aveva fatti riflettere sulla vicinanza fra i due Stati con il doppio caso di risorgenza in Istria.

Senza contare che un medico veneziano come lui avrebbe ben dovuto fare mente locale e ricordarsi del suo Collegio medico d'appartenenza.

In ogni caso, non tutto era stato inutile, dato che ora aveva un nome e una possibile traccia. Un presentimento, forse.

Markus Kornmann gli diceva qualcosa. Il cognome, in particolare, non gli era nuovo. Comunque, tornando a Venezia, e a San Giacomo dall'Orio in particolare, era certo che avrebbe scovato ciò che stava cercando.

Quel genere di consapevolezza regalò a Isaac Liebermann un brivido gelido lungo la schiena.

42
San Fantin

Antonio, Joseph Smith e Owen McSwiney erano entrati a San Fantin quasi nello stesso istante. Indossavano ampi sai dagli ancor più ampi cappucci. In quel modo nessuno avrebbe mai potuto riconoscerli. Il parroco, don Marco, che era stato informato del loro arrivo, li accolse con un cenno del capo e un segno della croce. Sapeva a quale rischio era esposto e mostrò loro gli ambienti: dapprincipio il vestibolo con le tre navate della chiesa, poi procedette verso l'altare.

«Qui v'è il presbiterio con due pergami a pianta ottagonale ai lati. Come potete vedere, è rialzato, di modo che da ambo le parti è possibile accedere direttamente al piano sotterraneo. La porta di sinistra conduce alla cripta. Vi faccio strada», disse.

E senza attendere oltre, don Marco li condusse nel vano ipogeo.

Per accedervi, percorsero una scala stretta e ripida. Era illuminata da alcune lanterne, disposte lungo il muro a intervalli regolari.

Qui si ritrovarono, ben presto, di fronte a una sala a croce greca parzialmente allagata. La sormontavano delle volte a crociera in tutto e per tutto simili a quelle della cripta di San Zaccaria. Dieci colonne piuttosto tozze suddividevano lo spazio in tre navate. Erano in marmo, sormontate da capitelli. Sul fondo del primo vano a croce se ne apriva un altro a mezza luna.

«Esistono altri ingressi, a parte quello che ci avete mostrato?», domandò Antonio. La luce guizzante della torcia che teneva in mano gli illuminava metà del volto mentre l'altra metà rimaneva in ombra.

«Nessun altro», fu la risposta.

«Allora, se siete d'accordo, vi chiederei per la vostra sicurezza di abbandonare la chiesa e di tornare domattina».

Don Marco guardò Antonio come se non avesse capito affatto. «E secondo voi io abbandonerei la mia chiesa?»

«Padre, ve lo chiediamo per la vostra incolumità», disse Owen, nella speranza d'essere d'aiuto ad Antonio.

«Ma non ci penso nemmeno!», disse il parroco, e lo fece con una tale ferma convinzione da togliere a tutti l'idea che egli avrebbe mai fatto altrimenti. «E poi non mi sembrate certo soldati, e se come mi è stato detto, l'uomo che potrebbe apparire qui è l'assassino che sta facendo a pezzi i Mocenigo, allora lasciate che ve lo dica, due mani in più non potranno che tornarvi utili».

Antonio annuì. Non solo aveva capito di che pasta fosse fatto don Marco, ma si era anche reso conto che quanto aveva appena detto era inconfutabile. «Vi ringrazio», disse allora, «per il vostro coraggio. Non siamo certi che verrà qui e nemmeno che lo farà stanotte. L'unica cosa che possiamo fare è aspettare».

«Lo capisco perfettamente. Se non vi dispiace, ho dei compiti ai quali attendere. Ma potrete contare su di me. Pregherò, e non appena sarà ora di coricarmi, dopo compieta, sarò qui insieme a voi o ovunque riteniate utile».

«A questo punto», disse Joseph, «se l'unico ingresso possibile per la cripta è quello che abbiamo visto, tanto vale attendere nella sagrestia. Dove si trova?»

«Sul lato opposto a quello dal quale siamo entrati. Prendete la porta di destra».

«Converrà dividerci», disse Antonio.

«D'accordo», gli rispose Joseph.

«Per quel che mi riguarda, per me oggi fino ai vespri è tempo di confessioni», osservò don Marco.

«Non vi tratterremo oltre», lo rassicurò Canaletto, «da qui in avanti siamo in grado di procedere da soli. Qualcuno di noi può sorvegliare la situazione in chiesa?»

«Potete fare quello che volete», confermò don Marco.

«Magnifico».

Mentre il parroco risaliva, Antonio guardò gli amici. «Joseph», disse, «se per voi va bene, potreste attendere in sagrestia».

«D'accordo».

«E io?», domandò l'irlandese.

«Verrete con me in chiesa».

«E cosa faremo?»

«Fingeremo di pregare ma, invece, terremo gli occhi bene aperti per capire se qualcuno di sospetto dovesse entrare in basilica».

Senza perdersi in ulteriori riflessioni i tre amici risalirono la scala, raggiungendo ciascuno il luogo assegnato.

43
Il senatore

Nella basilica dei Santi Giovanni e Paolo, il senatore Niccolò Mocenigo aveva pregato a lungo. Si trovava nei pressi della controfacciata, di fronte al monumento funebre della famiglia. Esso occupava l'intera parete. A sinistra, risplendeva nello scintillio del marmo l'omaggio sepolcrale a Pietro Mocenigo, realizzato da Tullio Lombardo insieme al padre; al centro, esattamente sopra il portale, vi era il monumento al doge Alvise I Sebastiano, scolpito da Girolamo Grapiglia e Francesco Contin. A destra, ecco la tomba di Giovanni, eseguita questa volta dal solo Tullio Lombardo. Sul pavimento, invece, giacevano le grandi lapidi dei sepolcri in cui riposavano Alvise II e Alvise III.

Guardando la tomba di Pietro, Niccolò distinse le figure delle tre età dell'uomo, nell'atto di sorreggere il cassone, incastonato nel grande arco centrale. Il suo avo veniva ritratto negli abiti di capitano generale da Mar, con la corazza sotto i paramenti dogali in omaggio alle sue imprese navali: la presa e la distruzione di Smirne, la riconquista di Cipro, la difesa di Scutari. Due paggi ai lati reggevano lo scudo con i colori bianco e blu dei Mocenigo e il bastone del comando.

La morte di Alvise III Sebastiano aveva gettato Niccolò nella disperazione più assoluta, tanto più perché si era posta giusto a metà fra quella di Polissena e quella di Simone. Chi poteva volere lo sterminio della sua famiglia? Cos'avevano fatto di male i suoi avi per meritare una tale rabbia?

Perfino la dipartita del doge era sospetta. Alvise III era peggiorato grandemente negli ultimi mesi e con una rapidità impressionante. I medici non avevano compreso di quale malattia si trattasse, tranne quello proposto dalla baronessa Esterházy, che nell'ultimo anno era divenuto il dottore personale del doge. Alvise III Sebastiano diceva che quell'uomo gli aveva salvato la vita, ma Niccolò ne dubitava.

Da duca, funzionario di Bisanzio, il doge era divenuto con Venezia vera e propria guida indipendente, al servizio della Repubblica, certo, ma non più semplice braccio esecutivo dell'Impero, bensì capo e condottiero della regina dei mari. Eppure, un po' alla volta, il suo potere era andato consumandosi come la luce di una candela e ora, in quegli anni, il suo ruolo sbiadiva simile a una fiamma sempre più fragile, ridotto a mero simbolo della Serenissima, vuota insegna d'un potere ormai perduto.

E mentre Niccolò Mocenigo si rodeva in quei pensieri amari, capì una volta di più che ormai Alvise III Sebastiano non c'era più e tutte le sue preghiere non servivano a riportarlo in vita.

Sospirò.

Si era consultato a lungo con Alvise Antonio nel tentativo di comprendere quel che stava accadendo, ma nemmeno lui era stato in grado di offrirgli spiegazioni o ragguagli. L'assassino pareva animato da una furia cieca e le sue mosse non sembravano prevedibili in alcun modo. L'inanità di Carlo Ruzzini suonava alle orecchie di Niccolò colpevole quasi quanto gli omicidi stessi. Per mezzo del proprio Capitan Grando, il doge aveva fatto sapere che la cattura dell'assassino era prossima, ma quelle non erano altro che frasi vuote, promesse senza costrutto. Quelle parole avevano il solo scopo di tenerli zitti e quieti. Oh, com'erano caduti in basso i Mocenigo, com'erano stati privati del loro orgoglio e coraggio! Ridotti ad accidenti della Repubblica, stuolo di schiavi supplici, mendicavano le attenzioni di un uomo che non valeva la centesima parte di un loro servo.

Da senatore, Niccolò sapeva benissimo quanto Carlo Ruzzini fosse garbatamente ostile alla sua famiglia. Alvise, del resto, era stato eletto doge in vece sua dieci anni prima, quando egli non era ancora così vecchio come adesso. Della sua nomina a Serenissimo principe il nobile Ruzzini ora se ne sarebbe fatto assai poco, data la veneranda età e la fragile salute.

Naturale, dunque, che fosse in tutt'altre faccende affaccendato. Ma quella spiegazione, per quanto vera, non dava alcun conforto a Niccolò, anzi, esprimeva una volta di più l'inadeguatezza sua e di tutta la famiglia.

Cos'avrebbero detto i suoi avi se avessero potuto vederlo lì, in quel momento, prostrato come l'ultimo dei pezzenti?

Aveva vergogna di sé e non faceva nulla per nasconderlo. Almeno conservava il coraggio di ammetterlo, a differenza degli altri suoi parenti che, lungi dal compiere anche solo un atto di ribellione, si erano ritirati dietro le facciate dei loro palazzi sul Canal Grande a baloccarsi con l'oro e i gioielli che secoli di potere e dominio avevano fruttato alla famiglia.

Si risolse a uscire. Si voltò e vide vicino a lui Michele Savorgnan, la sua guardia del corpo. Era stato ufficiale dei dragoni dell'esercito veneziano e ora prestava servizio presso di lui. Aveva occhi chiari e baffi scuri. Portava un bastone con una lama celata all'interno che ne faceva una spada da duello. Sotto camicia e casacca teneva due pistole e in una tasca interna un pugnale.

A un suo cenno del capo, raggiunsero l'uscita.

44
Il ponte rosso

Non aveva immaginato d'essere rimasto in chiesa così a lungo. Forse avrebbero dovuto muoversi prima, ma ormai era tardi e così, quando furono sul sagrato della basilica dei Santi Giovanni e Paolo, Niccolò Mocenigo s'avvide che sarebbe rincasato nel cuore della notte. Non v'era nessuno nell'omonimo campo. Fiamme ardevano nei bracieri e proiettavano flebili luci all'intorno, indicando a malapena la via. Per buona misura, Michele Savorgnan teneva con sé una lanterna.

I due si diressero verso il Ponte Rosso che attraversava il Rio dei Mendicanti.

Vi arrivarono percorrendo la fondamenta Dandolo. Qui, non appena salirono i primi gradini, Niccolò Mocenigo e la sua guardia del corpo s'avvidero che qualcuno sbarrava il passo. Erano uomini vestiti di nero. Uno di loro, al bagliore d'una lucerna, pareva proprio aspettarli, perché quando alzò lo sguardo si lasciò sfuggire un ghigno. Non prometteva niente di buono.

Attorno a sé aveva altri tre uomini. Sembravano soldati di professione, avevano grinte impressionanti e non si preoccupavano di nascondere spadoni dalle else luccicanti alle cinture, in totale spregio alle leggi della Serenissima che vietavano i duelli. Niccolò guardò interdetto Michele Savorgnan, il quale per tutta risposta si voltò. Intendeva controllare se fossero stati presi in trappola, e non senza amarezza scoprì che era proprio così, perché ora anche all'altra estremità del ponte erano giunti quattro uomini, vestiti e armati proprio come quelli davanti a loro.

La situazione era disperata.

Lo fu ancora di più quando udirono una lingua sconosciuta tagliare l'aria. Mocenigo non aveva la più pallida idea di cosa si trattasse, ma un istante dopo due degli uomini dietro di loro salirono gli scalini, sfoderando le spade.

Savorgnan non perse tempo e, togliendo la guaina in legno, rivelò la lama nascosta all'interno del bastone. Contemporaneamente afferrò il pugnale nella sinistra e si preparava a combattere.

Un istante più tardi bloccava il primo fendente dell'uomo che stava alla sua destra. Con un rapido mulinello si liberò dall'incrocio e, fintando, portò un affondo che colse l'avversario con la guardia scoperta, e la sua lama penetrò nel petto per due buoni palmi. L'uomo mandò un lamento e, cadendo oltre il parapetto del ponte, rovinò nell'acqua nera del Rio dei Mendicanti.

Niccolò Mocenigo spalancò gli occhi. «Gesù», disse.

Non ebbe il tempo d'aggiungere altro che già Savorgnan parava con l'elsa del pugnale un nuovo fendente tirato dall'uomo che stava alla sua sinistra. Riuscì a bloccargli la spada nella guardia e con la destra immerse la lama del bastone nel fianco dell'aggressore.

Quello sgranò un'imprecazione, portandosi la mano alla ferita appena aperta e già abbondantemente irrorata di sangue. Si lasciò sfuggire un rantolo, ma provò a colpire ancora. Complici la debolezza e il dolore, il suo fendente andò completamente fuori misura, e Savorgnan ebbe buon gioco nell'infliggergli una seconda ferita all'addome.

Questa volta mortale.

Il sicario si piegò sulle ginocchia e finì bocconi, rotolando giù per i gradini, rovinando ai piedi dei suoi compagni.

Il capo di quella banda di masnadieri, l'uomo con la lanterna, sbuffò. Niccolò Mocenigo lo vide chiaramente, e quel fatto lo terrorizzò più d'ogni altra cosa perché, malgrado fossero appena stati ammazzati due dei suoi uomini, egli non batteva ciglio quasi non fosse affar suo. Nell'arco d'un istante, il senatore capì che non ci sarebbe stato un lieto fine a quella storia.

Quasi ne avesse avuto abbastanza di quel mulinar di spade, l'uomo della lanterna estrasse una pistola dalla cintura e fece fuoco a bruciapelo.

Una fiammata lampeggiò nell'aria, e un istante dopo un buco grande quanto una moneta si aprì sulla casacca di Michele Savorgnan. L'ex capitano dei dragoni strabuzzò gli occhi, mentre uno dei briganti lo raggiungeva salendo le scale e gli piantava il ferro fra le scapole.

D'improvviso quello sparo parve dare nuove energie a Niccolò Mocenigo. Consapevole che non sarebbe mai riuscito a sfuggire a quell'agguato, superò le proprie paure e fu sul punto di gridare con quanto fiato aveva in corpo. Ma l'uomo della lanterna doveva conoscere molto bene quel genere di situazioni perché, ancor prima che egli riuscisse a emettere un suono, gli fu addosso e lo colpì con il manico della pistola.

Niccolò Mocenigo, senatore della Serenissima Repubblica, sentì che le gambe non lo reggevano più e cadde al suolo.

45
Santa Maria dei Miracoli

Morovlah sputò un paio di bestemmie. Era andato tutto a puttane. Di certo lo sparo s'era sentito. Disse ai suoi di liberarsi dei cadaveri. Poi, senza perdere altro tempo, facendosi aiutare da uno dei Morlacchi che erano con lui, sollevò il senatore in modo da tenerlo dalla parte sinistra mentre l'altro sicario si occupava di reggerlo sotto l'ascella destra.

In questa maniera, lasciando indietro gli altri, si avviarono nel buio verso la chiesa di Santa Maria dei Miracoli.

Nessuno pareva aver udito lo sparo o, in alternativa, proprio per averlo sentito, tutti pensavano bene di starsene rinchiusi dietro porte e imposte di casa.

Non avrebbero impiegato molto. Pochi attimi a piedi e sarebbero stati al sicuro nella basilica. Quel maledetto senatore pesava quanto un macigno, ma in quel modo bizzarro, reggendolo quasi fosse ubriaco fradicio, percorsero un buon tratto di strada. Abbastanza da ritrovarsi di fronte alla chiesa da lì a qualche istante.

Morovlah non ebbe nemmeno bisogno di aprire la porta. Qualcuno lo fece per lui, uno dei suoi Morlacchi.

Si ritrovò così nella basilica di Santa Maria dei Miracoli. Tutto sembrava assolutamente normale: le candele erano accese e l'odore aspro d'incenso si diffondeva tutt'attorno. Decisero di appoggiare il corpo inerte di Niccolò Mocenigo su una panca e tirare un attimo il fiato.

«Mio signore», disse l'uomo che lo aveva accolto, «tutto è pronto nella cripta».

«Bene, Janos», replicò Morovlah. «Il parroco?»

«Me ne sono occupato personalmente».

«Qualcun altro?»

«C'era solo lui».

«Nessun sagrestano, nessun servo?»

«Niente di niente».

«Sta bene! Allora portatemi giù quel sacco di letame», disse, indicando il senatore Mocenigo con un cenno del capo.

Venne ubbidito.

Così, ebbe modo di prendersi del tempo. Aveva voglia di fare le cose con calma, per una volta. Nessuno sapeva che era lì. Magari gli uomini del Capitan Grando sospettavano che il successivo delitto si sarebbe verificato in una cripta, e forse erano perfino riusciti a organizzare dei turni di guardia presso i luoghi sotterranei più noti della città – San Marco, San Zaccaria, il Redentore –, ma lui e i suoi Morlacchi avevano esplorato le catacombe di Venezia così a lungo, prima di agire, che ben difficilmente le guardie sarebbero riuscite a prevedere le loro mosse.

E poi lui godeva della protezione della baronessa, la quale era la prima confidente del doge. Non aveva nulla da temere. Certo, c'era quel pittore con i suoi amici, quello che gli aveva anche dato filo da torcere in passato, ma non era una spia e nemmeno un soldato. E anche se aveva dimostrato più di una volta, a dire il vero, di possedere un certo qual fiuto per quel genere di indagini, non era divenuto così esperto da rappresentare una vera minaccia per lui e i suoi uomini. Era stanco. Ma sapeva anche che quello era l'ultimo atto. Poi avrebbe potuto darci un taglio, almeno per un po'.

Perciò si decise a scendere nella cripta. Era possibile accedervi dall'una o dall'altra parte del presbiterio rialzato. In qualche modo, il vano sotterraneo era ricavato nello spazio immediatamente sottostante. Afferrò la lanterna che aveva utilizzato in precedenza al ponte rosso e si avvicinò al fondo della chiesa. Prese la porticina di destra. Qui fu accolto da una stretta scala con ancor più stretti gradini.

Scese e si ritrovò in una sala dalla volta a botte, particolarmente bassa, che era a tutti gli effetti la sagrestia della basilica. Per rimanere in piedi doveva piegarsi almeno un po'.

Janos non aveva perso tempo, doveva concederglielo. Anzi, si era sobbarcato buona parte del lavoro sporco. Un'unica finestra, di fronte a lui, affacciava sulla notte veneziana. L'ambiente era spoglio con un tavolo in legno al centro.

Sopra di esso stava il senatore Mocenigo, in ginocchio con le mani legate dietro alla schiena.

In un angolo, quasi addormentato, giaceva Olaf Teufel. Era stato proprio Morovlah a fargli ingerire la perla d'oppio che lo aveva stordito. Il morlacco sapeva di avere ancora del tempo prima che gli uomini del Capitan Grando intervenissero. A dire il vero, era previsto che giungessero con le prime luci dell'alba, perché Orsolya Esterházy avrebbe fatto in modo di avvisare il doge e, indirettamente, il capo dei Signori di Notte al Criminal affinché egli potesse giungere nel momento in cui nessun altro sarebbe parso più colpevole di Olaf Teufel.

«Finiamola qui», disse, dando voce ai suoi più intimi desideri.

Janos gli consegnò il mattone.

«Vi prego», diceva intanto Niccolò Mocenigo, «lasciatemi andare. Vi pagherò, vi darò tutto quello che volete!».

«Non potete fare proprio niente. È quanto avete già compiuto a condannare voi Mocenigo, perciò, vedete, non v'è alcuna possibilità per voi di salvarvi».

«Vi imploro, signore», insistette il senatore.

Il Morlacco fissò il vecchio. «Ma guardatevi! Appartenete a una stirpe di oppressori, comunque vogliate chiamarvi, e ora siete qui a piagnucolare come un cane. Mi date il voltastomaco».

«Che cosa volete da me?», domandò ancora Niccolò Mocenigo, evidentemente nutrendo ancora la speranza di poter trovare un modo per aver salva la vita.

«Uccidervi», fu la risposta.

Il senatore rimase in silenzio. Quella replica lo aveva sconvolto.

«Avanti, mostratemi un po' di dignità», disse Morovlah.

Ma quell'uomo pareva non averne nemmeno un po'. Lacrime cominciarono a scendergli lungo le gote rinsecchite, scavate e grinzose come cartapecora.

Il Morlacco gli afferrò la bocca, spalancandogliela. Un istante dopo vi ficcò dentro il mattone, spingendolo con tutta la propria forza, eppure, mostrando nello sguardo un segreto piacere come a voler retribuire la viltà di quell'uomo, cresciuto all'ombra del potere riservato per nascita alla sua famiglia, con tutto il dolore possibile.

Il vecchio mandò dei rantoli che si spezzarono in gola, proprio come i denti contro la dura argilla.

Poco dopo la mandibola cedette sotto la spinta crudele, pendendo in modo innaturale. Niccolò Mocenigo cessò di lamentarsi.

E di muoversi.

Era morto.

«E questo è l'ultimo», disse. Poi, si rivolse a Janos. «Rimani qui a vegliare, controllando che non si muova», aggiunse, indicando con la mano Olaf Teufel. «Io sarò di sopra. Quando staranno per sopraggiungere, Miroslav li vedrà da lontano e sarà abbastanza lesto da avvertirci, così da permetterci di fuggire prima del loro arrivo».

Ricevette in cambio un cenno di assenso.

46
Qualcosa di strano

C'era qualcosa di strano in quell'avvertimento. Ammesso che fosse vero, come diavolo era possibile che Sua Serenità avesse ricevuto la notizia che un orribile delitto si era da poco consumato presso la chiesa di Santa Maria dei Miracoli? Francesco Longo non se ne capacitava. Tanto più perché, quando aveva chiesto da chi avesse ricevuto l'informazione, la guardia che aveva portato il messaggio aveva risposto, senza esitare, di essere stata avvisata dal doge in persona.

E dunque?

Forse Antonio aveva scoperto qualcosa che lui non conosceva? A essere sinceri, ne sarebbe stato molto sorpreso, dal momento che fra i tanti luoghi sotterranei citati Canaletto e i suoi amici non avevano menzionato quella basilica. Dovevano perciò essere all'oscuro di quanto lui aveva appena appreso.

Comunque fossero andate le cose, aveva una sola scelta possibile. Così, richiamate a sé alcune guardie, disse loro: «Voi, con me. Toglietevi i sai e corriamo alla chiesa di Santa Maria dei Miracoli, pare sia accaduto qualcosa di terribile lì».

Gli uomini eseguirono gli ordini, e pochi istanti dopo Francesco Longo e i suoi percorrevano quasi di corsa la via che conduceva dalla basilica del Redentore al luogo indicato.

Vi arrivarono di gran carriera.

Il Capitan Grande raccomandò loro di fare attenzione. Quindi, con alcuni cenni, ordinò di penetrare all'interno della basilica.

«Voi rimanete qui», ordinò a un paio di guardie, «in caso qualcuno ci sfugga e provi a uscire». Senza proferire nulla di più, varcò l'ingresso della chiesa, seguito dagli altri.

Non appena fu dentro, il Capitan Grando s'avvide che la situazione risultava diversa da come se l'era aspettata. Il posto era deserto. Pareva non esservi anima viva. Le candele ardevano, punteggiando le navate di piccole stelle luminose. Il presbiterio stava imponente di fronte a lui, le alte campate vuote lo sovrastavano malgrado la basilica non fosse particolarmente grande.

D'un tratto una sorta di rantolo ruppe quel silenzio opprimente.

«Con me!», gridò Francesco Longo, e corse nella direzione dalla quale proveniva quella sorta di mugolio sommesso.

Si rese conto ben presto che al di sotto del presbiterio si aprivano due porticine. Senza pensarci, prese quella di destra e si ritrovò all'imbocco di una minuscola scaletta.

Scese i gradini, sguainando la spada.

Pochi istanti più tardi si ritrovò in una minuscola sagrestia ricavata nella cripta. Si sentì immediatamente mancare il fiato per via degli spazi angusti, ma ciò che lo sconvolse e disgustò fu quello che vide.

Al centro della saletta v'era un tavolo e sopra di esso stava il senatore Niccolò Mocenigo in ginocchio, con le mani legate dietro la schiena e un mattone conficcato nella bocca. La mascella penzolava in avanti. Una cascata rossa di sangue secco gli imbrattava ciò che restava della bocca, la gola, il collo, il petto e l'abito.

Il Capitan Grando per un attimo portò la mano agli occhi, come se anche solo il guardare quella scena raccapricciante gli desse i brividi. Poi la sinistra ricadde lungo il fianco, la destra strinse l'elsa della spada.

Ma quel macabro spettacolo non era certo finito.

Poco discosto dal tavolo ove era stato ucciso Niccolò Mocenigo v'era un uomo. Stava in piedi e stringeva un mattone in mano. Mugolava suoni inarticolati come se volesse parlare senza riuscirci. Aveva gli occhi vitrei, i lunghi capelli castani gli ricadevano in ciocche disordinate e luride. Era magro e vestito come un gentiluomo, portava un pugnale al fianco.

Francesco Longo lo riconobbe. Era l'uomo che tre anni prima aveva fatto arrestare. Colui che aveva sconvolto la città con la propria violenza per ben due volte. E ora era tornato.

Era Olaf Teufel.

Oh, ma quant'era vero Iddio, questa volta non se lo sarebbe fatto sfuggire. Senza nemmeno chiedersi il perché fosse rimasto lì e in quelle condizioni, Francesco Longo dette l'ordine. «Prendetelo», urlò alle guardie. «È l'assassino dei Mocenigo», aggiunse.

Un istante dopo, i suoi uomini colpivano Olaf Teufel al capo con il calcio di una pistola e lo mettevano ai ceppi.

«Rauch!», chiamò il Capitan Grando.

Un istante dopo, una delle guardie comparve davanti a lui.

«Rauch», ribadì Francesco Longo, «recatevi immantinente da Antonio Canal alla chiesa di San Fantin. Lo troverete travestito da monaco. Dite a lui e ai suoi amici di raggiungermi qui. Subito!».

La guardia salutò e scomparve.

Il Capitan Grando osservò Olaf Teufel. Riconobbe nel suo sguardo la crudeltà che tanto lo aveva reso famigerato, ma mirandolo bene si rese conto che v'era qualcosa di spezzato in lui, a cominciare dalla voce che, a occhio e croce, non c'era più.

«Aprite la bocca», disse, senza staccargli gli occhi di dosso.

Con una smorfia oscena l'altro lo accontentò.

E allora Francesco Longo vide.

La lingua di Olaf Teufel non c'era più. Qualcuno gliel'aveva mozzata.

47

Il Collegio medico di San Giacomo dall'Orio

Il Collegio medico di San Giacomo dall'Orio si trovava in un magnifico palazzo nell'omonimo campo. Al piano terra era stato ricavato un grande teatro anatomico, con tre ampie gradinate a forma d'ellisse attorno alla sala, per assistere alle dissezioni dei cadaveri. Ma non era lì che Isaac Liebermann si trovava in quel momento, bensì al piano superiore a uno dei tavoli della fornitissima biblioteca, intento a consultare una raccolta di carte che altro non era se non una copia del diario medico che Markus Kornmann aveva vergato nei giorni dell'epidemia di peste del 1576 e che qualcuno, forse un suo aiutante, aveva fatto in modo che venisse depositato presso il Collegio dei medici fisici di Venezia.

Isaac scosse la testa.

Era stato uno sciocco a non pensarci prima. Anche se era stato il viaggio a Padova, a dire il vero, a fornirgli l'idea e il nome di colui che, forse, aveva avuto un ruolo determinante negli atti criminosi compiuti dai Mocenigo.

A tratti, infatti, gli pareva che tutta quella faccenda fosse al di là delle sue capacità: i risorgenti, il vampirismo, la peste, i masticatori di morte… c'era di che impazzire, a voler essere sinceri fino in fondo. Era una tale messe di informazioni, un intreccio così fosco e oscuro da lasciare senza parole, e il prosieguo di quelle ricerche prometteva anche peggio.

A ogni modo, il tempo passava, e con tutte le sue titubanze

non avrebbe ottenuto nulla, pensò Isaac. Non era il momento di lasciarsi andare a dubbi e sconforto. Era finalmente riuscito a mettere le mani sul diario di Markus Kornmann e quella era l'unica cosa che contava.

Sciolse i lacci di cuoio e liberò il gran fascio di fogli scritti. Erano stati davvero vergati da Markus Kornmann? O da un suo collaboratore? Isaac non ne aveva idea ma, senza indugiare ulteriormente, si mise a leggere.

Venezia, 12 agosto 1576

Questa notte mi sono preparato per andare a visitare una famiglia e rendermi conto di come il male stia divorando la città. Per buona misura ho indossato una maschera apposita, fornitami dal Collegio dei medici fisici di San Giacomo dall'Orio. Essa è di colore bianco ed è a forma di lungo becco. Ha due buchi per gli occhi e ho avuto buon gioco a adattarvi le lenti che mi sono fatto confezionare a suo tempo da Johann van Kuehnen, uno dei più straordinari artigiani di Rotterdam. In questo modo posso proteggermi dai miasmi che ammorbano l'aria e che diffondono la malattia.

All'interno della maschera ho sistemato un sacchetto di essenze canforate che funge da filtro. Ho indossato un cappello nero a tesa larga e una veste del medesimo colore. Così bardato, sono uscito. Mi ha accompagnato il buon Bortolo, un giovane medico che intende farmi da assistente: vuole darmi manforte allo scopo di approfondire le proprie conoscenze sul campo. Ho salutato di buon grado questa sua risoluzione, tanto più perché ha un'ottima conoscenza della lingua tedesca e questo semplifica di gran lunga la nostra possibilità di comunicare. Inoltre, la città non ha segreti per lui, ed egli è in grado di condurmi a destinazione senza alcuna esitazione. Questo mi farà risparmiare davvero molto tempo.

Il doge Mocenigo mi ha dato una settimana per produrre le mie prime riflessioni sull'epidemia e non posso certo deluderlo. L'ho sentito molto preoccupato, e mi sono lasciato sfuggire la promessa che non solo mi farò trovare pronto, ma che avrò un quadro chiaro della questione, per allora.

Inutile dire che l'aria è simile al respiro d'un drago tanto è bollente, a maggior ragione perché calli e campi sono disseminati di bracieri e pire, di fuochi e roghi che bruciano senza sosta essenze profumate, e le fragranze sono talmente intense da dare il voltastomaco. E tuttavia, non paiono sufficienti ad allontanare la piaga.

I canali sono punteggiati di imbarcazioni cariche di appestati. Queste ultime hanno le prue rivolte alle isole dei lazzaretti ove sono ricoverati i malati e coloro che sono sospetti di contagio e devono dunque affrontare la quarantena.

A causa del baluginare dei fuochi e del corteo di nere imbarcazioni che solcano le acque scure della laguna, Venezia somiglia a un inferno in terra, al punto che i suoi canali paiono altrettanti Acheronti e che da un momento all'altro attendo di vedere manifestarsi Caronte con i suoi occhi fiammeggianti.

La città è deserta e ovunque regnano silenzio e morte.

Giunto nei pressi della chiesa di San Marcuola, ho visto qualcosa che non scorderò più. Là dove le case e i palazzi sono sbarrati da croci di legno, e lo sono più della metà di quelli che affollano le calli lì attorno, ho visto a un tratto degli uomini arrampicarsi come scimmie su per le gronde e le finestre di abitazioni e edifici.

«Sono i *pizzegamorti*», mi ha detto il giovane Bortolo, «coloro che sono incaricati di recuperare i cadaveri e caricarli sulle chiatte e le imbarcazioni affinché vengano condotti e seppelliti a Sant'Ariano, il cimitero di Venezia».

Ho visto quegli uomini penetrare nelle stanze, sfondare vetri e ricomparire al piano terra, aprendo le porte dall'interno, trascinando dietro di sé i cadaveri divorati dai bubboni.

L'immagine mi ha rimescolato le viscere. Ma ho una precisa missione da compiere e non intendo venir meno alla mia parola.

Sono rimasto però colpito da quella visione apocalittica. E quel fatto mi ha dato da riflettere. Sto maturando una teoria in merito alla peste, una teoria che ho sviluppato negli anni per aver vissuto situazioni simili a quella che mi trovo davanti in questo momento.

La peste ha sempre un proprio epicentro. Se immaginiamo l'epidemia come la diffusione di un morbo, ebbene, dovremo essere anche disposti a credere che essa abbia un'origine, un nido, direi più correttamente. Un luogo, cioè, che funga da cuore pulsante e centro del contagio.

A ogni modo, il giovane Bortolo mi ha condotto davanti alla porta dell'abitazione che era stata risparmiata dalla pestilenza. La soglia infatti non recava la consueta croce di legno che identifica una casa colpita dall'epidemia.

Ha bussato. E abbiamo atteso.

Dopo un tempo che mi è parso lungo come l'inverno, qualcuno è venuto ad aprire. È comparso davanti a noi un ragazzino. Non doveva avere più di sette o otto anni. Il giovane Bortolo gli ha chiesto dove fossero mamma e papà, e lui ci ha risposto che li avremmo trovati al piano di sopra.

Così, lo abbiamo seguito dentro.

48
Il rompicapo

Non era accaduto nulla. Il tempo era passato, ma loro se ne stavano lì ad attendere. Forse, si disse Antonio, non era quella la notte durante la quale l'assassino avrebbe colpito di nuovo. In fin dei conti non ne avevano alcuna certezza. E magari, invece, si sarebbero dovuti preparare a un'attesa senza fine.

Probabilmente, l'uomo nero, chiunque egli fosse, Olaf Teufel o chi per lui, intendeva lasciar calmare le acque e colpire nuovamente quando meno se l'aspettavano. E quanto a lungo il Capitan Grando avrebbe potuto tenere decine di guardie travestite da monaci nelle cripte delle chiese?

Canaletto scosse la testa.

Forse tutta quell'idea era una follia. Si stava sbagliando. Aveva preso un abbaglio e non c'era nessuna vendetta, nessun progetto criminoso coltivato per intere generazioni. Non era la prima volta che commetteva un errore, anzi, a voler essere sinceri, quegli ultimi sette anni ne erano stati costellati.

Sperò che Isaac potesse scoprire qualcosa.

Aveva sempre dato un contributo determinante alla soluzione dei rompicapi in cui si erano, loro malgrado, infilati. Vide Owen sbucare fuori dalla sagrestia. Don Marco lo aveva raggiunto, ma lui non voleva disturbarlo nei suoi compiti e, dal momento che tutto sembrava tranquillo, era tornato di sopra.

Si avvicinò. E Joseph Smith fece altrettanto.

«Tutto tace», disse l'irlandese.

«Stavo pensando la stessa cosa», rispose Antonio.

«Non avevamo alcuna certezza che sarebbe accaduto questa notte», osservò l'inglese.

«È ciò che continuo a ripetermi, ma ho una strana sensazione», replicò Canaletto.

«In che senso?»

«Come se ci fosse sfuggito qualcosa».

«Non credo di capire», disse McSwiney.

«Vedete, quando Giulia Lama mi ha detto quali erano i luoghi sotterranei della città, ho dato per scontato che fossero tutti quelli che mi aveva indicato, e ora mi domando se non ve ne siano altri».

«Be', non possiamo certo escluderlo», osservò Joseph Smith.

«Del resto, non avevamo né il tempo né le risorse per verificare dove si trovassero eventuali altre cripte rispetto a quelle suggerite», aggiunse l'irlandese.

«Vero», convenne Antonio.

«Ma?», domandò Joseph Smith, che aveva capito che c'era dell'altro.

«Ma ho come la sensazione che il nostro nemico conosca meglio di noi questa particolare parte della città. Pensateci: prima di commettere i delitti deve aver esplorato in lungo e in largo Venezia. Dopotutto, non so voi, ma io non posso certo sostenere di avere una conoscenza approfondita delle chiese medievali e dei luoghi ipogei della Serenissima».

«Per quanto mi riguarda», disse l'irlandese, «ne so meno di tutti».

«A ogni modo, non capisco cosa vi angusti», si lasciò sfuggire Joseph Smith.

«E se ci fosse una cripta che non avevamo considerato, semplicemente perché non ne conoscevamo l'esistenza?»

«Allora», concluse Owen McSwiney con un senso di fatalità, «avremo sbagliato ancora una volta. D'altra parte, come potrebbe non essere così?»

«Già», constatò amaramente Antonio, quasi si aspettasse da un momento all'altro di vedere confermati i propri peggiori sospetti.

Fu proprio in quel momento che la porta della chiesa si aprì.

Antonio vide una guardia entrare. La raggiunse in un istante. Era chiaro che fosse arrivata di gran carriera. Invece di camminare, quasi correva.

«Signor Canal», disse. Evidentemente, Francesco Longo gli aveva anticipato che lo avrebbe trovato in quel luogo, vestito da monaco.

«Sono io», rispose, per quanto suonasse strano in quelle circostanze.

«Mi manda il Capitan Grando».

«Lo vedo».

«Dice che dovete venire con me per raggiungerlo a Santa Maria dei Miracoli».

«Santa Maria dei Miracoli?».

La guardia annuì. Poi aggiunse: «Voi e i vostri amici».

49
La teoria del nido

Non sapeva da quanto tempo si trovava lì. Ricordava di essere entrato che era ancora chiaro. Alzò gli occhi dalle carte che stava consultando e, guardando fuori dalle grandi finestre, si rese conto di come fosse diventato buio. Erano trascorse parecchie ore, ormai.

Isaac Liebermann aveva preso numerosi appunti perché riteneva che quella storia, presto o tardi, lo avrebbe condotto a qualcosa d'importante. Alcune persone si erano avvicendate nelle sale della biblioteca, ma lui rimaneva lì, catturato dalla lettura delle pagine di quel diario. In esso, Markus Kornmann, già medico personale dell'imperatore, enumerava un vero e proprio catalogo di orrori e miserie, spesso ripetendo procedure adottate e azioni compiute in qualità di medico, dando conto delle proprie visite e delle condizioni in cui versava Venezia nel corso dell'epidemia del 1576.

La pestilenza era stata un'autentica apocalisse.

Pagina dopo pagina, Isaac aveva seguito il medico lungo le calli popolate da uomini, donne e bambini coperti di tela nera mentre rientravano nelle proprie abitazioni dopo la quarantena al Lazzaretto Nuovo, aveva letto di furti e ammazzamenti, era stato muto testimone delle riflessioni del dottore assiano, aveva visto con i suoi occhi, celati dietro la grande maschera a becco, i bubboni grandi come susine, gli arrossamenti dolorosi, le carni divorate, le gondole cariche di infetti, in un unico, delirante carnevale di morte. Ora si apprestava a conoscere l'esito del colloquio fra il doge Alvise I Sebastiano Mocenigo e Markus Kornmann. Quest'ultimo, con diligenza, ne aveva scritto un ampio resoconto.

Venezia, 18 agosto 1576

Stamane, insieme al giovane Bortolo, ho incontrato il doge.

Sua Serenità mi è apparso un uomo prostrato. Lui, che aveva dato prova di formidabile coraggio nel corso della propria vita di soldato, sembrava un vero e proprio fantasma. Non sapeva cosa pensare di quello che stava accadendo in città, non aveva la più pallida idea di come fermare l'epidemia. Così, mi ha rivolto uno sguardo quasi febbricitante, sperando che io potessi finalmente trovare una soluzione al grande male che stava spazzando via Venezia.

I giorni trascorsi lungo le calli, visitando le famiglie, prendendo visione delle condizioni dei diversi sestieri, mi avevano portato a maturare una convinzione, suffragata da alcune opinioni raccolte. Perciò, dando conto di tutto questo al doge, ho esposto la teoria che andavo maturando.

Ho anzitutto fatto notare a Sua Serenità che non tutti i luoghi sono stati colpiti con la medesima virulenza. Anzi, ho potuto constatare che il male si annida con maggior intensità nel sestiere di Cannaregio. Non che a San Marco, San Polo, Dorsoduro, Santa Croce o Castello la peste non vi sia, o che manchino le case sbarrate dalle croci di legno, ma il numero di morti è senza alcun dubbio più alto proprio nella zona di San Marcuola e tutto attorno, come se proprio lì vicino esistesse un nido di insetti o creature da cui, quasi a raggera, vada diffondendosi e propagandosi il male, irradiando in quel punto le proprie nefaste influenze al massimo grado, per attenuarsi tanto più la distanza aumenti.

Il doge mi ha ascoltato con estremo interesse. Ho poi aggiunto che, raccogliendo le voci, ho appreso dell'esistenza lì vicino, di un palazzo che pare appartenere a una famiglia di nobili. Le persone non hanno saputo indicarmi con precisione la provenienza: taluni dicono si tratti di ungheresi, altri di polacchi, altri ancora di slavoni. Quel che è certo è che da quando è scoppiata la peste, nessuno è stato più visto uscire da quel luogo. Prima di allora, però, quegli individui erano parsi strani, simili a ricchi zingari, vestiti in modo sfarzoso e bizzarro, somigliavano più a una tribù che a una famiglia. Tenevano grandi cani neri alla catena, ma perfino quelli ora tacevano, invece di lasciarsi andare ai lugubri latrati che in precedenza avevano funestato la quiete del vicinato.

Naturalmente, trattandosi di persone d'alto lignaggio, non ho osato presentarmi alla loro porta senza un'esplicita autorizzazione del doge. Sua Serenità mi ha chiesto perché giudicassi quel fatto così sospetto, e gli ho risposto che mi ero limitato ad ascoltare ciò che mi avevano detto i suoi concittadini.

Alvise I Sebastiano Mocenigo mi ha quindi confessato che alcuni dei membri di quella famiglia, che da qualche anno risiedevano lì, appartenevano a una nobile casata ungherese e che, per quanto originali negli atteggiamenti, non avevano mai dato ragione di preoccupazione alla Repubblica. Erano ricchi come principi e in passato avevano perfino incrociato il loro destino con quello di una delle case apostoliche di Venezia, una delle dodici fondatrici della città, i Badoer o Badovari. Portavano però un altro nome, fra i più importanti di tutta l'Ungheria, per essersi distinti in battaglia grazie all'integrità e alla temerarietà.

Quando ho domandato quale fosse il nome di una simile schiatta d'eroi, il doge mi ha risposto: Esterházy.

A quel punto Isaac Liebermann interruppe la lettura. Era possibile che si trattasse di una coincidenza? Che il nome di quella famiglia sospetta – almeno stando al racconto del dottor Kornmann – coincidesse con quello della baronessa Orsolya Esterházy? O invece stava finalmente per trovare il collegamento che andava cercando da giorni? Per scoprirlo non restava che continuare a leggere. Ma una sensazione strana e disturbante cominciò a insinuarsi in lui, quasi un rettile viscido si fosse infilato sotto il suo abito e ora gli strisciasse sul petto, per azzannarlo alla gola da un momento all'altro.

In preda a una simile inquietudine, Isaac riprese la lettura. Ora più che mai voleva capire che cosa sarebbe successo.

Ho pensato che potesse essere una buona idea fare visita alla famiglia Esterházy. Ho anche domandato al doge una piccola scorta, così da garantire una maggiore ufficialità al mio intervento. Sua Serenità non ha avuto difficoltà ad accordarmela. Sarebbe stato uno degli Inquisitori di Stato, la massima magistratura in materia di ordine pubblico, ad accompagnarmi insieme a un manipolo di guardie.

Ho ringraziato Sua Serenità, certo che la mia visita ai membri della famiglia Esterházy avrebbe riservato qualche sorpresa. Ho promesso che non avrei preso iniziative affrettate. Sua Serenità mi ha detto di non temere: ove necessario, avrebbe pensato a tutto l'inquisitore.

Infine, ho preso congedo.

Venezia, 20 agosto 1576

Quando, due giorni dopo, ho bussato al grande portone del palazzo, un servitore è venuto ad aprirci. Mi sono presentato e ho detto che, in quanto medico della peste incaricato dal doge, desideravo accertarmi delle condizioni di salute dei membri della famiglia che risiedeva in quel luogo. A miglior garanzia, l'inquisitore di Stato Nicolò Lando ha immediatamente confermato le mie parole. Il servo ha annuito, facendoci entrare e accogliendo non solo me, l'inquisitore e il giovane Bortolo, ma anche il drappello di guardie che era con noi.

Ci siamo ben presto trovati in un cortile. Il servo ci ha guidati al grande scalone che conduceva al piano nobile, anche se qualcosa ha catturato i miei sensi. Ho avvertito uno strano odore aleggiare nell'aria bollente del giorno d'estate e, fatto ancor più bizzarro, una sorta di verso animalesco e ribadito. Era appena percettibile, come un grugnito sommesso, quasi da qualche parte qualcuno avesse seppellito un porco ancora vivo. È stato quel suono a colpire la mia attenzione, in un ambiente che per il resto raccontava di una raffinata eleganza perduta, vuoi per le piante rampicanti ormai secche e fruste, simili a gigantesche ragnatele di cui il palazzo era ricoperto, vuoi per quel senso di desolazione e vuoto che albergava nel cortile e nell'intera proprietà. Il luogo, infatti, mi è parso tetro e lugubre proprio come l'intero sestiere di Cannaregio, quasi qualcosa sotto quella terra stesse succhiando via la vita, lasciando un po' alla volta la città simile a uno scheletro.

Non ho visto cani neri alla catena.

Ho provato a farmi coraggio, anche se fin da quel primo momento ho capito di avere a che fare con un ambiente che poteva rappresentare il nido perfetto per ciò che temevo fosse venuto a tormentare Venezia.

Tuttavia, per il momento, mi sono convinto a far finta di niente, salendo la grande scala di fronte a me, lasciando che l'inquisitore di Stato mi superasse. Ho dato comunque un ultimo sguardo al giardino sul retro del palazzo, poiché era da lì che giungeva quella sorta di stravagante, disgustoso rumore.

Arrivati in cima alla scala, siamo stati prima introdotti in un'anticamera e poi presso un grande salone dai magnifici finestroni affacciati sul Rio di Cannaregio. Seduto su un divano decorato in maniera splendida stava un uomo elegantemente vestito, dalla parrucca perfettamente incipriata, il volto dai tratti aristocratici e la pelle di un pallore di perla. Le labbra parevano esangui.

Il barone Akos Esterházy si è alzato in piedi, e confesso di non aver mai visto uomo più regale e autorevole in vita mia: era come se incarnasse il concetto stesso di nobiltà, quasi ne rappresentasse l'emblema assoluto. Pochi istanti dopo, in un italiano perfetto quasi privo d'accento, ha detto: «Signori, siate i benvenuti nella mia casa. A cosa debbo il piacere di questa vostra visita?».

È stato l'inquisitore di Stato a rispondere. «Barone», ha replicato, «su espressa indicazione del doge, siamo venuti a disturbarla per sapere se in questi giorni di dolore e morte aveste bisogno di aiuto. Inoltre, perdonerete la mia schiettezza, il dottor Markus Kornmann, medico della peste incaricato, voleva capire se qualcuno fra voi fosse rimasto vittima del contagio».

Almeno per un istante, il nobile ungherese è parso tradire un senso di fastidio. A riprova di ciò, mi è sembrato di cogliere un lampo maligno nei suoi occhi chiari come il ghiaccio. Non posso nemmeno dire che abbia esitato, perché non ha risposto, dapprincipio.

A quel punto mi sono sentito in dovere di sollecitare una replica. «Mio signore, capite bene quanto importante sia sapere se qualcuno, nella vostra famiglia, sia rimasto contagiato».

«D'accordo!», ha detto lui, spazientito. «Capisco… Mia madre è morta».

«Di peste?», ho domandato.

«Credo di sì».

«E il suo corpo, dopo essere stato pianto, è stato affidato ai *pizzegamorti*?», è intervenuto l'inquisitore di Stato.

«Che cosa?»

«Avete fatto in modo che il corpo venisse traslato presso il cimitero di Venezia?», ha chiarito l'alto magistrato.

«No!», ha risposto il barone con rabbia crescente.

A quel punto mi sono nuovamente inserito nella conversazione, chiedendo notizie circa eventuali altri famigliari.

Akos Esterházy ha replicato che c'erano due sue sorelle. Ho domandato di poterle vedere. Per tutta risposta, egli ha chiamato il servo che ci aveva accolto, ordinandogli qualcosa nella lingua natale con un tono rabbiosamente sommesso. Poi, con un cenno del capo, ci ha invitati a seguire il servo.

Così abbiamo fatto, eclissandoci. Mentre attraversavamo un corridoio luminoso per via del chiarore estivo che spioveva dentro il palazzo attraverso le impalpabili cortine alle grandi finestre, io e l'inquisitore di Stato ci siamo guardati. Ho colto nei suoi occhi una preoccupazione profonda. E per parte mia non potevo certo dirmi tranquillo.

Infine, siamo stati annunciati e introdotti in un altro grande salone. Confesso che la ricchezza dei dettagli e ancor di più delle decorazioni a rocaille che tempestavano di tralci, foglie e fiori in oro una intera teoria di consolle, scrivanie, armadi, camini e specchiere mi ha lasciato senza fiato per la sovrabbondanza e l'opulenza del mobilio. Stucchi candidi affollavano ogni spazio possibile, un trionfo di pannelli in legno laccato bianco, punteggiato da altre rocaille a cornice e a forma di conchiglie e stelle, mi ha quasi stordito mentre mi sono fermato ad ammirare due giganteschi lampadari in ferro battuto e cristallo di Boemia.

Le candele erano ovunque e la loro luce somigliava a polvere di stelle. Adagiate, ciascuna su una dormeuse, quasi assopite in una sorta di dormiveglia, simili a bambole di porcellana per la loro bellezza e apparente intangibilità, stavano le due sorelle del barone.

A quel punto il resoconto si interrompeva. Isaac non aveva idea del perché, ma tant'era. La pagina era vuota fino al fondo. Come se Markus Kornmann non avesse ritenuto opportuno proseguire oltre per quel giorno.

50
Olaf Teufel

Antonio non si sarebbe mai atteso di vedere quel che aveva di fronte agli occhi in quel momento. Lo spettacolo – per così dire – era raccapricciante per le modalità con cui Niccolò Mocenigo era stato ucciso, ma quello che, in un certo senso, lasciava Canaletto ancora più attonito era avere di fronte a sé Olaf Teufel e, per la prima volta, in uno stato che gli parve di prostrazione.

Ancora più incredibile era come tutto – ogni singolo dettaglio – accusasse tacitamente quell'uomo dell'omicidio consumato e allo stesso tempo, però, risultasse impossibile da credere.

«Gli abbiamo trovato un mattone in mano», disse il Capitan Grando, come se già il resto non bastasse.

E il resto era che Teufel se ne stava lì, rannicchiato in un angolo, coperto del sangue della vittima, con la schiena contro il muro. Non tremava ma, a eccezione di quello, era in un evidente stato di delirio: sembrava quasi un cucciolo spaurito. Aveva gli occhi fuori dalle orbite e si strofinava i lunghi capelli sporchi con le mani, come se stesse cercando di pulirli, in una maniera o nell'altra. Accompagnava quel suo modo folle di comportarsi con degli strani mugolii, simili a quelli di un cane uggiolante.

Anche se le guardie del Capitan Grando lo avevano liberato dalle corde e dal suo strumento di tortura, il cadavere di Niccolò Mocenigo, deposto su un lenzuolo bianco, era a dir poco spaventoso. L'uomo aveva perduto qualsiasi umana fisionomia, a causa di quella mandibola spalancata e pendente in modo innaturale, divelta, dislocata dalla propria sede. Le labbra avevano conficcate bianche schegge di dente, fili rossi di bava si allungavano sul mento.

Pietà, pensò Antonio.

Era arrabbiato con sé stesso per varie, gravi ragioni. La prima perché era arrivato di corsa insieme ai suoi amici, maledicendo sé stesso per non aver individuato in Santa Maria dei Miracoli una delle cripte della città; la seconda perché a causa di quel suo errore un altro uomo innocente era stato ammazzato in quel modo terribile e lui non era riuscito a impedirlo; la terza, infine, era lo stato in cui versava l'assassino.

Ma era poi veramente tale?

Mentre le guardie del Capitan Grando lo rimettevano in piedi, assicurandosi che fosse incatenato senza alcuna possibilità di nuocere, Francesco Longo ne approfittò per prendere da parte Canaletto e i suoi amici.

Uscirono da quell'antro dell'inferno che era divenuta la cripta e attraverso la stretta scaletta raggiunsero la chiesa.

«Lo abbiamo trovato di fronte al cadavere del povero Mocenigo. C'era solo lui, coperto di sangue», disse, una volta che si trovarono tutti e quattro fra i banchi della navata centrale.

«A ogni evidenza, non è in sé», disse Joseph Smith.

«Certo, e con ciò? Tutto ci dice che è stato lui a uccidere».

«Che cosa?», domandò Antonio.

«Tanto per cominciare, era qui nel momento in cui siamo arrivati, mentre quel povero disgraziato di Mocenigo era in ginocchio con la mascella spaccata, il mattone cacciato a viva forza in fondo alla gola e le mani legate dietro alla schiena».

«E lui?»

«Stava lì, di fronte al morto. Lo guardava. Senza alcuna pietà nello sguardo. Certo, sembrava pazzo, ma bisogna esserlo per forza per commettere certe cose».

Il Capitan Grando era fuori di sé, legittimamente. Canaletto non lo colpevolizzava certo per quello. E nemmeno Owen McSwiney e Joseph Smith.

Solo che sembrava tutto troppo semplice.

«E quella sorta di rantoli ai quali si abbandona?», domandò Antonio.

«Si è mozzato la lingua», replicò laconicamente il Capitan Grando.

«State scherzando?», domandò incredulo l'irlandese.

«Niente affatto», fu la risposta.

Canaletto sospirò. «Mi sembra tutto così scontato...».

«Come avete fatto a scoprire che l'avreste trovato qui?» chiese ancora Joseph Smith. Nemmeno lui pareva volersi arrendere all'evidenza.

Francesco Longo sembrò esitare. Portò una mano ai capelli spettinati e la passò fra le ciocche. «È questa la cosa più strana», disse.

«Cioè?»

«Be', ho ricevuto l'informazione direttamente da una guardia inviata dal doge. Come se sapesse già dove avrei potuto trovare l'assassino dei Mocenigo».

«Magari perché gliel'ha detto qualcuno», osservò Antonio in un tono non privo di malizia.

«Certo, è una possibilità. Ma sapete bene che sono le prove a contare davvero. Sia come sia, gli ordini sono chiari: devo portare quell'uomo a Palazzo Ducale e gettarlo nei Piombi. Poi, verrà giustiziato», tagliò corto Francesco Longo.

«Ma in questo modo non siamo certi di affidare il vero colpevole alla forca», disse Canaletto, nella vana speranza che il Capitan Grando lo stesse ad ascoltare.

«So cosa intendete dire, ma tutto lo accusa e, pur immaginando che possiate avere le vostre ragioni, amico mio, credo si debba convenire sul fatto che gli atroci delitti commessi negli anni precedenti giustificano ampiamente la pena capitale».

«Naturalmente».

«E allora lasciatemi dire: forse le cose non sono andate come avremmo sperato. Forse avremmo voluto salvare Niccolò Mocenigo. Forse sarebbe stato preferibile cogliere sul fatto Teufel, così da levarci ogni legittimo dubbio, non dico di no. Ma è andata come è andata, e non è colpa di nessuno. Vi chiedo perciò di lasciarmi fare il mio lavoro. Per adesso quell'uomo finisce ai Piombi. Quando sarà in cella potrete esprimere tutte le vostre perplessità al doge, ma fino ad allora è bene che Teufel venga messo in condizione di non nuocere più ad alcuno».

Antonio annuì. Era giusto. Quanto diceva il capo dei Signori di Notte al Criminal non faceva una piega. «Vi raggiungeremo lì domattina», si limitò a dire.

«Ci conto», rispose il Capitan Grando.

Nel frattempo le guardie stavano arrivando. Scortavano Olaf Teufel in catene. Francesco Longo si staccò da Canaletto e dai suoi due amici.

«Eccellenza», disse una delle guardie. Il capo dei Signori di Notte al Criminal gli si accostò. Poi, mormorò qualcosa che probabilmente doveva avere a che fare con la restituzione del corpo del povero senatore della Repubblica alla sua famiglia.

Subito dopo, si mise a capo del piccolo corteo e uscì dalla chiesa, lasciando Antonio e i suoi amici da soli.

Parve loro che, dopo tante ricerche, ipotesi, indizi, tutto si fosse d'improvviso smarrito in quella conclusione sorprendente per come era maturata e giunta, senza peraltro che il caso trovasse una vera soluzione.

Erano stati vicinissimi a svelare l'arcano ma qualcuno, questo pensava Canaletto, aveva alterato la realtà e la sua percezione.

Nel frattempo, quasi dando voce a un suo pensiero recondito, Owen disse: «Che fine ha fatto il dottor Liebermann?».

51
Notte maledetta

Il giorno dopo, si erano ritrovati ancora una volta al Teatro dell'Ammiraglio, solo che il dottor Liebermann aveva annunciato novità sconvolgenti, perciò, lungi dall'occupare i posti consueti, si erano riuniti sul palcoscenico con il fondale dipinto da Canaletto alle spalle. I velieri parevano sul punto di uscire dalla tela, tanto erano vividi e meravigliosi. Eppure, dopo quanto accaduto, quella visione non dava loro alcuna gioia né, ed era ancora peggio, speranza.

I quattro amici si erano dunque accomodati su altrettante poltroncine foderate di velluto e, dopo che Antonio aveva raccontato cos'era successo a Santa Maria dei Miracoli, Isaac aveva spiegato loro quanto aveva scoperto fino a quel momento, cosicché ciascuno era consapevole degli sviluppi recenti.

Il medico, sfinito dal lavoro di ricerca e dalle letture, cosciente di avere fra le mani una vera e propria rivelazione, aveva preso in prestito l'incartamento dalla biblioteca e, dopo aver ricevuto il biglietto che nel frattempo Canaletto gli aveva fatto recapitare, si era precipitato al vecchio teatro di Owen McSwiney.

E ora erano lì. Simili a cospiratori o a cacciatori di tesori perduti, consapevoli di ritrovarsi davanti agli occhi, con ogni probabilità, la chiave per risolvere quel maledetto mistero.

Isaac Liebermann aveva mostrato loro le memorie di Markus Kornmann, i fogli ricoperti d'una grafia fitta e ordinata, le date in sequenza. Sembrava quasi avessero paura di gualcirle, come se temessero quel che stava per accadere.

Infine, anche per allentare la tensione che andava montando, Isaac Liebermann si mise a leggere, non sapendo che quanto avrebbe pronunciato a voce alta avrebbe sconvolto le menti e i cuori dei suoi compagni ben più di quanto già non fossero.

A ogni modo, egli cominciò.

Nell'udire la voce dell'amico che richiamava a loro quella d'un medico della peste d'un secolo e mezzo prima, Canaletto non riuscì a trattenere un brivido.

Venezia, 22 agosto 1576

Ho riferito a Sua Serenità ciò che abbiamo trovato presso il Palazzo degli Esterházy. Non ho avuto difficoltà a chiamarlo con il proprio nome: nido di masticatori di morte. Alvise I Sebastiano Mocenigo non si è nemmeno scomposto e mi ha domandato con ciò cosa intendessi. Gli ho spiegato che il Nachzehrer o masticatore di morte è una creatura diabolica che, una volta seppellito, consuma il proprio lenzuolo funebre e le proprie carni, fino a quando esce dalla tomba per cibarsi di uomini e donne. Nel corso di questa sua attività antropofaga, e ancor prima, mentre divora la propria sindone, egli diffonde il morbo della peste a un'impressionante velocità.

Il doge dapprima è rimasto interdetto, poi mi ha chiesto di illustrargli meglio quella che ha chiamato, "la mia bizzarra teoria". Ho intuito che, per quanto macabra e spietata, quella storia apriva per lui uno spiraglio di possibilità: poter incolpare qualcuno di quanto stava avvenendo. Non avevo dubbi che per lui rappresentasse un'opportunità da esplorare. Dal mio punto di vista, naturalmente, si trattava di una vera e propria teoria scientifica e ho tentato in ogni modo di fargliela comprendere.

Ho proceduto per gradi, spiegando anzitutto di aver individuato tutti gli indizi necessari a sostenere la mia tesi: il ruminamento del Nachzehrer proveniente dal giardino dei nobili ungheresi, i segni di una morte avida e distruttiva, capace di prosciugare la vegetazione e ogni altra forma di vita in quel luogo. Poi ho evidenziato la ritrosia e la rabbia con cui il capofamiglia ha risposto alle nostre richieste, e confermato quanto rilevato sui corpi delle due splendide sorelle: la presenza dei bubboni celati sotto sciarpe di fine batista in corrispondenza delle gole.

Pur annuendo, il doge ha chiesto l'opinione dell'inquisitore di Stato. Quest'ultimo si è dimostrato ancor più sollecito di me sul tema, ha anzi raccomandato la presenza dell'inquisitore del Sant'Uffizio in loco giacché la situazione era tale e quale l'avevo descritta e, anzi, sarebbe stato auspicabile procedere con un esorcismo.

Quando poi Sua Serenità mi ha domandato se quest'ultima strada fosse percorribile, ho dovuto informarlo che quella via ci era ormai preclusa poiché, una volta iniziato il processo, esso è assolutamente non governabile. Può soltanto essere fermato con una precisa procedura: il Nachzehrer o masticatore di morte deve poter essere impedito nella propria attività. Per riuscirvi, bisogna inserire a forza nella sua bocca un mattone, spaccandogli le mandibole e in questo modo uccidendolo.

Alvise I Sebastiano Mocenigo ha esibito una smorfia di disgusto. Poi mi ha domandato se fossi certo della mia teoria, poiché a lui sembravano ipotesi del tutto stravaganti. A quel punto gli ho proposto una soluzione.

Mi ha detto di esporgliela.

Avevo intenzione di ritornare presso il Palazzo degli Esterházy con un congruo numero di armigeri e un'autorizzazione firmata da lui. Sarei entrato e avrei ordinato di scoperchiare la tomba della madre del barone. Se avessimo trovato una salma non decomposta nell'atto di masticare il proprio sudario macchiato di sangue, allora avrei concluso che la matriarca altro non era che un Nachzehrer e come tale andava uccisa con la procedura che avevo illustrato. Se i famigliari si fossero in qualche modo opposti, e solo in quel caso, avremmo dovuto eliminare anche loro, conficcandogli un mattone fra le mandibole anche da vivi, ove necessario, giacché non v'era dubbio alcuno che fossero prossimi alla morte per peste e, dati i legami di sangue, a trasformarsi anch'essi in Nachzehrer.

Il doge mi è parso scosso da questa richiesta, malgrado l'inquisitore di Stato fosse più che pronto ad appoggiarmi. Alvise I Sebastiano Mocenigo ha detto di volersi prendere una notte per riflettere e per parlare con il delegato del Sant'Uffizio.

Ho risposto che avrei atteso la sua volontà, naturalmente, ma che più tempo avremmo perso, più l'epidemia si sarebbe diffusa.

Sua Serenità mi ha detto di esserne perfettamente consapevole e poi mi ha congedato, intimandomi di ricomparire al suo cospetto, l'indomani.

Ho annuito e mi sono accommiatato.

Venezia, 23 agosto 1576

Stamane ho ricevuto l'ordine di procedere. Sua Serenità mi è parso ancora sconvolto, ma mi ha anche detto che il delegato del Sant'Uffizio romano era oltremodo favorevole alla mia iniziativa, dal momento che conosceva perfettamente le creature da me nominate per averne letto nel *Malleus Maleficarum* ed essere stato testimone di eventi irripetibili nella città di Rothenburg ob der Tauber alcuni anni addietro. Quel fatto, credo, lo ha in qualche modo convinto di operare nel giusto.

Così non ho perso tempo e, uscito da Palazzo Ducale, mi sono fatto trovare poco dopo presso il Palazzo Esterházy. Avevo indossato la mia maschera a becco, gli occhiali, la lunga palandrana nera. Mi accompagnava il giovane Bortolo. Ben presto, sono giunti l'inquisitore di Stato, quello del Sant'Uffizio e un congruo numero di guardie. L'alto magistrato della Repubblica portava con sé il provvedimento firmato dal doge in persona e recante il sigillo della Serenissima Repubblica.

Abbiamo picchiato più volte al portone del palazzo, fino a quando il servo della volta precedente non è venuto ad aprirci. Senza attendere oltre, mi sono precipitato verso il giardino, ordinando alle guardie di fare altrettanto. Quella specie di ruminamento, di diabolico grugnito non solo era sempre presente, ma molto più intenso di quando l'avevo udito qualche giorno prima. Ho visto che, in un angolo di quel grande spazio verde, coltivato a orti e frutteto, una scala in pietra conduceva a una cappella privata. Il rumore proveniva da lì.

Raggiunta la chiesetta e saliti i gradini, ho spinto sul portoncino e mi sono ritrovato in un ambiente illuminato dalle candele. Al centro, ai piedi di un altare, una minuscola scala conduceva a quella che doveva essere un'ancor più minuscola camera sotterranea. Ho chiamato gli uomini e sono sceso. Due di loro mi hanno raggiunto.

Pochi istanti dopo, mi sono ritrovato una bara davanti agli occhi. Il grugnito pareva ora riempire dei propri osceni suoni l'intero universo, quasi la creatura, o qualunque cosa fosse a emetterlo, percepisse la nostra presenza.

In breve, la bara è stata scoperchiata. A quel punto le guardie hanno visto quanto andavo predicando da giorni: la carne rosata, perfettamente integra, della morta, le sue labbra rosse, imbevute di sangue, il sudario divorato e quel verso agghiacciante che si levava al cielo come di bestia avida di preda. L'inquisitore del Sant'Uffizio, che ci aveva raggiunto, ha estratto una croce e l'ha posta di fronte a tutti noi, in modo da difenderci da quella creatura del demonio.

Il grugnito andava facendosi insopportabile, talmente forte, ormai, da spezzare l'udito. Mi è parso che un intero branco di porci stesse strillando nella mia testa fino a volermela spaccare.

Senza frapporre ulteriori indugi, ho fatto quello che dovevo e, estratto un mattone da una sacca che avevo portato con me, mi sono avvicinato al Nachzehrer e gliel'ho ficcato in gola fino a quando non solo ho soffocato gli strilli ma l'ho ucciso, vedendo che la mandibola, ormai spezzata, pendeva inerte in un angolo innaturale. Il cuore non batteva più.

Da qualche parte fuori dalla cappella, qualcuno ha urlato. Mi sono girato e, in un istante, ho risalito la minuscola scala. Sono uscito fuori, nel giardino avvizzito, e ho scorto il barone in cima alla gradinata che conduceva al piano nobile. Aveva gli occhi iniettati di sangue e pronunciava parole cariche d'ira nella sua lingua. La voce era trasformata, sembrava provenire direttamente dal ventre dell'inferno.

Ho provato a dirgli di calmarsi, ma mi sono reso conto che non sarebbe stato possibile: quell'uomo ha sfoderato una spada dalla gran lama e si è lanciato giù dalla scala, urlando. Due guardie gli si sono parate dinnanzi, con il risultato di finire gambe all'aria. Un istante più tardi, però, ho visto il lampo d'un archibugio a ruota e ho udito un primo sparo. E poi un secondo. Colpito, Akos Esterházy è franato a terra ed è stato immobilizzato dalle guardie mentre l'inquisitore di Stato ordinava che venisse messo ai ceppi.

Il barone, nel frattempo, pronunciava parole che dovevano essere terribili.

A quel punto, al colmo della propria ira, ha cominciato a inveire contro di noi, tentando di liberarsi, ma aveva le braccia immobilizzate dalle catene. Ho intimato alle guardie di tenerlo fermo. Ero fradicio di sudore, per via della giornata torrida e della grande maschera a becco. Le essenze canforate quasi mi stordivano, ma sapevo ciò che dovevo fare. Così, mi sono avvicinato. Akos Esterházy era in ginocchio, ferito, impossibilitato a muoversi. Non ho esitato. Con una mano ho preso un altro mattone e con l'altra gli ho afferrato il capo. Prima ancora che capisse cos'avevo intenzione di fare, gli ho conficcato in gola il blocco d'argilla e ho spinto mentre il barone tentava disperatamente di sottrarsi alla morte. Lungi dal desistere – ne andava della nostra incolumità –, ho continuato a spingere, incurante dei gorgoglii sanguigni e dei rigurgiti di bava rossa che scuotevano il corpo di quell'infelice. Di fronte a me, il giovane Bortolo è impallidito, il suo volto era più bianco di una camicia in tela di Cambrai.

Infine, quando ho visto che la mascella era completamente disarticolata e l'uomo di fronte a me era solo un involucro di carne senza vita, ho abbandonato la presa. Le guardie lo hanno lasciato andare e il corpo di Akos Esterházy si è naturalmente adagiato di lato.

A quel punto rimanevano soltanto le due sorelle.

Con gli occhi iniettati di sangue e un'espressione compiaciuta, l'inquisitore del Sant'Uffizio, che nel frattempo era uscito dalla cappella insieme agli altri due armigeri, ha ordinato di andarle a prendere.

«Questa parte si interrompe qui», disse Isaac Liebermann.

Per qualche istante nessuno ebbe il coraggio di replicare. Il silenzio pesava come una condanna. Tutto giungeva infine a una spiegazione, ma quello che Canaletto e i suoi amici avevano scoperto andava oltre ogni immaginazione. E gettava una nuova luce sui delitti di quei giorni. Le descrizioni di Markus Kornmann erano fosche e terribili e tuttavia rese con la lucida spietatezza di un uomo che, in nome delle proprie convinzioni e di credenze popolari, aveva perpetrato degli atti mostruosi. Anche se il diario non ne faceva menzione, Canaletto era abbastanza certo che le sorelle del barone fossero state ammazzate nello stesso modo.

La vendetta efferata di Orsolya Esterházy, perché non poteva che essere lei la mandante degli omicidi, non era certamente giustificabile, ma si poteva ben comprendere la rabbia che doveva aver nutrito il suo bruciante desiderio di rivincita, una volta scoperto cosa Venezia aveva fatto ai suoi avi. Anche perché, prima di agire, quel pazzo di Kornmann aveva ben informato il doge Alvise I Sebastiano Mocenigo. E che fossero state le parole del medico assiano, o quelle dell'inquisitore del Sant'Uffizio, non vi era alcuna scusante per aver permesso un simile scempio.

«Sono basito», mormorò infine Joseph Smith.

«È terrificante», si lasciò sfuggire Antonio.

Owen McSwiney sospirò. «L'unica cosa che mi chiedo è come mai la vendetta si sia consumata così tanto tempo dopo. Come mai gli Esterházy hanno atteso così a lungo prima di farsi giustizia?»

«Questo non è dato saperlo. Ma forse potremo chiederlo alla baronessa», suggerì Isaac Liebermann.

«Forse», disse Antonio, «anche se ormai non ho la più pallida idea di come agire. Una parte di me ritiene che questa faida, infine, è stata chiusa».

«Lo credete davvero?», domandò Isaac. «Quali certezze abbiamo riguardo al fatto che non proseguirà ancora?»

«Nessuna, in effetti. Ciò di cui sono sicuro è che, anche a voler ammettere che Teufel possa essere coinvolto in questi ultimi delitti, forse per averli commessi materialmente, di certo Orsolya Esterházy è colei che ha le motivazioni più forti per esigere vendetta. La ragione per la quale si è atteso così tanto, probabilmente, è legata al fatto che la famiglia aspettava un nuovo Mocenigo sul trono di Venezia».

«O magari, più semplicemente, ella ha avuto la rabbiosa determinazione per compiere quanto era stato rimosso da chi l'aveva preceduta», osservò McSwiney.

«Naturalmente», ammise Antonio. «Ma il risultato non cambia. Tutte le mie convinzioni finiscono sotto un'altra luce, a questo punto».

«Non vorrete permettere che si sottragga alla legge?», sottolineò Joseph Smith.

«Non sto insinuando questo. Intanto mi concederò qualche ora di sonno. Poi, domattina, per prima cosa, io e il dottor Liebermann ci ritroveremo all'ingresso di Palazzo Ducale. Chiederemo di poter vedere il Capitan Grando».

«E chi vi dice che vi lasceranno entrare?», chiese McSwiney.

«Dimenticate che abbiamo l'autorizzazione del doge».

«Ah, avete ragione. Tanto meglio».

«Ma adesso ciascuno di noi ha bisogno di qualche ora di riposo», concluse Canaletto. «Anche se non vedo proprio come riuscirò a dormire».

Non era il solo a crederlo. Stanchi, sconfitti a causa della recente scoperta e di come i fatti di molto tempo prima ridisegnassero completamente le dondolanti geometrie della giustizia, i quattro amici si salutarono, separandosi.

Sapevano che quella storia non era ancora finita.

52
Prima dell'alba

Gli ultimi sviluppi avevano confermato quanto a livello puramente istintivo Antonio sospettava. Tuttavia, se era stata una sorpresa relativa scoprire che Orsolya Esterházy aveva motivi più che validi per essere profondamente coinvolta nei delitti di quei giorni, lo stesso non poteva dirsi delle ragioni che ne determinavano le scellerate azioni. Venire a sapere che in passato alcuni dei suoi avi fossero stati fatti a pezzi in quanto sospettati di essere dei masticatori di morte lo faceva rabbrividire. Per certi versi, anche alla luce delle indagini condotte, non avrebbe dovuto pensarla a quel modo, perché se proprio in quei giorni da più parti si parlava di risorgenza e vampirismo, allora come poteva egli pretendere che credenze come quelle non potessero attecchire un secolo e mezzo prima? Quando la medicina era fortemente legata a discipline che ben poco avevano a che fare con la scienza e anzi si alimentava di molteplici contaminazioni, fossero queste con l'astrologia, l'umanesimo, gli usi e costumi di un popolo?

Aveva tutto perfettamente senso ma, per quanto Antonio se lo ripetesse, la scoperta non era meno terribile e destabilizzante. Anzi. Per certi versi quella notte si era ritrovato a dover fare i conti con i fantasmi. Da quando era stato coinvolto per la prima volta in quel genere di indagini, aveva creduto di trovarsi dalla parte della ragione e della giustizia per il solo fatto che a chiederglielo era stato il doge di Venezia. Ma, a ben vedere, la Serenissima non era affatto quell'esempio di virtù che lui credeva, e di certo non lo erano gli uomini che ne rappresentavano le istituzioni politiche.

Forse l'aveva idealizzata per la sua bellezza accecante, forse accettava di non vedere in quanto soggiogato dai colori della laguna e dallo scintillio delle facciate dei palazzi nella luce del sole, forse ne era troppo innamorato per accettare anche solo l'idea che gli uomini che l'abitavano non meritassero più una città come quella.

Dove e quando si erano perduti nel corso della loro miserabile vita? Perché era del tutto evidente che, centocinquant'anni come sette anni prima, le colpe delle tragedie venivano dai veneziani imputate agli altri. Le responsabilità costantemente rimosse. La Serenissima era ancora una realtà cosmopolita, ma sembrava fin troppo appagata e compiaciuta delle piccole briciole di autonomia che lasciava alle minoranze, fossero queste il Ghetto Ebraico o la comunità schiavona, e in quell'autocelebrazione nutrita dal patriziato si annidava il malinteso senso di assoluzione che pareva garantire a ogni azione dei dogi e degli alti magistrati una sorta di intoccabilità o connaturata giustizia. Ma non era affatto così.

Le parole di quel medico si erano insinuate in lui come pulci assetate di sangue. E ora succhiavano fino in fondo lo sciroppo con cui aveva addolcito la realtà per tutto quel tempo. Si era sempre chiesto quanto innocenti fossero i Mocenigo e insieme a loro gli esponenti delle maggiori casate veneziane. Non era uno sprovveduto e sapeva che il potere per ciò stesso implicava una responsabilità, ma stava imparando abbastanza in fretta che tutte le convinzioni maturate fino ad allora andavano probabilmente riviste in un'ottica meno assolutoria.

Agli ebrei molte professioni erano semplicemente proibite e così agli Schiavoni, i primi erano rinchiusi in un recinto che potevano abbandonare solo al suono della Marangona, alle donne non era concessa libertà artistica salvo rare eccezioni alla regola, a patto che ricalcassero le prescrizioni della fraglia, previste peraltro da una comunità maschile, per non parlare delle tante giovani obbligate a monacarsi al solo scopo di evitare l'esborso delle doti: erano solo banali esempi che gli venivano alla mente ripensando agli ultimi giorni.

Era sfinito e triste. Così, quando arrivò nei pressi di casa, quasi non si avvide della sagoma che si staccava dal portone del palazzetto e gli veniva incontro. Quando se ne accorse, era ormai troppo tardi. Ma chi diavolo poteva essere a quell'ora?

Fu con gratitudine e non poca sorpresa che scorse due occhi magnifici a fissarlo di sottecchi. Fece per pronunciare il nome che gli era salito alle labbra, ma un indice gliele sigillò, intimandogli il silenzio.

Quel fatto lo divertì. Aprì la porta e condusse la persona che l'aveva atteso fino a quel momento su per le scale, fin nel proprio studio.

Quando la porta fu chiusa alle sue spalle, Antonio domandò quanto avrebbe voluto fin dall'arrivo a casa. «Siete abituata a sorprendere le persone per strada, riducendole al silenzio?». Non c'era rimprovero nella sua voce, solo una nota di divertita melanconia.

«Speravo poteste essere contento di vedermi», disse Giulia Lama.

«Lo sono», fu la pronta replica. «Credetemi, se vi dico che non v'è persona che avrei visto più volentieri. Ma è stata una giornata pesante e domattina mi attende una visita al Capitan Grando».

«Motivo in più per concedervi un po' di pace. O devo pensare di aver sbagliato a venirvi a trovare?».

Canaletto era a dir poco stupefatto. Quale donna lo avrebbe mai sorpreso di fronte a casa nel cuore della notte? Era semplicemente impensabile. Eppure, Giulia Lama pareva insofferente a qualsiasi regola della società ben pensante. Ed era proprio quello a renderla irresistibile. Non avrebbe mai creduto che potesse anche solo esistere una donna come lei, neanche nelle sue più sfrenate fantasie.

Mentre rifletteva a quel modo, lei sciolse il nastro in cui aveva raccolto i capelli, che un istante dopo incorniciarono il suo volto come liberi serpenti neri e argento. Era proprio bella! A dispetto dei vili commenti cui si erano lasciati andare i pittori. E poi non chiedeva il permesso per nulla. Faceva esattamente ciò che le andava di fare. Sembrava senza paura. Forse perché aveva dovuto superare tali e tante prove da non aver certo voglia di perdere tempo con le convenzioni riguardo i comportamenti opportuni.

Gli si avvicinò, gli tolse il tricorno, poi gli sciolse il mantello, sfilandogli marsina e camisiola.

A quel punto, stanco di aspettare, lui la baciò.

E poi ancora.

E finalmente, dopo tre anni di rimpianti e tormenti, si sentì felice. E pensò che, se proprio doveva imparare ad accettare un mondo che non gli piaceva, forse avrebbe potuto farlo con lei.

Quando lui la baciò di nuovo e cominciò a spogliarla, Giulia lo lasciò fare, anzi, lo incoraggiò.

Così, di lì a qualche istante erano l'una nelle braccia dell'altro, tentando di trovare in quel sentimento che bruciava i loro cuori le risposte a tutte quelle domande che li rodevano dentro.

Forse, per la prima volta dopo molto tempo, avevano riscoperto qualcosa per cui valeva la pena tornare a vivere.

53
Le parole di un doge

«Non è possibile fare altrimenti», disse Francesco Longo, guardando Antonio.

«Ovvero?»

«Al momento, l'uomo che è considerato colpevole dei delitti di questi giorni è quello che si trova ai Piombi».

«Olaf Teufel».

«Proprio lui».

«E se io vi dicessi che siamo in possesso di documenti che possono comprovare il coinvolgimento di almeno un'altra persona?»

«E chi sarebbe?», domandò il Capitan Grando e, nel farlo, tradì una nota d'irritazione nella voce. Antonio ebbe la sensazione che Francesco Longo avesse le mani legate, quasi avesse ricevuto pressioni d'un qualche tipo. Non era difficile immaginare chi fosse stato a farle.

«La baronessa Orsolya Esterházy», fu la laconica risposta.

«Capisco», e il capo dei Signori di Notte al Criminal si guardò bene dall'aggiungere altro.

La sensazione che non tutto tornasse si fece certezza.

Canaletto e Owen McSwiney si trovavano nella famigerata Sala del tormento. Al solo guardarsi attorno provavano un senso di angoscia: la corda utilizzata per gli interrogatori pendeva da una trave e pareva suggerire che, a dire la cosa sbagliata, si sarebbe potuti finire con la testa in un bel cappio.

Tuttavia, complice il suo carattere testardo, Antonio volle vederci chiaro. «Francesco», disse rivolto al Capitan Grando, «ditemi la verità, siete stato minacciato?».

Il capo dei Signori di Notte al Criminal sospirò. «Non esattamente. Ma non credo che questo sia il tempo per individuare altri colpevoli all'infuori di Olaf Teufel. Di certo, esiste un luogo più opportuno per parlare».

«Ora tutto mi è più chiaro», concluse Antonio amareggiato.

«Non vi sto dicendo di rinunciare, solo di attendere un momento più propizio. Attualmente, per Sua Serenità l'unica cosa che conta è giustiziare quell'uomo che risulta essere, con ogni evidenza, l'assassino dei nobili Mocenigo, considerando che è stato trovato di fronte alla vittima».

«E questo non vi pare sospetto, Francesco?»

«Mi pare inequivocabile».

«E non credete che qualcuno gli abbia tagliato la lingua, magari al solo scopo di non farlo parlare?»

«Ma potrebbe scrivere, se davvero volesse scagionarsi. E non lo sta facendo. Dunque? Perché non ipotizzare invece che l'abbia fatto proprio per non spiegare ciò che ha commesso? Per quanto sanguinoso e abominevole, non ho nessuna prova che escluda una simile eventualità».

Canaletto scosse la testa. Tutto quello che il Capitan Grando diceva era legittimo. E lui, dopotutto, cos'aveva in mano? Il diario di un medico di centocinquant'anni prima che aveva fatto ammazzare in modo cruento gli avi della probabile assassina, accusati d'essere masticatori di morte.

Chi diavolo gli avrebbe creduto? Il doge?

E poi anche a voler considerare una simile, improbabile ipotesi, come avrebbe fatto a fermarla, se era lei stessa la prima consigliera di Sua Serenità? Non c'era dubbio: li aveva giocati con un'astuzia straordinaria. Era stata sempre davanti a loro, peggio ancora, era riuscita a munirsi di un alibi perfetto per non venire sospettata e accusata.

«Antonio», disse il Capitan Grando, quasi a suggellare quanto si erano detti, «non temete, più tardi discuteremo di quanto vi sta a cuore. Ma non ora e non qui». Il suo tono di voce si era abbassato fin quasi a essere un sussurro.

«Signori!», disse qualcuno. «Non credevo di trovarvi in questo luogo, lo confesso. Questo vostro incontro mi sorprende non poco».

Era stato Carlo Ruzzini a parlare. Entrò in quella stanza spoglia e livida con l'autorevolezza confacente al suo ruolo, pur mantenendo quella sobrietà che da sempre lo caratterizzava.

Antonio e Owen si produssero in un inchino. «Vostra Serenità», disse Canaletto.

«Via, via, amico mio», replicò il doge, «quante volte devo dirvi che fra noi certi salamelecchi vanno banditi. Non perdiamo tempo in tali sciocche profferte di vanità. Anche perché, come vedete, ho molti difetti ma non questo, e per una ragione davvero semplice: l'età. Piuttosto, mi è giunta voce che voi e i vostri amici, autori delle preziose indagini che hanno condotto alla cattura dell'assassino di questi giorni, nutriate perplessità in merito».

«Vostra Serenità...», accennò Antonio.

«Il che è un fatto piuttosto bizzarro, lasciatemelo dire», continuò il doge, che non desiderava essere interrotto. «Tanto più perché qualcuno mi ha detto che sospettate proprio della persona che molto ha fatto per questa Repubblica e che ha più di un merito, proprio come voi, nell'aver fermato questo scempio. Sappiate dunque che la baronessa Orsolya Esterházy mi è cara quanto voi e che non accetterò maldicenze sul suo conto».

Mentre parlava a quel modo, Antonio guardò il Capitan Grando, il quale scosse la testa, come a voler dire che non era stato lui a lasciar trapelare certe cose.

«Non temete», disse il doge, «non è stato Francesco Longo a rivelarmi i vostri timori. Sono l'uomo che sono, amico mio, e come tale devo essere ben informato, non vi pare? Altrimenti la Repubblica potrebbe finire nelle mani di chiunque».

Nell'udire quelle parole, Canaletto pensò che era proprio vero. Venezia pareva consegnarsi un po' alla volta all'indifferenza e alla resa. Quel suo disperato desiderio di sopravvivere a una fine annunciata era quanto di più patetico potesse immaginare. L'infinito apparato politico e giudiziario era nulla più che un gigante dai piedi d'argilla, poiché minato alla base da interessi privati e corruzione e perciò incapace di adempiere alle funzioni volte a tutelare la collettività.

Piegò il capo, pensando che in quella sede non era saggio procedere pervicacemente contro una volontà tanto autorevole e ben espressa.

«Avete ragione, Vostra Serenità».

«Oh, che gioia sentirvelo dire. Me ne compiaccio».

«Non è mia intenzione disturbarvi oltre, mio signore», disse dunque Canaletto, che aveva capito perfettamente come non vi fosse alcun margine di manovra in merito alle recenti scoperte e, perciò, a eventuali accuse che potevano essere mosse a Orsolya Esterházy.

«Ma voi non mi disturbate mai, Antonio», disse il doge con sincero affetto. «Venite quando volete, questa è casa vostra», concluse, aggiungendo poi: «Sebbene, lo confesso, la prossima volta confido di potervi incontrare in una sala meno lugubre e tetra».

Canaletto annuì, subito imitato da Owen McSwiney.

«Immagino vi vedrò fra due giorni, all'esecuzione di Olaf Teufel», disse poi.

«Ci saremo», fu la risposta.

I due amici salutarono Sua Serenità con un inchino e rivolsero un cenno del capo al Capitan Grando.

Un istante dopo, stavano guadagnando la porta.

54
Guai agli empi

I due giorni erano trascorsi in fretta.

I tre amici si trovavano in un angolo di piazzetta San Marco, nel punto in cui questa incontrava la più ampia omonima piazza, non distanti dal grande campanile. Lo spazio era a dir poco affollato. Tutta Venezia, stipata in quel rettangolo, rivolgeva lo sguardo alla forca. Sul patibolo, il boia si preparava a eseguire la pena. V'era in quel mare di volti tutta la città rappresentata.

«Ho un'idea», disse Antonio.

«Ah», fu tutto quello che ebbe da replicare McSwiney. Poi aggiunse: «Riguardo a cosa o a chi?»

«A proposito della baronessa Orsolya Esterházy: ho un piano, e voi, Owen, ne sarete la chiave», continuò Canaletto.

«Magnifico», disse l'irlandese. «Avevo intuito qualcosa del genere. Ho letto il vostro messaggio, quello che mi avete mandato in seguito al nostro incontro con il Capitan Grando. Nel frattempo, tanto vale sincerarsi che almeno uno degli attori principali di questa tragedia faccia la fine che si merita».

«Difficile non essere d'accordo con voi», disse Joseph Smith. «A proposito, il buon dottore non è venuto?»

«Aveva altro da fare», replicò Antonio. «Potete forse dargli torto?»

«Niente affatto, ma due braccia in più non avrebbero guastato. Ecco il nostro uomo che entra in scena», disse McSwiney.

Era vero.

Dalla Porta della Paglia comparve un carretto. Sopra il pianale, in ginocchio, con le braccia strette dietro la schiena da una pesante catena di ferro, stava Olaf Teufel. Emaciato, stanco, coperto di lividi, con i lunghi capelli che gli ricadevano in avanti, egli era alla mercé della folla, che non mancò di gridare al suo indirizzo e di colpirlo con sputi e frutti marci. Eppure, anche ridotto all'ombra di sé stesso, l'assassino non appariva come un vinto. I suoi occhi, scuri e lucenti, simili a schegge d'ossidiana, mandarono un lampo freddo. Antonio ne colse tutta la rabbia gelida e non riuscì a reprimere un brivido. La piazza, per contro, pareva sciogliersi nella vampa di luglio. L'aria era soffocante. Oltre la forca, approntata fra le colonne di San Marco e San Teodoro, il bacino pareva tremolare, le barche vi dondolavano lente in lontananza, e dall'acqua si sollevavano vapori, quasi la laguna fosse un gigantesco calderone verde.

Mentre il carro avanzava e gli urli della folla si rovesciavano su Teufel come un coro di maledizioni, Canaletto vide sulla grande tribuna in legno eretta per l'esecuzione, sul lato del colonnato di Palazzo Ducale, Carlo Ruzzini. Splendido nei paramenti dogali, Sua Serenità tradiva un ghigno di soddisfazione, consapevole di aver liberato la città dalla presenza di un mostro. Quelle grida, in effetti, oltre a sfogare la rabbia, servivano a molti dei presenti a esorcizzare una paura che li aveva costretti per settimane all'interno delle proprie case.

In un certo qual modo, l'esecuzione capitale di Olaf Teufel somigliava a un gran rito collettivo, volto a propiziare la riacquisizione della libertà da parte di tutta Venezia. E Sua Serenità ne era consapevole. Era stata quella la sua prima grande vittoria.

Nel frattempo, il rombo della folla accorsa non si sopiva affatto, anzi, pareva montare come una marea nera, pronta a travolgere il naufrago che la solcava a bordo di quel barroccio, tirato da un cavallo pomellato e condotto da una guardia di palazzo.

Infine, il veicolo giunse ai piedi della forca, e gli aiutanti del boia afferrarono Teufel, facendogli salire la corta gradinata in legno che portava al patibolo. Il carnefice lo attendeva. Indossava una maschera nera e si appoggiava quasi distratto al lungo manico di una scure.

Mentre l'assassino veniva messo in ginocchio e legato a un ampio e robusto ceppo, qualcuno si alzò sulla tribuna del doge. «Olaf Teufel», gridò, «siete stato condannato a morte a causa degli atroci delitti commessi in questi giorni contro la famiglia Mocenigo!». La voce dell'inquisitore rosso zittì d'improvviso il vociare feroce della folla che bramava il sangue. Gli occhi di mercanti e prostitute, soldati, attrici, popolani e di quanti si trovavano in quella piazza infiammata dall'ira e dai torridi morsi dell'estate si voltarono verso la tribuna.

A fianco al doge assiso sul trono, l'alto magistrato stava impettito nella sua toga color fiamma e tuonava senza posa, simile a un predicatore pazzo. «Guai agli empi!», gridava come un ossesso. «Sarete punito per quanto di orribile avete compiuto, mastro Teufel! A mia memoria non v'è nulla di più terrificante di quanto avete commesso voi, accanendovi contro una famiglia di patrizi innocenti come i Mocenigo. Non è forse così?». E mentre parlava a quel modo, con un ampio gesto del braccio l'inquisitore rosso tracciò un arco, puntando l'indice verso alcuni esponenti della famiglia che sedevano sulla tribuna, quasi il doge avesse voluto esibirli in nome di quanto avevano subìto in quei giorni.

Dal patibolo non giunse una parola in risposta. Come sarebbe potuto accadere, date le condizioni nelle quali versava Olaf Teufel? Antonio alzò gli occhi. Stava scarabocchiando la scena, come sempre faceva in quelle occasioni. Ma davvero l'inquisitore rosso aveva posto quella domanda?

Ma non ebbe il tempo di condividere con gli amici quel pensiero che l'alto magistrato rispose a lui e a tutto il pubblico presente. «Oh già, dimenticavo», disse portando la destra alla bocca, in un grottesco gesto di scuse, «non potete rispondere, non è vero? Perché per tacere le ragioni che vi hanno spinto a commettere un tale scempio avete pensato bene di tagliarvi la lingua, dico bene?».

Un mormorio incredulo percorse la folla come un'onda.

«Ma non temete», riprese l'inquisitore rosso, «non ci interessa sapere cosa vi abbia spinto a compiere atti tanto immondi». Poi guardò il doge, il quale annuì con un cenno del capo.

«L'ho vista!», mormorò d'improvviso Joseph Smith. Teneva fra le mani un piccolo cannocchiale estendibile che Canaletto aveva fatto realizzare da alcuni mastri vetrai di Murano e con quello di tanto in tanto esplorava ora la folla, ora gli spazi attorno.

«Dove?», domandò Antonio mentre l'inquisitore continuava nella sua insopportabile filippica.

«La donna vestita di nero, sotto le arcate della biblioteca marciana».

Il cannocchiale cambiò di mano. Un istante dopo, grazie all'ingrandimento garantito dalla lente, sotto lo zendale dell'abito Antonio riconobbe il volto della baronessa Esterházy. «Ecco dov'era!», si lasciò sfuggire a denti stretti.

«E ora?»

«Non dobbiamo perderla di vista. Avete quanto vi ho raccomandato di portare con voi?», domandò Antonio a Owen.

«Naturalmente», fu la risposta.

«E allora, amici miei, calchiamoci i tricorni sul capo e non facciamoci riconoscere. Qui v'è abbastanza gente da celare le nostre identità fino all'ultimo. Quando saremo là sapete cosa dovrete fare, non è vero, Owen?

«Mi è tutto chiaro».

«E allora muoviamoci verso di lei», concluse Antonio.

E i tre amici, nascosti dai tricorni, si avvicinarono al colonnato.

Intanto, l'inquisitore rosso stava continuando la sua arringa. Quel fatto avvantaggiava Canaletto e i suoi compagni, dal momento che tutti gli occhi erano puntati ora sulla tribuna, ora sul patibolo. Anche quelli di Orsolya Esterházy.

«E dunque», continuò l'alto magistrato, «per aver oltraggiato la Serenissima Repubblica in un modo che nemmeno oso descrivere, vi condanno, in nome e per conto di Venezia, a essere decapitato qui e ora con la scure!».

Su quelle parole, la piazza rispose con un boato: grida, bestemmie, imprecazioni e minacce si riversarono in un unico delirante fiume di voci verso la forca.

«Procedete!», disse infine il doge con un cenno del capo.

Senza attendere oltre, il boia si preparò a vibrare il colpo.

Da sotto le arcate della biblioteca marciana, Orsolya Esterházy si godeva la scena. Si sentiva sicura come mai lo era stata. Tutto era proceduto secondo i piani. Suo fratello giaceva con il capo sul ceppo al centro del patibolo e lei pregustava il momento supremo. L'inquisitore rosso aveva appena terminato la sua reprimenda e la folla rumoreggiava in attesa che il capo venisse mozzato.

Non provava alcuna pietà per Olaf. Finalmente il destino si sarebbe compiuto. Era ora. Dall'alto della tribuna, il doge le aveva scoccato uno sguardo. Non se n'era accorto nessuno, ovviamente. Ma tutto era stato concepito e attuato in modo ineccepibile.

Il boia sollevò la grande scure sopra la testa.

La folla parve trattenere il fiato. D'un colpo si fece un silenzio freddo, gelido, malgrado l'aria fosse bollente e vischiosa al punto da attaccarsi alla pelle.

Infine, la grande lama calò in una parabola discendente, tranciando carne, ossa e tendini.

Un istante dopo, la testa del suo fratellastro, spiccata dal busto, cadeva con un tonfo limaccioso e sordo sulle assi di legno del patibolo.

Olaf Teufel non esisteva più.

Orsolya portò una mano alla bocca. Il petto le si riempì di una tepida fiamma, come se l'emozione rifluisse in lei. In quel momento, l'insopportabile calore della giornata sembrava non esistere affatto.

La folla, dopo il silenzio, si abbandonò a un urlo liberatorio. Le mani batterono in una sorta di applauso, quasi il pubblico avesse appena assistito a una grande opera tragica. Dimentica di ogni cosa, trascinata da quella sorta di delirante estasi che abbracciava la piazza, sollevata dall'esito tanto auspicato, la baronessa non s'avvide dei tre uomini che le si avvicinavano.

E quello fu il suo errore.

D'improvviso, sentì qualcosa premere contro il fianco. Vide la canna brunita di una pistola.

Spalancò gli occhi, incredula.

«Baronessa», disse una voce che lei conosceva. «Vi preghiamo di non lasciarvi andare a grida di sorta. Ci seguirete, potete credermi».

«Voi!», esclamò lei, senza scomporsi. «Questa volta, signor Canal, avete osato troppo».

«Può essere», rispose Antonio, «ma ora verrete con noi».

E così, senza replicare, Orsolya Esterházy si lasciò condurre dai tre uomini là dove intendevano portarla. Mentre li seguiva, scoccò uno sguardo sopra di sé.

Qualcuno stava osservando la scena.

55
Usque ad inferos

«Credevate che vi avrei lasciato agire impunemente?», domandò la baronessa ad Antonio e ai suoi amici.

Due dei suoi Morlacchi stavano puntando le canne delle loro pistole sui tre compagni di sempre. Per un attimo Antonio si fece livido, e così Owen e Joseph. Quegli uomini parevano consacrati all'arte della guerra e i loro sguardi non lasciavano dubbi sul fatto che avrebbero sparato.

Ma malgrado la situazione fosse tutt'altro che favorevole, Canaletto non perse il proprio sangue freddo. «Niente affatto», fu la sua risposta, «proprio per questo il Capitan Grando ci ha concesso il proprio supporto».

E un istante più tardi, Francesco Longo appariva nella navata centrale della chiesa di San Zaccaria. «Disarmateli», disse ai propri uomini, che lo seguivano, indicando i Morlacchi.

Emerse dall'ombra, uscendo dalla cappella che conduceva al vano ipogeo. Aveva atteso con i suoi presso la cripta dove tutto era cominciato. V'era una tragica fatalità in tutto questo, a ciascuno dei presenti non sfuggì che quella era davvero la resa dei conti.

In pochi istanti, i Morlacchi vennero ridotti alla mercé delle guardie. «Aspetto la baronessa qui fuori. Prendetevi tutto il tempo necessario», disse infine il capo dei Signori di Notte al Criminal a Canaletto.

Di lì a qualche istante Antonio, Owen e Joseph si ritrovarono soli nella navata centrale di San Zaccaria, con Orsolya Esterházy di fronte a loro.

«Voi siete la mandante dei terribili omicidi che hanno insanguinato questa città! Voi avete nutrito la vendetta nel vostro cuore nero, siete giunta a Venezia senza essere sospettata di nulla, avete circuito l'attuale doge proprio come il precedente e vi siete servita di Olaf Teufel. Chi se non il diavolo in persona poteva trarvi d'impaccio?».

La bella baronessa ungherese guardò Canaletto. Sembrava divertita a udire tutte quelle accuse. «Quanta arroganza c'è in voi, mio caro Antonio. Voi non sapete proprio nulla di me e, a quanto pare, non avete la più pallida idea di quali siano le ragioni che agitano il mio cuore».

«Oh lo sappiamo, invece! Più di centocinquant'anni fa, i vostri avi vennero trucidati a Venezia da un medico assiano che li riteneva dei masticatori di morte. Furono fatti a pezzi con un mattone in bocca secondo l'uso che vorrebbe impedire a tali creature, i Nachzehrer, di divorare il proprio lenzuolo funebre, e diffondere così la peste. E Alvise I Sebastiano Mocenigo, che al tempo era doge, lo lasciò fare, nella vana speranza che quella pratica orribile liberasse Venezia dall'epidemia. Fu una strage, lo capisco. Avallata dal doge di allora. Accettata per disperazione e ignoranza, certo. Ma una colpa come quella non giustifica...».

«Silenzio!», tuonò Orsolya Esterházy, strappandosi di dosso lo zendale e liberando i capelli rossi, che si sciolsero come una fiamma liquida sulle sue belle spalle. «Voi non avete idea di quello che state dicendo. Avete scoperto lo sterminio dei miei avi? E come avete fatto? Avrete letto il rapporto di quel macellaio al soldo dell'Impero austriaco, non ne dubito! E chissà dove lo avete trovato, maledetto impiastro... Ma voi non sapete nulla! Non avete idea di come le sorelle di Akos furono strappate ai loro letti, trascinate per i lunghi capelli neri giù per le scale. Non potete immaginare come spezzarono loro le ossa, le picchiarono, le stuprarono e poi le torturarono fino a soffocarle a morte con un mattone ficcato nella bocca!». Su quelle parole, Antonio e i suoi amici ammutolirono. Orsolya Esterházy pareva volerli incendiare con lo sguardo. La rabbia cresciuta dentro di lei sembrava ora divorarla, ed ella ne era il vascello pronto a infrangersi contro i più implacabili marosi pur di ricevere soddisfazione. Era, la sua, un'ira antica, capace di travalicare il tempo e le generazioni e di riempirla fino all'orlo.

Poi riprese: «Voi parlate, Canaletto, senza avere nemmeno la più vaga nozione di cosa fece Venezia al popolo di mia madre. La Serenissima, che invase la Dalmazia e cacciò quelli come noi, i Morlacchi, sulle Alpi Dinariche, costringendoci a vivere come un popolo delle caverne, facendoci a pezzi ogniqualvolta scendevamo a valle e verso il mare. Già! Non furono solo gli Esterházy a essere vittime. Sono figlia di due diversi soprusi: l'uno a danno di mio padre, l'altro a danno di mia madre».

Su una cosa Orsolya Esterházy aveva ragione: Antonio non conosceva la sua storia e nemmeno quella dei suoi avi. Così, egli non riusciva a controbattere a quel che sentiva. Owen McSwiney e Joseph Smith erano immobili, parevano annichiliti da quanto udivano. Non si erano attesi una simile reazione e, a dire il vero, non erano pronti per una verità tanto dolorosa e spietata.

«Vi sorprende, non è vero?», disse ancora la baronessa, ormai sprezzante, senza più celare un moto di trionfo nella voce. «Scoprire d'un sol colpo di non essere dalla parte del bene. Appartenere a una schiatta d'invasori e oppressori. Troppe volte si è parlato della vostra città come di una magnifica regina dei mari, già! Ma una sovrana ha sempre dovuto strappare le terre a qualcun altro, togliendogli tutto. Ma non temete! Lo avete ben sentito: non sono vuote questioni di conquista a guidare la mia ira. È il riconoscermi nelle stirpi dalle quali discendo: schiatte di nobili, di uomini e donne dai natali favolosi che pure sono stati costretti dalla Serenissima e dall'Impero a vivere sotto il loro giogo. Fu un Veneziano a far dono dell'Ungheria a Enrico III il Nero, lo sapevate? Pietro Orseolo, Pietro il Veneziano, maledetto bastardo! E voi credete che io non intenda vendicare intere generazioni di oppressi? Che intenda restare a guardare?».

Antonio era turbato. Una parte delle cose che la baronessa Esterházy diceva era ineluttabilmente vera. «Posso capire le vostre ragioni, ma le persone uccise in quel modo orribile...», azzardò, ma venne interrotto un'altra volta.

«E come furono ammazzati i miei avi? Nello stesso modo. Vendetta, signor Canal! E giustizia, finalmente!».

«Ma Olaf Teufel ha commesso ben più di questo».

«Olaf Teufel era il mio fratellastro!».

Quella rivelazione colpì i tre amici con la forza di un maglio. «Vostro fratello?», domandò incredulo Owen McSwiney.

«Proprio così», replicò lei. «Chi diavolo credete che ve l'abbia fatto trovare a fianco al cadavere di Niccolò Mocenigo con la lingua mozzata?»

«Voi», disse Joseph Smith, quasi senza pensarci.

«E lui ha forse scritto di non essere il colpevole?»

«No».

«E perché avrebbe taciuto? Poteva ancora salvarsi! Ma invece ha scelto, alla fine, di risparmiare sua sorella».

«Certo, senza confessare nulla vi ha scagionato completamente», disse Antonio.

«Ed è stato il capro espiatorio perfetto», continuò Owen McSwiney.

La baronessa scoppiò in una risata, una di quelle che gelavano il sangue. «Ci siete arrivati, finalmente!».

«Ma questo non cambia nulla di quanto vi ho detto. Nessun male subìto può giustificare l'eccidio da voi compiuto».

«Siete un povero impiccione, Canaletto. E poco altro. Confesso che vi credevo un uomo migliore. Pontificate come un padreterno, ma la verità è che voi non avete subito i miei torti e quelli della mia gente. Voi non potete nemmeno lontanamente comprendere il senso di rabbia e rivincita covato per tanto tempo.

Una determinazione talmente forte da guidare ogni mio pensiero e azione. E questo perché fondati su oltre un secolo di angherie e bugie inflitte al mio popolo. Si dice che i veneziani siano mercanti. Ebbene, io dichiaro, qui e ora, in questa chiesa, che gli abitanti di questa città altro non sono che una genia di assassini!».

«Può essere, ma non sta a voi deciderlo».

«Molto opportuno da parte vostra affermarlo. A ogni modo, questo è solo il primo passo».

«Cosa intendete dire?»

«Che questa faccenda dei Nachzehrer, e più in generale dei risorgenti, non è affatto casuale».

«Non capisco», confessò Canaletto.

«In molti villaggi dell'Impero e della Dalmazia veneziana esistono focolai di questa dilagante follia. Chi credete che li alimenterà?»

«Voi?»

«Che ne dite?»

«Dico che di certo non possiamo lasciarvi andare così».

«Ma davvero? E come pensate di fermarmi? Il doge mi idolatra», disse la baronessa.

«Non ne dubito. Ma noi non abbiamo nulla da temere».

«Voi dite?»

«Owen», disse Antonio rivolto all'irlandese.

McSwiney estrasse da una tasca della marsina una pistola a canna lunga.

«Voi non oserete», disse Orsolya Esterházy.

«Voi non ne avete idea, mia cara», replicò Canaletto, concedendosi per la prima volta un moto di rabbia. Poi fece un cenno all'amico.

L'irlandese allargò le gambe, si mise in posizione di tiro, puntò la pistola e sparò. Il lampo della fiammata venne seguito dal rombo del colpo. La palla di piombo andò a conficcarsi nel marmo della colonna, a due dita esatte dalla tempia della baronessa. Schegge di pietra si staccarono in una girandola. Una di esse tagliò superficialmente la guancia di Orsolya. Un graffio rosso si allungò, stillando qualche goccia carminia.

«Come avete osato?», domandò lei. Per la prima volta da quando erano entrati in chiesa, la baronessa tradì un moto d'angoscia.

«La prossima palla vi spaccherà la fronte», disse Owen McSwiney.

«Come pensate di farla franca? Se mi succedesse qualcosa, il doge in persona vi farebbe tagliare la testa. Proprio come è accaduto a mio fratello».

L'irlandese scosse la testa. Estrasse dal taschino della marsina un foglio di carta. Poi cominciò a leggere.

È in mio nome e per il bene della Serenissima Repubblica di Venezia che il latore della presente ha fatto quello che ha fatto.

«Sapete di chi è la firma?», domandò Canaletto.

La baronessa impallidì.

«Carlo Ruzzini, centotredicesimo doge di Venezia», disse Joseph Smith.

«Non è possibile», sussurrò Orsolya Esterházy. La sua voce tremava. Quanto aveva udito era troppo.

«Lo è eccome», la rimbeccò Canaletto.

«È un falso».

Toccò ad Antonio sorridere, a quel punto. «Niente affatto. E pensare che foste proprio voi a insistere affinché il doge ci garantisse una procura, un provvedimento in grado di autorizzarci a continuare le nostre indagini. Faceva parte del vostro piano averci come investigatori, nostro malgrado, non ricordate?»

«Maledetti!», si lasciò sfuggire la baronessa.

«Dunque, vedete», riprese Antonio, «che se anche per avventura dovesse partire un altro colpo dall'arma da fuoco del mio amico Owen McSwiney», e mentre Canaletto proferiva questa parola, l'irlandese estraeva dall'altra tasca della marsina una seconda pistola in tutto e per tutto uguale alla prima, «e la pallottola accidentalmente colpirvi al capo, uccidendovi all'istante, ebbene, in una tale eventualità, egli avrebbe agito in nome di Sua Serenità e per il bene della Repubblica di Venezia. Ora», continuò Antonio, «posto che il mio buon amico non ha alcun problema ad accettare una tale eventualità, mi domando se non siate più ragionevole di quanto credo e perciò disposta a fare qualcosa per noi».

La baronessa li fissò. Era disgustata. Sembrava una belva feroce in gabbia. Ma quale via d'uscita aveva? La sicurezza di prima aveva lasciato posto a molti dubbi, e il suo sguardo, prima di ferro, parve farsi più liquido e incerto. «Di cosa si tratta?»

«Ho qui con me il testo di una dichiarazione con cui vi fate carico della responsabilità dei delitti avvenuti in questi giorni».

«Ma in questo modo...».

«Vi dichiarate colpevole? Certamente sì».

«Ma non ho commesso i delitti!».

«Forse non lo avete fatto materialmente, ma di sicuro li avete comminati».

La baronessa ridusse gli occhi a fessure. Poi disse: «Voi, maledetto pittore, siete così dannatamente ipocrita».

«Non sta a me contraddirvi. Quel che è certo è che so cosa vogliamo da voi. Firmate questa dichiarazione e sarete libera. È quello che definirei un equo scambio. Ve ne andrete da Venezia, garantendovi la libertà, ma non vi tornerete mai più. Non rimarrete qui a godervi la vostra vittoria, magari dicendo al doge cosa deve o non deve fare. Se doveste essere vista nuovamente in questa città, questa dichiarazione, firmata di vostro pugno, verrebbe immediatamente consegnata ai magistrati e la decapitazione sarebbe certa».

«E questo sarebbe per voi un equo scambio?»

«Non ci viene in mente niente di meglio, ci dispiace», disse Joseph Smith.

«Prendere o lasciare», parve fargli eco l'irlandese.

La baronessa sembrò considerare le opzioni che aveva. La prospettiva appena ipotizzata non era certo la peggiore, dato come si erano messe le cose. Poi si lasciò cadere su un banco. «Date qui», disse infine.

Antonio le porse la dichiarazione scritta.

Orsolya Esterházy la scorse rapidamente. Poi firmò. «Ecco il vostro ridicolo foglio», disse.

«Forse», replicò lui, «ma abbastanza utile da tenervi lontana».

«Ho portato a termine quanto mi ero prefissata».

«E dunque potete andarvene».

«E il Capitan Grando?»

«Non vi torcerà un capello, e tuttavia sarà lui a conservare questo foglio, firmato di vostro pugno».

«Avete pensato a tutto, non è vero?», domandò lei con disprezzo.

«Avete vinto», disse Joseph Smith, «che altro volete?»

«Io non ho vinto e voi non avete perso».

Dopo quelle parole, Orsolya Esterházy li lasciò dov'erano, dando loro le spalle e guadagnando il portone della chiesa di San Zaccaria. Quando lo aprì, la luce del sole fluì in un fascio d'argento lungo la navata.

Non si voltò più indietro.

56
Verso il mare

L'imbarcazione si staccò dolcemente dal bacino di San Marco. La prora dritta verso l'isola del Lido che avrebbero costeggiato, superando San Niccolò fino a uscire in mare aperto. Era una giornata splendida, il sole scintillava alto nel cielo, la sua luce si rifletteva sulla superficie mutevole e verde della laguna. Canaletto se ne stava sul ponte insieme ai due amici di sempre.

«Avete un cutter magnifico», disse all'indirizzo di Joseph Smith.

L'inglese annuì con un cenno del capo. «È il mio orgoglio», replicò, «maneggevole e leggero, munito di sei piccoli cannoni, in caso facessimo brutti incontri, veloce come una freccia. Ci porterà in Inghilterra in un baleno».

Antonio sapeva che non sarebbe stato un viaggio tanto breve. Avrebbero dovuto solcare l'Adriatico, rischiando poi di incappare nei pirati del Mediterraneo.

Smith parve interpretare i suoi pensieri. «Vi vedo accigliato. È la nostalgia o la preoccupazione dettata dai pirati?»

«Forse entrambe. Di certo, i corsari della Barbaria potrebbero rappresentare un problema. Sbaglio forse?».

Owen McSwiney sollevò un sopracciglio.

Joseph Smith si attendeva una domanda come quella. Non esitò a rispondere. «Le loro azioni si sono grandemente limitate. Gli ultimi ribaldi rimasti se la stanno vedendo con Blas de Lezo, il quale ha peraltro conquistato Orano, la piazzaforte di Abu l-Hasan Ali, e sta cancellando i pirati dai mari. Non credo ci daranno fastidio».

Canaletto annuì. Si sentì rinfrancato da quelle parole.

Tornò ai propri pensieri.

E così si era deciso. Era stanco di Venezia. Era stanco di aspettare. Era stanco di guardar morire la Serenissima un giorno alla volta. Aveva bisogno di vedere qualcosa di nuovo. Sapeva per certo che gli sarebbe mancata, anzi, a dire il vero gli mancava già, mentre vedeva allontanarsi Palazzo Ducale e poi San Giorgio.

«Londra», disse Owen McSwiney, rivolto ad Antonio e cercando di spezzare quella sottile malinconia che andava montando, «non è così bella ma ha comunque un suo fascino, e la campagna credo potrà esservi di grande ispirazione. E poi avrete così tante persone da incontrare, nobili che desiderano solo conoscervi e vedere la vostra incredibile arte».

«Siete troppo buoni, amici miei».

«Niente affatto», disse Joseph Smith, guardando le bianche vele spiegate e l'acqua ferma, una lastra verde-azzurra sotto di loro. «E comunque torneremo presto», aggiunse, quasi a volerlo rassicurare. «Considerate questo il vostro primo viaggio in Inghilterra al solo scopo di stringere relazioni e rapporti. Owen ha ragione: non potete immaginare quanto siate atteso. E poi abbiamo tutti bisogno di cambiare aria almeno per un po'».

«Be', in realtà io sarei anche rimasto», disse l'irlandese.

«Andiamo, vecchio mio», replicò Joseph Smith, «rivedere l'Inghilterra non vi farà male di certo, e poi non temete, ci penserò io a riabilitarvi. Cerchiamo di goderci questo momento e poniamoci come obiettivo quello del riposo e dello svago».

Antonio annuì. Era proprio vero. Sperò che quel viaggio gli portasse un po' di serenità. Gli era spiaciuto lasciare Giulia, ma dopo la notte in cui erano stati insieme era scomparsa e lui non era più riuscito a trovarla. E poi, si sentiva in colpa nei confronti di Charlotte. Come se, dopotutto, l'avesse tradita. Il che era alquanto bizzarro, dal momento che non aveva più sentito parlare di lei. Nemmeno per lettera. A quanto sembrava, neanche la bella von der Schulenburg aveva più intenzione di farsi trovare.

Avvertì una strana sensazione. Si sentiva irrisolto, incompleto. Aveva la sua arte, certo, gli amici, ma l'amore che aveva provato per Charlotte era ancora lì da qualche parte e gli dava il tormento. Con Giulia aveva trascorso momenti bellissimi, di meravigliosa condivisione, e aveva provato qualcosa di forte per lei, anche se per una notte soltanto.

Ma Charlotte era sempre nel suo cuore, per quanto si dicesse di averla dimenticata o di non voler più avere niente a che fare con lei.

Ma tutti quei pensieri, alla fine dei conti, erano mere illusioni. Era un uomo solo, con pochi, fidati compagni d'avventura.

Così, mentre il cutter lasciava la laguna e fendeva il mare aperto, lasciandosi dietro l'isola del Lido, si rese conto che i suoi amici avevano ragione: quella partenza era stata la miglior cosa da fare.

La baronessa Esterházy lo aveva detto: non avevano vinto ma nemmeno perso. Teufel era morto, pagando per i suoi delitti. Lei aveva ottenuto la sua vendetta, abbandonando la città. Venezia aveva in Carlo Ruzzini un doge equilibrato e attento, in grado di governarla con lucidità.

Aveva salutato anche Isaac Liebermann, che era rimasto profondamente colpito da quanto letto in quell'ultimo periodo sul fenomeno della risorgenza. A causa del suo bizzarro carattere, però, aveva scelto di coltivare l'ambivalente senso di dolore e piacere che gli procurava un simile studio e, non pago, si era ripromesso di condurlo sul campo, affrontando un viaggio nelle terre dell'Impero, nelle lande più lontane e desolate, fino a raggiungere la Serbia, la Valacchia, l'Ungheria e la Transilvania. Provava un'incomprensibile attrazione per quei luoghi, li riteneva abitati da una sorta di strana magia e voleva conoscerli meglio.

Antonio guardò la bianca spuma del mare.

Udì le strida dei gabbiani levarsi nel cielo. Si alzò una bella brezza che gonfiò le vele.

Lo aspettavano lunghe ore di navigazione. Decise di scendere sotto coperta.

Venezia era ormai scomparsa alla vista.

57
Fuori tempo

Era arrivata la notte precedente. Venezia non era cambiata, anzi, pareva per certi versi immutabile. E, proprio perché tale, era sempre bellissima. In quel mattino d'estate, per sua fortuna, una brezza gentile scompigliava i giardini, soffiando l'odore del sale, del pesce e delle alghe marce della laguna.

A quello non era più abituata, ma ritrovava volentieri la strana miscela di fragranze e afrori che parevano unire, in un'ideale girandola, le meraviglie e le inquietudini di una città che, pur stanca, non perdeva la propria magia.

Camminò lungo la Riva degli Schiavoni per poi svoltare a sinistra in calle della Pietà, tenendosi a sinistra il Pio Ospedale. Procedette nel cuore del sestiere di Castello. Quando giunse davanti al palazzetto di Antonio, le parve di avere un mancamento. Era stata assente per tanto di quel tempo. E poi, quale scandalo se fosse stata riconosciuta. Lei, una donna sola, la figlia dell'eroe di Corfù, che faceva visita al pittore più celebrato di Venezia. Ma non le importava. Non le era mai importato, a dire il vero; nemmeno quando il loro amore era cominciato. E dunque? Perché preoccuparsi ora? Aveva atteso, si era tormentata talmente a lungo che ora il suo intento era solo quello di dimenticare e ricominciare. Era tornata! Continuava a ripeterselo. Forse per esorcizzare la paura, il timore di aver perduto tutto.

Aveva anche raccolto informazioni utili. Servivano per quella nuova indagine nella quale il suo amore s'era trovato invischiato. Ricordava ancora quella lettera, la teneva con sé. Non aveva risposto, scegliendo di rientrare a Venezia. Voleva fargli una sorpresa. Aveva dannato cavalli e cocchieri per fare il più in fretta possibile. In Polonia, il maltempo non aveva aiutato.

Sapeva di compiere un azzardo, presentandosi lì a quel modo. Nella sua ultima missiva non aveva certo concesso grandi speranze. Confidava però di trovare Antonio al lavoro, nel suo studio. Era pronta a dichiarargli il suo amore e quanto le fosse mancato in quegli anni in cui aveva scelto di segregarsi in Polonia, in nome di una colpa che non era stata del tutto sua, ora lo capiva. E rispetto alla quale, comunque, doveva imparare a perdonarsi. E aveva cominciato a farlo, da qualche tempo.

Così, tutto sommato, fu non senza fiducia che afferrò il battente del grande portone in legno, bussando. Attese.

Di lì a poco, le venne aperto e sull'uscio comparve Alvise, il domestico di Giovanni Antonio Canal.

Fu gentile, come sempre, le sorrise, riconoscendola. «Mia signora, che piacere rivedervi in questa giornata. Certo, non ci aspettavamo una sua visita...».

Charlotte intuì che c'era qualcosa che non andava in quella frase, una sorta di nota stonata. «Se sono inopportuna, Alvise, posso andarmene ora», disse lei. La sua voce suonò aspra alle orecchie, si percepì piccata. Le dispiacque, così si premurò subito di aggiungere: «Naturalmente so che non ho nemmeno annunciato la visita...».

«Ma signora, vi prego, non ditelo nemmeno, anzi, vogliate seguirmi», fu la risposta.

«Antonio c'è? È in casa?», domandò lei d'improvviso, lei che non riusciva più ad aspettare, nemmeno di entrare. E mentre lo chiedeva sentì il cuore balzarle nel petto, quasi fosse stata una damina alle prime armi, una fanciulla che deve ancora assaggiare il mondo. E forse in un certo qual modo era proprio così, perché quel ritorno a Venezia le era suonato simile a un nuovo inizio.

Voleva ricominciare daccapo, darsi una nuova possibilità, rifare tutto e meglio di prima. Se lo meritava, si era detta, e poi a essere degno di una simile disposizione d'animo era proprio Antonio, che l'aveva aspettata, ascoltata, pregata, rispettando la sua solitudine fino allo sfinimento.

Ma che accidenti pensava? E perché Alvise esitava a rispondere?

«Non è in casa», disse infine.

«Allora ditemi dove è andato, così lo raggiungerò e lo guarderò dipingere. Ne ho così tanta voglia. A Rialto? Alla Misericordia? Forse al Fonteghetto della Farina?».

Mentre poneva quelle domande sentì la sua voce tremare perché il cuore aveva già compreso quanto la sua mente avrebbe presto rifiutato d'accettare.

«Mia signora, purtroppo il mio padrone è partito», disse Alvise, il quale non poté trattenere la propria delusione nel dirle una simile verità.

«Per dove?», domandò lei, quasi incapace di parlare, per via del pianto che le saliva agli occhi e del dolore che le chiudeva la gola.

«Londra».

«Londra, in Inghilterra?», chiese ancora, in un ultimo disperato tentativo di proteggersi dallo strazio, facendo scudo con le domande.

«Sì».

«Capisco», replicò. «Sapete quando tornerà?»

«Non prima di qualche mese».

Charlotte annuì. «Allora, ti saluto Alvise», disse, voltando il capo, tentando di nascondere le lacrime.

«Arrivederci», disse lui.

Ma lei era già fuggita.

Che stupida era stata, si disse fra le lacrime. Come poteva pretendere che lui l'avrebbe aspettata! E poi in base a cosa? A quale promessa? Forse lei gli aveva dato qualche motivo per farlo? Niente affatto. Era stata crudele. E poi, quando si era risolta a tornare, perché lo strappo che aveva nel cuore si era ricucito, non lo aveva nemmeno avvertito.

Faceva fatica a respirare. Le lacrime scendevano copiose. Le nascose dietro al ventaglio. Tornò sui suoi passi.

Raggiunse di nuovo la Riva degli Schiavoni e osservò il Bacino di San Marco, le tante navi che approdavano, giunte dalle città del Mediterraneo. Ricordò le belle tele di Antonio che ritraevano quel fiume di vita: i marinai vestiti in modo stravagante, le bianche velature dei bastimenti, gli scafi agili di sciabecchi e brigantini. Rivide gli Schiavoni vestiti nelle loro uniformi scintillanti e le guardie di Palazzo Ducale e poi i mercanti vicini ai sacchi di caffè o alle ceste di chiodi di garofano e cardamomo.

Ora, guardando Venezia e il suo mondo, Charlotte rivedeva Antonio, perché i suoi dipinti raccontavano la Repubblica proprio per com'era.

E allora sorrise. Perché qualsiasi veduta della città la avvicinava a lui. Anche se ora era lontano. E poi Alvise aveva parlato di qualche mese.

Lo avrebbe aspettato.

Toccava a lei, ora.

Avrebbe atteso il suo amore.

E un giorno, ne era certa, il suo amore sarebbe tornato.

Nota dell'autore

Anche per questo terzo romanzo dedicato a Canaletto ho adottato un doppio principio di scrittura: da una parte v'è la storia in sé, la singola avventura, dall'altra essa si colloca in seno alla saga più ampia e ne rappresenta la chiusa, almeno per adesso. Il Settecento veneziano è ormai il mio universo narrativo d'elezione, dal momento che sono cinque i miei romanzi che trovano ambientazione in questo particolare periodo storico.

La trilogia dedicata a Canaletto, però, è anche il mio ritorno al romanzo gotico-avventuroso, là dove la Storia cede il passo all'invenzione, malgrado l'ambientazione mantenga la verosimiglianza che sempre cerco di rendere attraverso un'adeguata ricerca delle fonti.

Questa terza avventura di Giovanni Antonio Canal si è peraltro fondata su un punto di vista completamente nuovo. Alludo all'idea di raccontare Venezia adottando una prospettiva sotterranea, per così dire, un progetto che ha imposto visite ribadite ad alcune delle più importanti cripte della città: su tutte voglio certamente ricordare quelle di San Zaccaria e di San Simeon Piccolo. Una tale visione ipogea si è rivelata perfetta per le atmosfere cupe e plumbee che caratterizzano questa terza indagine di Canaletto, tanto più perché essa trova ragione nelle tante cripte presenti presso le chiese di tipo medievale e non solo.

La figura del Nachzehrer, invece, è la risposta che ho provato a dare a fatti concretamente avvenuti: mi riferisco agli scavi archeologici condotti dal dottor Matteo Borrini fra il 2006 e il 2008. È stato lui per primo a richiamare una simile figura. Non dirò di più per non togliere la curiosità ai lettori di indagare questo tema affascinante. Posso però aggiungere che da lì, percorrendo a ritroso una possibile linea di ricerca, approfondita attraverso la lettura di molte pubblicazioni, ha preso vita sia questa terza avventura, sia l'intera saga in tre parti. Le lettrici e i lettori più attenti, infatti, avranno notato come, facendo particolare attenzione ai dettagli, già ne *Il cimitero di Venezia* vi fossero taluni indizi utili per comprendere al meglio la storia narrata in questo romanzo. Naturalmente quest'ultimo può valere come lettura a sé, ma consiglio vivamente – se si comincia con questo – di andare poi a recuperare gli altri due.

Torna quindi, per la terza volta, Giovanni Antonio Canal e con lui Owen McSwiney, l'esule irlandese che sogna di poter fondare a Venezia un nuovo teatro, Joseph Smith e il suo gusto per l'arte e l'attenzione alle pittrici, e ancora il dottor Isaac Liebermann, medico dal fiuto infallibile per la Storia, la baronessa Orsolya Esterházy, diabolica e pericolosamente bellissima, il sanguinario Olaf Teufel. Inutile dire che il personaggio che è stato per me una scoperta, questa volta, è rappresentato da una formidabile pittrice di cui si sa molto poco: Giulia Lama. A proposito di questa figura storica, specifico fin d'ora che, in via del tutto romanzata, attribuisco a lei le opere dello sconosciuto pittore autore degli affreschi nella catacomba di San Simeon Piccolo, ma, appunto, per quanto concerne l'attribuzione, si tratta di una mia invenzione fantastica che nulla ha a che vedere con la realtà.

Complici i miei rinnovati studi di Edgar Allan Poe e Nathaniel Hawthorne, ho voluto dedicare particolare attenzione a temi come il senso di colpa, il castigo, la punizione, motivi che da sempre rappresentano alcuni degli argomenti centrali del Romanticismo Oscuro, di cui Poe e Hawthorne sono i padri indiscussi. Ma ho riletto anche il nerissimo *I misteri di Parigi* di Eugène Sue e *Il bravo di Venezia* di Matthew Lewis.

Ribadisco una volta ancora che, a prescindere dalle ben comprensibili classificazioni editoriali, questo romanzo segue le rotte letterarie già segnate da Gaston Leroux, E.T.A. Hoffmann, Friedrich Schiller, Christopher Marlowe, Mary Shelley, Charles Dickens, Ludwig Tieck, Heinrich von Kleist, oltre naturalmente a quelle degli scrittori già menzionati.

Affinando e sviluppando gli studi fatti per i due romanzi precedenti, ho poi scandagliato alcune particolari questioni. Mi riferisco in particolare al tema dei Nachzehrer o masticatori di morte e all'intero fenomeno della risorgenza. Ho poi studiato con attenzione la pittura femminile settecentesca, la storia dei teatri veneziani, la storia della medicina, concentrando la ricerca sulle epidemie di peste del 1575-1577 e 1630. Lo stesso ho fatto con l'Ateneo Patavino da una parte e il Collegio medico di San Giacomo dall'Orio dall'altra. Questi sono i principali nuovi filoni d'indagine affrontati in questo romanzo.

Sono ripartito dai testi centrali relativi alla storia di Venezia per poi affrontarne altri: Alvise Zorzi *La Repubblica del Leone: storia di Venezia*, Milano 2011; Frederic C. Lane, *Storia di Venezia*, Torino 2015; Francesco Ferracin, *Storie segrete della Storia di Venezia*, Roma 2017; Riccardo Calimani, *Storia della Repubblica di Venezia*, Milano 2019; Pompeo G. Molmenti, *La Storia di Venezia nella vita privata. Dalle origini alla caduta della Repubblica*, voll. 1-3, Vittorio Veneto 2020-2021; Luca Colferai, *Breve storia di Venezia: un grande viaggio nell'avvincente storia della Serenissima*, Roma 2021; Alessandro Marzo Magno, *Venezia. Una storia di mare e di terra*, Bari 2022; Marco Pellegrini, *Venezia e la Terraferma: 1404-1797*, Bologna 2022.

Per indagare in modo particolare il Settecento veneziano consiglio, come sempre, la lettura di Bruno Rosada, *Il Settecento veneziano. La letteratura*, Venezia 2007; Ivone Cacciavillani, *Il Settecento veneziano. La politica*, Venezia 2009; Filippo Pedrocco, *Il Settecento veneziano. La pittura*, Venezia 2012; Leonardo Mello, *Il Settecento veneziano. Il teatro comico*, Venezia 2016; Silvino Gonzato, *Venezia libertina. Cortigiane, avventurieri, amori e intrighi tra Settecento e Ottocento*, Vicenza 2015.

Per le ricerche sullo spionaggio si veda: *Leggende veneziane e storie di fantasmi*, Venezia 2011; *La Venezia segreta dei Dogi*, Roma 2015; *I tesori nascosti di Venezia*, Roma 2016; *Un giorno a Venezia con i Dogi*, Roma 2017 tutti a firma di Alberto Toso Fei, e poi Paolo Preto, *I servizi segreti di Venezia. Spionaggio e controspionaggio ai tempi della Serenissima*, Milano 2016.

Con riferimento alla pittura di Canaletto, risultano imprescindibili i testi di William George Constable, *Canaletto. Giovanni Antonio Canal 1697-1768*, 2 voll., Oxford 1962; Giuseppe Maria Pilo, *Canaletto*, Londra 1962; Vittorio Moschini, *Canaletto*, Milano 1963; Alessandro Bettagno (a cura di), *Canaletto. Disegni – Dipinti – Incisioni*, Vicenza 1982; André Corboz, *Canaletto. Una Venezia immaginaria*, Milano 1985; Alessandro Bettagno, *Fantasy and Reality in Canaletto's Drawings*, in Katharine Baetjer & J.G. Links, Canaletto, New York 1989; Cinzia Manco (a cura di), *Canaletto. La vita e l'arte. I capolavori*, Milano 2003; Giuseppe Pavanello, *Canaletto. Venezia e i suoi splendori*, Venezia 2008; Bozena Anna Kowalczyk, *Cana-*

letto 1697-1768, Cinisello Balsamo 2018; Filippo Pedrocco, *Canaletto*, Firenze 2018; Victoria Markova e Stefano Zuffi (a cura di), *Il trionfo del colore. Da Tiepolo a Canaletto e Guardi. Vicenza e i capolavori dal Museo Puškin di Mosca*, Milano 2018.

A dispetto di quanto meriterebbe, la storia e l'arte di Giulia Lama non sono state molto investigate. Qualcosa però esiste. Si veda a questo proposito Ugo Ruggeri, *Giulia Lama. Dipinti e disegni*, Bergamo 1973; Adriano Mariuz, *Giulia Lama (1681-1747)*, in Caterina Limentani Virdis (a cura di), *Le tele svelate*, Padova 1996; Josephine Klingebeil, *Die Aktmalerei der Giulia Lama*, München 2009.

Anche in questo caso, non sono mancate le letture volte a comprendere il fenomeno dei cosiddetti "risorgenti d'Ungheria". I testi consultati sono davvero molti: Augustin Calmet, *Dissertazioni sopra le apparizioni de' spiriti, e sopra i vampiri o i redivivi d'Ungheria, di Moravia e di Silesia*, Carmagnola 1986; Heinrich Kramer (Institoris), *Der Hexenhammer – Malleus Maleficarum*, München 2000; Michael Ranft, *Diceria del vampiro. De masticatione mortuorum in tumulis*, Milano 2011; Aleksej Konstantinovič Tolstoj, *La famiglia dei Vurdalak*, Roma 2018; Lorenzo Incarbone (a cura di), *Draculea. Racconti e documenti di veri o presunti atti di vampirismo*, Milano 2020.

Un aspetto importante di questo romanzo era la storia dell'Ungheria, tanto più alla luce del periodo in cui Pietro Orseolo, detto altresì Pietro il Veneziano, ne fu il re. Da questo punto di vista raccomando oltremodo la lettura dei seguenti testi: Dezső Dercsényi, *Bilderchronik. Chronicon Pictum. Chronica de Gestis Hungarorum. Wiener Bilderchronik. Band I: Faksimiledruck; Band II: Kommentarband*, Weimar 1968; Gábor Horváth, *Anonymus. Autore dei Gesta Hungarorum. La «visione della cristianità» di Papa Innocenzo III e le terre di Ungheria*, Roma 2024.

Per quanto concerne il tema delle cripte, ritengo di importanza fondamentale il volume, di cui consiglio la lettura, Manuela Zorzi (a cura di), *Le cripte di Venezia. Gli ambienti di culto sommersi della cristianità medievale*, Treviso 2018. Questo libro offre approfondimenti a dir poco spettacolari su uno degli aspetti meno conosciuti della città lagunare.

Ancora una volta vanno citate le monografie a carattere più generale, attinenti al Settecento veneziano e non solo. Leggerle e rileggerle è sempre di grande importanza se si vuole mantenere la verosimiglianza dell'ambientazione storica. La consultazione è stata, come sempre, assai composita. Cito a questo proposito D. Casimiro Freschot, *La nobiltà veneta*, Bologna 1970; Cesare de Seta, *Vedutisti e viaggiatori in Italia tra Settecento e Ottocento*, Torino 1999; Filippo Pedrocco, *Il Settecento a Venezia. I vedutisti*, Milano 2001; Alfredo Viggiano, *Lo specchio della Repubblica. Venezia e il governo delle Isole Ionie nel '700*, Verona 2008; Alberto Prelli, *Sotto le bandiere di San Marco. Le armate della Serenissima nel '600*, Bassano del Grappa 2012; Giulia Torri, *La vita in villa. Svaghi, lussi e raffinatezze nell'Italia del Settecento*, Roma 2017; Elena Righetto, *I signori di notte al criminal. Polizia notturna all'ombra della Serenissima*, Torrazza Piemonte 2020; Rocco Benedetti, *Venezia 1576, la peste. Una drammatica cronaca del Cinquecento*, Verona 2021.

Padova-Venezia, 27 febbraio 2024

Ringraziamenti

Ringrazio il mio editore Newton Compton.

Grazie a Vittorio e a Maria Grazia Avanzini.

A Raffaello Avanzini sono grato per aver creduto in questa saga veneziana che giunge ora a conclusione.

Un ringraziamento infinito va ai miei agenti, Monica Malatesta e Simone Marchi. Senza di loro sarei perduto.

Grazie a Federica Graceffa, la mia editor, che con grande attenzione e cura ha valorizzato al massimo la mia scrittura in questo romanzo.

Ringrazio infine tutta la squadra di Newton Compton Editori per la professionalità.

Grazie ai traduttori dei miei romanzi all'estero. Cito coloro che ho conosciuto personalmente. In particolare, per quel che riguarda la saga di Canaletto, il mio ringraziamento va a Oana Sălișteanu per l'edizione romena, a Ingrid Exo e Christine Heinzius per quella tedesca, a Natalia Fernández Diaz per quella spagnola, a Lucia Szarka per quella ungherese, a Katja Jencic per quella slovena. A tutti gli altri: scrivetemi pure via mail!

Ringrazio Sugarpulp: Giacomo Brunoro, Valeria Finozzi, Andrea Andreetta, Isa Bagnasco, Massimo Zammataro, Chiara Testa, Matteo Bernardi, Piero Maggioni, Marilena Piran, Martina Padovan, Carlo "Charlie Brown" Odorizzi.

Grazie a Lucia e Giorgio Strukul e a Leonardo, Chiara, Alice e Greta Strukul.

Grazie al clan Gorgi: Anna e Odino, Lorenzo, Marta, Alessandro e Federico.

Grazie a Marisa, Margherita e Andrea "il Bull" Camporese.

Grazie a Caterina e Luciano, Oddone e Teresa e a Silvia. Grazie a Gian Ernesto e Michela, a Donata e Lodovica.

Grazie al mio caro amico Francesco Ferracin, a Livia Sambrotta e Francesco Fantoni. Grazie a Marilù Oliva, Romano de Marco, Nicolai Lilin, Tito Faraci, Sabina Piperno, Francesca Bertuzzi, Marcello Bernardi, Valentina Bertuzzi, Tim Willocks, Diego Loreggian, Andrea Fabris, Barbara Mirandola, Francesco Invernizzi, Barbara Baraldi, Marcello Simoni, Alessandro Barbaglia, Alessio Romano, Mirko Zilahi de Gyurgyokai. Siete il mio porto sicuro. Ora e sempre.

Grazie infinite a Paola Ranzato e Davide Gianella. A Paola Ergi e Marcello Pozza.

Per concludere: grazie infinite ad Andrea Berti, Jacopo Masini, Alex Connor, Victor Gischler, Jason Starr, Allan Guthrie, Gabriele Macchietto, Elisabetta Zaramella, Alessandro e il clan Tarantola, Lyda Patitucci, Mary Laino, Leonardo Nicoletti, Andrea Kais Alibardi, Rossella Scarso, Federica Bellon, Gianluca Marinelli, Alessandro Zangrando, Francesca Visentin, Anna Sandri, Leandro Barsotti, Paolo Navarro Dina, Claudia Onisto, Massimo Zilio, Chiara Ermolli, Giulio Nicolazzi, Giuliano Ramazzina, Giampietro Spigolon, Erika Vanuzzo, Thomas Javier Buratti, Marco Accordi Rickards, Raoul Carbone, Francesca Noto, Micaela Romanini, Guglielmo De Gregori, Daniele Cutali, Stefania Baracco, Piero Ferrante, Tatjana Giorcelli, Giulia Ghirardello, Gabriella Ziraldo, Marco Piva a.k.a. il Gran Balivo, Paolo Donorà, Massimo Boni, Alessia Padula, Enrico Barison, Federica Fanzago, Nausica Scarparo, Luca Finzi Contini, Anna Mantovani, Laura Ester Ruffino, Renato Umberto Ruffino, Livia Frigiotti, Claudia Julia Catalano, Piero Melati, Cecilia Serafini, Sara Ziraldo, Sara Boero, Laura Campion Zagato, Elena Rama, Gianluca Morozzi, Alessandra Costa, Và Twin, Eleonora Forno, Maria Grazia Padovan, Davide De Felicis, Simone Martinello, Attilio Bruno, Chicca Rosa Casalini, Fabio Migneco, Stefano Zattera, Andrea Giuseppe Castriotta, Patrizia Seghezzi, Eleonora Aracri, Federica Belleri, Monica Conserotti, Roberta Camerlengo, Agnese Meneghel, Marco Tavanti, Pasquale Ruju, Marisa Negrato, Martina De Rossi, Silvana Battaglioli, Fabio Chiesa, Andrea Tralli, Susy Valpreda Micelli, Tiziana Battaiuoli, Erika Gardin, Walter Ocule, Lucia Garaio, Chiara Calò, Anna Piva, Enrico "Ozzy" Rossi, Cristina Cecchini, Iaia Bruni, Marco "Killer Mantovano" Piva, Buddy Giovinazzo, Gesine Giovinazzo Todt, Carlo Scarabello, Elena Crescentini, Simone Piva & i

Viola Velluto, Anna Cavaliere, AnnCleire Pi, Franci Karou Cat, Paola Rambaldi, Alessandro Berselli, Danilo Villani, Marco Busatta, Irene Lodi, Matteo Bianchi, Patrizia Oliva, Margherita Corradin, Alberto Botton, Alberto Amorelli, Carlo Vanin, Valentina Gambarini, Alexandra Fischer, Thomas Tono, Martina Sartor, Giorgio Picarone, Cormac Cor, Laura Mura, Giovanni Cagnoni, Gilberto Moretti, Beatrice Biondi, Fabio Niciarelli, Jakub Walczak, Diana Severati, Marta Ricci, Anna Lorefice, Carla VMar, Davide Avanzo, Sachi Alexandra Osti, Emanuela Maria Quinto Ferro, Vèramones Cooper, Alberto Vedovato, Diana Albertin, Elisabetta Convento, Mauro Ratti, Mauro Biasi, Nicola Giraldi, Alessia Menin, Michele di Marco, Sara Tagliente, Vy Lydia Andersen, Elena Bigoni, Corrado Artale, Marco Guglielmi, Martina Mezzadri.

Dimentico sempre qualcuno, non può che essere così… chiedo scusa, ma prometto che verrai citato nel prossimo libro.

Un abbraccio e un ringraziamento infinito a tutte le lettrici, i lettori, le libraie, i librai, le promotrici e i promotori che vorranno dare fiducia a questa mia nuova opera. Il futuro della letteratura è nelle vostre mani.

Dedico questo romanzo a due persone: mia moglie Silvia e Lele Vianello.

A Lele, che pure non conosco personalmente, voglio dedicare questo romanzo perché le sue stupende illustrazioni di Venezia mi hanno riempito gli occhi, facendomi vedere la città in una luce diversa: zingara, poetica, corsara.

A Silvia, che è la mia stessa vita, il mio sostegno, la mia regina.

Indice

Matteo Strukul

Il ponte dei delitti di Venezia

Volume di 288 pagine. € 9,90

Venezia, 1729. All'alba di una torrida giornata d'estate, il cadavere di un uomo viene rinvenuto sul ponte delle Guglie. Sulla gola due fori sanguinolenti e sul petto, fissato con uno stiletto, un biglietto con su scritto "Canaletto". Appresa la notizia, le autorità convocano subito Giovanni Antonio Canal, che si trova suo malgrado coinvolto, ancora una volta, in un'indagine dai contorni inquietanti. Il primo macabro dettaglio che si impone alla sua attenzione sono le ferite sul collo della vittima: troppo irregolari per essere state provocate da una lama, farebbero invece pensare al morso di un animale. Ma quale bestia potrebbe mai lasciare segni simili? Mentre Canaletto tenta di venire a capo di quel mistero, la città – e qualcuno molto vicino al pittore – vengono sconvolti da un tremendo incendio. Quel misfatto sembra portare una firma inconfondibile. Si tratta di qualcuno che Canaletto conosce bene. Qualcuno che pare tornato dal passato per spargere altro sangue su Venezia. Prima che nella laguna si diffonda il terrore e la situazione metta in pericolo la credibilità del doge e la stabilità della Serenissima, Canaletto deve assicurare alla giustizia un pericoloso assassino. Mentre si avvicina alla verità, un'antica e spaventosa leggenda proveniente dall'est Europa getta una luce sinistra sulle sue indagini…

Matteo Strukul

Il cimitero di Venezia

Volume di 320 pagine. € 9,90

Venezia, 1725. Mentre un'epidemia di vaiolo miete vittime tra la popolazione, una delle donne più illustri della città viene trovata con il petto squarciato nelle acque nere e gelide del Rio dei Mendicanti. In un clima di crescente tensione, Giovanni Antonio Canal, detto Canaletto, viene convocato dagli Inquisitori di Stato, insospettiti da una sua recente opera, che ritrae proprio quel luogo malfamato: c'è forse un legame tra il pittore e l'omicidio? Mentre, sconvolto, sta lasciando il Palazzo Ducale, Canaletto viene fermato e portato al cospetto del doge, anche lui interessato a quel quadro, il Rio dei Mendicanti. Nel dipinto c'è qualcosa che, se rivelato, potrebbe mettere in grave imbarazzo un'importante famiglia veneziana: un nobile, ritratto in uno dei luoghi più popolari e plebei di Venezia. Perché mai si trovava in un posto simile? Canaletto riceve dal doge l'ordine di scoprirlo e riferire direttamente a lui. L'indagine – che all'inizio lo spaventa e poi, lentamente, lo cattura – lo porta però a frequentare ambienti apparentemente illustri in cui sembrano consumarsi oscuri riti, e nei quali si aggirano figure ambigue, dal passato avvolto nel mistero. Quali segreti si celano nei palazzi veneziani? Quali verità sarebbe meglio rimanessero sepolte?